오쿠다 히데오 奧田英朗 　본격 문학과 대중 문학을 아우르는 일본의 대표적인 작가. 전전긍긍하는 소시민의 삶을 유머러스하고 따뜻한 필체로 그려낸 군상극부터 현대사회의 부조리를 적나라하게 고발하는 범죄소설까지 끊임없이 변화를 시도해왔다. 1997년《팝스타 존의 수상한 휴가》로 마흔의 나이에 소설가로 데뷔했으며, 2002년 괴상한 정신과 의사 '이라부'를 주인공으로 한 소설《인 더 풀》로 나오키상 후보에 올랐다. 2004년 다시금 같은 주인공을 내세운 소설《공중그네》가 나오키상을 수상하며, 이른바 '공중그네 시리즈'로 대중적인 인기를 확고히 했다. 이후 2006년《남쪽으로 튀어!》로 일본 서점대상 2위에 올랐으며, 2007년《오 해피 데이》로 시바타렌자부로상을, 2009년《양들의 테러리스트》로 요시카와에이지 문학상을 수상하는 등 평단과 독자로부터 지속적인 지지를 받아왔다. 그 외 주요 작품으로《라디오 체조》《죄의 궤적》《꿈의 도시》《무코다 이발소》등이 있다.

옮긴이 이영미 　일본문학 전문 번역가. 아주대학교 국문과를 졸업하고, 일본 와세다대학교 대학원 문학연구과 석사 과정을 수료했다. 2009년 요시다 슈이치의《악인》과《캐러멜 팝콘》으로 일본국제교류기금이 주관하는 보라나비 저작·번역상의 첫 번역상을 수상했다. 옮긴 책으로 오쿠다 히데오의《라디오 체조》《공중그네》, 무라카미 하루키의《라오스에 대체 뭐가 있는데요?》《무라카미 하루키 잡문집》, 미야베 미유키의《화차》《솔로몬의 위증》, 이마미치 도모노부의《단테 신곡 강의》등이 있다.

CHOCHO SENKYO
by OKUDA Hideo
Copyright©2006 by OKUDA Hideo
All rights reserved.
First original Japanese edition published by Bungei Shunju Ltd., Japan 2006.
Korean hard-cover rights in Korea reserved by
EunHaeng NaMu Publishing Co.under the license granted
by OKUDA Hideo arranged with Bungei Shunju Ltd., Japan
through The Sakai Agency, Japan and EntersKorea Co., Ltd.

오쿠다 히데오 장편소설 ★이영미 옮김

은행나무

차 례

구단주

1

회사 업무용으로 쓰는 벤츠가 맨션 입구에 도착하자, 난데없이 조명이 쏟아지며 눈앞이 하얘졌다. 조수석에 앉아 있던 비서가 채 내리기도 전에 기자들이 떼 지어 몰려들며 차를 에워쌌다. 자동차 문을 여는 순간, 일제히 퍼부어대는 플래시 때문에 늘 그렇듯 또다시 현기증이 났다.

"비켜요, 비켜!" 다부진 체격에 깍두기 머리를 한 사내가 거칠게 소리쳤다. 요즘에는 보디가드를 겸해서 유도부 출신인 젊은 비서를 데리고 다닌다. 뒷좌석에서 내린 회장 비서실장 기시타가 잰걸음으로 차를 돌아와 길을 트려고 했다. "당신들 대체 뭐하는 기요? 집까지 처들어오지 않기로 합의 봤잖소." 얼굴을 붉히며 항의했다.

그 모습을 지켜보던 다나베 미쓰오(田邊滿雄)는 혀를 끌끌 차며 "저런 멍청한 것들을 봤나" 하고 중얼거렸다. 같은 매스컴 분야라고 만만하게 보는지 기자들은 아무런 거리낌도 없다. 지팡이를 짚고 벤츠에서 내렸다. "당장 물러나지 못해!" 미쓰오가 여송연을 입에 문 채 큰 소리로 꾸짖었다.

"구단주님, 구단 합병 문제에 관해서 한 말씀만."

"구단주님, 다음 위원회 소집은 언제죠?"

마이크 여러 개를 동시에 들이댔다. 먹이를 향해 달려드는 잉어 떼처럼 기자들이 점점 더 간격을 좁혀왔다. 급기야 출퇴근 러시아워처럼 발 디딜 틈조차 없어졌다.

"밀지 마. 집 앞에서는 아무 말도 안 하겠다고 이미 밝혔을 텐데."

미쓰오가 무례한 기자들을 팔꿈치로 밀쳐내며 앞으로 걸어갔다.

요정에서 거나하게 취해 집으로 돌아오는 미쓰오를 직격 취재하는 것이 기자들의 일과였다. 술이 들어간 미쓰오가 무심결에 말실수를 해주길 기다리는 것이다.

"니야마 선수회 회장이 구단 측의 직접적인 해명을 요구하던데요."

텔레비전 방송국 마이크 하나가 코에 부딪쳤다. 그 바람에 여송연이 바닥으로 떨어졌다. 욱하고 화가 치밀었다.

"선수회와 대화를 나눠보실 생각은 있습니까?"

"말도 안 되는 소리. 한갓 선수 주제에." 미쓰오가 거친 목소리를 쏟아냈다.

한쪽 구석에 서 있던 기시타의 얼굴이 시야에 잡혔다. 보스의 폭언에 얼굴을 찡그렸다.

"아아, 하긴 선수 중에도 훌륭한 사람이 있긴 하지." 미쓰오도 좀 과했나 싶어 곧바로 말을 덧붙였다. "사회복지에 공헌하는 훌륭한 선수도 있고."

말은 그렇게 하면서도 이미 엎질러진 물이라는 자포자기 심정이 들었다. 무슨 말을 해도 자기들 좋을 대로 편집할 게 뻔하다. 옐로 저널리즘의 상투적인 수단이다.

"물러서, 어서!" 앞을 향해 걸음을 내딛었다. 현관 문턱에 이르러서야 후퇴하는 기자들이 장기짝이 잇따라 넘어지듯 우르르 쓰러졌다. 저런 비천한 작자들을 봤나. 미쓰오는 비서가 길을 터준 덕분에 가까스로 현관홀에 다다랐다.

"이봐, 집 안에는 들이지 말랬잖아!" 24시간 상주하는 프런트 직원에게 호통을 쳤다.

"죄송합니다. 주의를 줬습니다만, 어느새 또……." 말끔하게 차려입은 젊은 사내가 방아깨비처럼 연신 고개를 숙였다.

엘리베이터에 올라 꼭대기 층 펜트하우스로 향했다. 일흔여덟 살이 된 미쓰오는 3년 전까지만 해도 세이조(成城)에 있는 단독주택에 살았다. 그러나 아내를 먼저 떠나보낸 후, 여러 모로 편리한 도심의 고급 맨션으로 이사했다. 시간이 절약되는 점은 좋았지만, 기자들에게 더더욱 만만한 먹잇감이 되고 말았다. 현관을 수월하게 지나본 기억이 없다.

웃옷을 벗어 기시타에게 건넸다. 넥타이를 풀고 소파에 앉았다. 젊은 비서에게 어깨를 주무르라고 시켰다.

"목욕은 어떻게 하시겠습니까?"라고 묻는 가정부에게 "아침에 하지"라고 대답하고 차를 마셨다. 텔레비전을 켜자, 뉴스에서 프로야구계 재편 문제를 보도하고 있었다. 어차피 내일 아침이면 조금 전의 일도 떠들어댈 게 뻔하다. 앞뒤는 다 잘라내고, 문제가 될 만한 말만 되풀이해 흘려보내는 식이다.

악역을 맡는 것은 익숙해진 지 오래다. 주간지 앙케트 기사에서는 '불쾌한 일본인' 넘버원으로 뽑혔다. 게다가 며칠 전에는 사유재산이 과장되게 부풀려져 보도되었다. 눈에 띄는 헤드라인은 부정적인 것 일색이었다. 이제는 초등학생들까지 매스컴에서 붙인 '나베맨' ('다나베 미쓰오'의 성에서 따온 별명으로 '나베'는 냄비를 뜻함 - 역주)이라는 별명으로 부른다.

미쓰오는 일본 최고의 발행부수를 자랑하는 〈대일본신문〉의 대표이사 회장이다. 동시에 프로야구 센트럴리그의 인기 구단인 '도쿄 그레이트 파워즈'의 구단주이기도 하다. 최근 몇 주 동안은 파워즈의 구단주로서 매스컴의 집중 포화를 맞고 있다. 경영이 어렵다고 궁상을 호소해온 퍼시픽리그의 몇몇 구단에게 합병을 권해, 단일 리그제 이행을 추진하려다가 세간의 반발을 사게 된 것이다.

물론 '세간'은 매스컴이 조종한다. 경쟁 신문사들은 절호의 기회라도 맞은 듯 대중을 부채질하며 마치 미쓰오가 모든 악의 근원인 것처럼 여론을 형성해갔다.

모두 감정적이고 수준 낮은 내용들뿐이라 같은 보도 기관으로서 도저히 간과할 수 없는 일이었다. 그래서 의분을 참지 못하고 자기 정당성을 주장하면, 매스컴은 또다시 기세를 올리며 발목을 붙잡았다. 줄곧 그런 과정이 되풀이될 뿐이었다.

한심한 얼간이들 같으니……. 미쓰오는 매일 그렇게 중얼거리지 않을 수 없었다. 세계와 국가를 논해야 마땅할 공적 기관이 대중에 영합하기 바빴고, 그런 모습을 조금도 부끄러워하지 않았다.

텔레비전을 끄고 새 여송연에 불을 붙여 연기를 내뿜었다. 창밖으로 황거(皇居)의 짙은 숲이 보였다. 그 너머에는 고층빌딩이 또 다른 숲을 이뤄 야경을 반짝이고 있었다.

그런 경치를 바라보고 있노라면 일개 정치부 기자가 용케도 여기까지 올라섰구나 하고 감개무량해질 때가 있다. 수많은 경쟁을 이겨내고 이 자리에 선 것이다.

"회장님, 슬슬 주무실 시간입니다." 기시타가 무료한 듯 말했다. 자기가 잠들 때까지 거실에 대기하라고 지시했기 때문이다.

"으음, 알았네." 여송연을 비서에게 건네고 자리에서 일어섰다. 미쓰오도 아직 취기가 남아 있을 때 잠들고 싶었다. 3년간이나 말짱한 정신으로 편안하게 잠들어본 일이 없다. 불안한 것이다.

방으로 들어가 파자마로 갈아입고 침대에 누웠다. 깜깜한 게 싫어서 전기스탠드 하나는 늘 켜두고 잔다.

베개를 편하게 고쳐 베고 잠들 태세를 갖추었다. 눈을 감았다. 술로 머리가 적당히 마비된 상태라 의식이 가물가물 멀어졌다. 좋아, 오늘밤은 아무 일 없이 잠들 것 같군. 그런 생각이 드는 순간, '툭' 하는 작은 소리가 들렸다. 정적 속이 아니라면 들리지 않을 만큼 작은 소리였다.

무슨 소린가 싶어 눈을 뜨자, 시커먼 어둠속이었다.

순간 패닉 상태에 빠지고 말았다. 손발이 마비되고 이불이 요동칠 정도로 온몸이 떨리기 시작했다.

'으아아아아.' 나오지도 않는 소리를 질러댔다. 온몸에서 비오듯 땀이 쏟아지고, 급기야 침대에서 굴러떨어지고 말았다. 안간힘을 다해 바닥을 기며 문을 찾았다. 머리에 뭔가가 부딪쳤다. 손으로 더듬거렸다. 여기가 대체 어디란 말인가? 혹시 황천? 심장이 오그라들었다. 머리가 빙글빙글 돌았다. "어~이, 어~이!" 소리를 질렀다. 무슨 소리가 들리는가 싶더니 곧바로 불빛이 동공을 파고들었다. "회장님, 무슨 일입니까?" 기시타가 이상을 감지하고 침실로 들어온 것이다.

다행이야, 죽은 건 아니군……. 바닥으로 들어오는 흐릿한 불빛에 침실 윤곽이 드러났다. 침대가 있고, 테이블이 보였다. 온몸에서 힘이 빠져나간 미쓰오는 바닥에 털썩 엎어지고 말았다.

"회장님, 괜찮으십니까? 구급차를 부를까요?" 기시타가 퍼렇게 질린 얼굴로 다가왔다.

"됐네." 미쓰오는 목소리를 쥐어짜내 간신히 대답했다. 땀을 훔쳐내고 거친 숨을 내쉬었다. "쓸데없는 짓 할 거 없어."

언뜻 전기스탠드 쪽으로 시선을 돌렸다. 켜 있어야 할 백열등이 꺼져 있었다.

"이봐, 스탠드 전구 좀 확인해봐."

기시타가 전구를 빼보니 필라멘트가 끊겨 있었다. 조금 전의 소리는 필라멘트가 끊어지는 소리였던 것이다.

"멍청하긴. 관리 좀 철저히 못하나? 끊어지기 전에 갈아둬야 할 거 아냐!"

터무니없는 주문을 했다. 화라도 내지 않으면 모양새가 영 우스워질 것 같았기 때문이다.

기시타가 군은 표정으로 고개를 숙였다. "됐어. 그만 나가 봐." 쫓아내듯 기시타를 내보내고 방 불을 켰다. 여전히 심장이 벌렁거렸다.

미쓰오는 크게 심호흡을 한 뒤 침대 위에 엎드렸다. 오늘밤은 불을 켜둔 채 자기로 했다. 잠들지 못할 가능성이 더 높기는 하지만.

미쓰오는 어둠이 무서웠다. 그 너머에 있는 게 두려웠기 때문이다. 그리고 이 증세는 아무래도 점점 더 심해지는 것 같았다.

일본 제일의 신문사 회장이라는 사람이 이 무슨 가당찮은 일이란 말인가.

취기가 말끔히 가서버렸다.

다음 날, 미쓰오는 회장실로 주치의를 불렀다. 신경안정제 처방을 받기 위해서다. 지난밤의 패닉은 머릿속에 각인되어 사라지지 않았고, 다시 떠올릴 때마다 기분이 나빠졌다. 남에게 어둠을 두려워하는 증상을 털어놓을 생각은 없었지만, 약이라도 구하면 그것만으로도 마음이 든든할 것 같았다.

"회장님, 불면증이라면 그쪽 전문의를 소개해드릴까요?" 주치의는 마치 다나베의 속을 훤히 들여다보기라도 하듯 제안했다. "요즘 많이 피곤하시죠? 매일 술자리가 있으니." 기시타에게 정보를 들었는지 설교조의 말까지 덧붙였다.

이래서 의사가 싫다. 군말 없이 약만 주면 끝날 것을.

"좋아서 술집에 드나드는 게 아니잖소." 미쓰오가 말을 받아쳤다.

만나는 상대는 모두 정치가나 재계 사람들이다. 나라의 중추를 짊어진 톱클래스 동지들 간의 의견 교환인 셈이다.

"아무튼 안정제든 수면제든 전문가의 처방을 받는 게 확실하고 좋습니다. 약을 짓는 데 미묘한 차이도 있을 수 있고……. 그쪽 전문의를 찾아보도록 하겠습니다."

"누구 괜찮은 의사라도 있긴 한가? 신용할 수 없는 사람은 곤란해. 이래 봬도 하이에나들이 잔뜩 노리는 몸이니 말일세. 하하하." 미쓰오가 스스로를 비웃듯 말했다.

"아 네, 잘 알고 있습니다." 주치의가 허공을 응시하며 생각에 잠겼다. "이라부 선생 병원에 틀림없이 신경정신과가 있었던 것 같은데……."

"아아, 일본의사회 이사 이라부 씨 말이군. 전에 몇 번 인사를 나눈 적이 있긴 하지."

이라부 종합병원이라면 전쟁 이전부터 명문으로 알려진 곳이었다.

"아드님이 신경정신과 의사라는 말을 들은 적이 있습니다."

"가족이로군. 그렇다면 안심이지. 나중에 비서에게 연락하라고 할 테니, 미리 전화해서 양해만 구해주게."

"알겠습니다."

주치의는 혈압만 재고 돌아갔다. 최저치가 120, 최고치가 160. 대단한 혈압이다. 이런 결과가 나오는 이유는 요즘 들어 피가 거꾸로 치솟는 일만 벌어졌기 때문이다.

회장실에서 한동안 일을 하고 있는데, 비서실장 기시타가 들어왔다. 이라부 종합병원 신경정신과와 연락이 닿았다고 했다.

"그래. 그럼 오늘 오후에라도 왕진을 부탁해."

"그런데 말입니다, 왕진은 안 한다고……." 기시타가 근심스러운 표정으로 입을 열었다.

"〈대일본신문〉의 다나베라고 했는데도?"

미쓰오는 자기 귀를 의심하지 않을 수 없었다. 일본 의사회에는 꽤나 은혜를 베풀어주었다. 사설을 통해 세제(稅制) 우대에 관한 일도 두둔해준 적이 있다.

"네에. 아드님 본인과 직접 통화를 했습니다만, 뭐라고 해야 좋을지…… 상식이 안 통한다고 해야 할까……."

"대체 그쪽에서 뭐라고 했다는 거야? 정확하게 다시 말해봐." 미쓰오가 기시타를 노려보았다.

"그러니까 그게…… '싫단 말~야' 라고."

"싫단 말~야?"

"네. 아무래도 좀 별난 사람인 것 같습니다. 오늘은 추워서 밖에 나가기 싫다고……."

미쓰오의 얼굴이 벌겋게 달아올랐다. 이놈 저놈 할 것 없이, 요즘 세상은 모자란 것들 천지다. 일본의 장래는 대체 어찌 될 모양인지.

"그만 됐어. 다른 데 알아봐!" 거칠게 쏘아붙인 후 비서를 밖으로 내보냈다. "아 잠깐!" 그러나 곧바로 다시 불러 세웠다.

"이라부 종합병원이라면 파워즈 기숙사 가는 길에 있는 거 맞지? 가보자고. 실내 연습장 시설 시찰하러 가는 김에 들르면 되겠군. 차 준비시켜."

미쓰오는 마지못해 그곳까지 찾아가기로 했다. 화가 나긴 했지만 다른 곳을 찾는 것도 성가셨다. 게다가 오늘밤 숙면을 위해서라도 당장 약이 필요했다.

업무용 자동차에 앉아 도쿄 거리를 내다보았다. 잠깐 눈여겨 보지 않은 사이, 어느새 새 고층빌딩을 짓고 있었다. 정재계에서는 이것이 바로 버블이라는 걸 눈치나 채고 있을까.

지면을 통해 경종을 울릴 필요가 있다는 생각이 들었다. 다들 이 모양이니 쉽사리 은퇴할 수 없는 것이다.

이라부 종합병원의 신경정신과는 어슴푸레한 지하에 있었다. 자기도 모르게 침이 꿀꺽 넘어갔다. 미쓰오가 싫어하는 어두운 장소였다. 진료실에 함께 들어갈 수 없어서 비서들은 대합실에 대기시켰다.

문을 두드렸다. "들어오세요~!" 안에서 새된 목소리가 들렸다. 여기 맞나, 무심코 문에 붙은 플레이트를 확인했다. 안으로 들어가자 겉보기에 40대쯤으로 보이는 투실투실 살이 오른 사내가 1인용 소파에 앉아 미소 띤 얼굴로 손짓을 했다. 흰 가운에 달린 명찰에는 '의학박사 · 이라부 이치로'라고 씌어 있었다. 아무래도 이 풋내기가 이라부 이사의 아들인 모양이다.

"다나베 씨죠? 나베맨. 텔레비전에서 본 적 있어. 우헤헤."

잇몸을 드러내며 무람없이 웃었다. 미쓰오는 발끈 화가 치밀었다. 상대를 면전에 대놓고 나베맨이라니? 이런 무례한 놈이 있나…….

"팩스로 소개장이 왔던데, 잠을 못 잔다면서요? 노인성 우울증의 초기 증상이 불면증인데."

노인성이라는 말에 더욱 부아가 치밀었다. 미쓰오는 더는 참을 수 없어 거칠게 내뱉었다.

"이봐, 누구한테 노인성 우울증이라는 거야! 무례하게시리. 당신은 잠자코 잠자는 약이나 지어주면 되는 거야. 내가 누군지 알기나 해?"

"후하하. 역시 큰소리는 잘 치시네. 텔레비전에서 본 거랑 똑같다." 이라부가 미쓰오를 손가락질하며 손뼉을 치고 웃어댔다. "영락없는 심통꾼이네. 자, 우선 주사부터 놓을까요. 어~이,

마유미짱."

이라부의 목소리에 안쪽 커튼이 열리고, 하얀 미니 가운을 입은 젊은 간호사가 나타났다. 엄청나게 굵은 주사기를 권총처럼 거머쥔 간호사가 대담하게 입술 끝을 비틀어 올렸다. 미쓰오는 미간을 찌푸렸다.

"어이, 뭐야. 무슨 짓을 하려는 거야?"

"아하, 글쎄 괜찮으니까 앉아요, 앉아."

둘이서 달려들더니 웃옷을 벗기고 주사대에 팔을 묶었다.

"잠깐, 설명부터 하라니까."

"그냥 평범한 포도당 주사예요."

"그게 왜 필요한가?"

"아이, 글쎄 별 거 아니라니까 그러시네." 이라부가 장난감이라도 만지작거리듯 신이 나서 소독약을 발랐다.

저항하려고 했지만 팔이 꽉 눌러서 꿈쩍도 할 수 없었다. 이게 꿈인가 생시인가? 이미 10년 이상, 남에게 명령을 받아본 일이 없다. 물론 자유를 빼앗긴 일은 더더욱……

주사바늘이 피부를 뚫고 들어왔다. "아야야야!" 엉겁결에 한심스러운 소리를 지르고 말았다. 순식간에 고등학생으로 되돌아간 것 같은 착각에 빠졌다. 진주군(進駐軍, 제2차 세계대전 후 일본에 주둔한 연합군 – 역주)이 뿌려댄 DDT를 맞았을 때 기분이었다.

무심코 간호사의 가슴 사이 계곡으로 눈길이 쏠렸다. 달콤한 향기가 코를 간질였다. 시선이 마주치자 간호사가 코웃음을 치며 손가락으로 미쓰오의 이마를 쿡 찔렀다.

너무도 어이가 없어 목소리조차 나오지 않았다. 술 취한 긴자(銀座)의 호스티스도 이런 짓은 하지 않는다.

주사가 끝나자 커피가 나왔다. 이라부는 소파에 비스듬히 기대 앉아 커피 잔을 입으로 가져갔다. 자기가 앉은 의자는 변변찮은 환자용 스툴이었다. 부글부글 화가 치밀었다. 감히 〈대일본신문〉의 회장이며 도쿄 그레이트 파워즈의 구단주인 나에게 VIP 대우를 안 하다니.

"그런데 잠을 못 잔다는 건 매일 밤?" 이라고 묻는 이라부.

"아, 아니. 그때그때 경우에 따라……." 미쓰오가 망연히 대답했다.

"파워즈가 졌을 때?"

"이이, 농담은 그만두지. 내가 그리 속 좁은 사람으로 보이나? 그리고 지금은 시즌 오프 아닌가."

"그럼 뭣 때문에?" 이라부가 물었다. 미쓰오는 기침을 한 번 하고 나서 입을 열었다.

"이보게, 자네. 우선 그 말투부터 고쳐볼 생각 없나? 난 나름 지위가 있는 사람이야."

"에이, 또 딱딱한 소리 하시네." 동요하는 기색 하나 없이 아무렇지도 않게 어깨까지 두드렸다.

"이런 무례한 자를 봤나. 옛날 같았으면 목숨을 부지하지 못해!" 미쓰오가 이라부의 손을 뿌리치며 불같이 화를 냈다.

"다나베 씨, 얼굴 시뻘게. 혈압 올라가겠당~."

"'당~'은 무슨 놈의 '당~'. 지금 혈압 올리는 건 바로 네놈이야!"

"쳇, 걸핏하면 화만 내. 숙면을 하려면 제일 먼저 평정심을 유지해야 하는데."

뒷목이 당겼다. 감히 나한테 설교를? 이 애송이 놈을 어찌 해야 좋단 말인가.

"고령자의 경우, 죽음에 대한 불안 때문에 자는 것 자체를 두려워하는 패턴이 있긴 하지."

가슴이 철렁 내려앉았다. 자기도 모르게 뺨에 경련이 일었다.

"말도 안 되는 소리 집어치워. 나, 나, 난 죽음 같은 건 각오한 지 오래야." 말을 하면서도 땀이 흘렀다. 혀도 잘 돌아가지 않아 말까지 더듬거렸다.

"전에 왔던 여든 살 된 환자는 신문에서 '영면'(永眠)이라는 글씨만 봐도 잠자기가 두려워진다고 우는 소리를 하던데."

"그런 한가해빠진 노인네랑 똑같이 취급하지 마. 난 매일 정신없이 바빠서 그런 헛된 망상 같은 거 할 시간 없어."

항변을 하면서도 계속 식은땀이 흘러내렸다. 사실은 요즘 들어 신문 부고란을 보는 게 두려웠다. 자기보다 나이가 어린 사람이 죽을 때마다 심장이 오그라들었다.

"흐음. 높으신 분은 다른 모양이네." 이라부가 소 울음소리처럼 한가롭게 말했다.

"아무튼 난 바쁜 사람이야. 얼른 약이나 내. 난 자네 아버님과도 아는 사이라고."

"아빠 이번 주에 하와이로 골프 갔는데."

"빨리빨리 하란 말 안 들려!" 거칠게 소리쳤다.

"으이그, 꽤 으스대시네." 이라부가 투덜거리며 진료 기록 카드에 뭔가를 적어 넣었다. "그럼, 수면제하고 혹시 모르니까 항불안제도 처방해두지. 그리고 한동안 통원치료 받으시길."

"멍청한 소리 집어치워. 매일 병원에 다닐 만큼 한가한 사람이 아니야."

"아잉~ 그러지 말고 시간 좀 내줘요~. 우리도 보험 점수 좀 올려야 할 거 아냐."

이라부가 어리광부리는 투로 미쓰오의 팔을 붙들고 흔들었다.

"어 어이, 당장 이 팔 놓지 못해!"

신경이 곤두설 대로 곤두서서 숨까지 거칠어졌다. 이 자식, 혹시 구제 불능 바보 천치?

"자, 그럼 내일 또~."

'까불지 마'라고 소리치고 싶은 걸 꾹 참으며 지팡이를 짚고 일어섰다. 실내 한 모퉁이를 보니 조금 전의 그 간호사가 벤치에 아무렇게나 드러누워 잡지를 읽고 있었다. 몸매가 그럴싸한 히피, 무심코 탱글탱글한 넓적다리로 눈길이 향하고 말았다. 도대체 어떻게 생겨먹은 곳이란 말인가, 이 병원은.

그건 그렇다 치고, 이렇게 무례한 대우를 받아본 게 대체 몇 년 만인가. 쉰 살에 정치부 부장이 된 이후로는 한 번도 이런 경험을 한 적이 없다.

진료실을 나오자 복도 끝에 엘리베이터가 보였다. 혼자 타기가 무서워 힘겹게 계단을 올라갔다. 미쓰오는 어둠과 마찬가지로 좁은 장소도 두려워했다. 뭔가를 상징하는 느낌이 들어서 다리가 얼어붙고 마는 것이다.

차로 돌아오자마자 비서들에게 닥치는 대로 화풀이를 했다. 건설 현장 시찰을 가서도 호통만 쳤다.

풋내기 의사가 시키는 대로 따르고 만 것을 보상하지 않으면 손해를 보는 기분이 들었기 때문이다.

2

예상대로 미쓰오가 '한갓 선수'라고 했던 말은 텔레비전에 되풀이해 흘러나왔고, 각 방면에서 물의를 일으키는 결과를 낳았다. 앞뒤 영상은 잘라버리고 얼굴이 벌겋게 달아올라 소리치는 장면만 방영했다. 아무리 예상했던 일이라고는 하지만, 격렬한 분노를 자아내기에 충분했다. 바로 그 전날에는 기자 하나가 파워즈의 외국인 선수에게 만족하느냐고 하도 매달리며 물어서

"아직 멀었지"라고 대답했을 뿐인데, '나베맨 짖어대다, 외국인 용병은 필요 없다!'라는 보도가 나갔던 것이다.

프로야구 재편성 문제는 국민적 관심사로 떠올랐다. 총리대신인 이즈미타에게까지 코멘트를 요청해서 "팬을 생각해서"라는 발언을 얻어냈다. 이래서 대중에 영합하는 정치가는 좋아하지 않는다. 정치부 부장을 불러들여 이즈미타의 경기회복 정책에 의문을 제기하는 기사를 쓰라고 지시했다. 실은 줄곧 현 내각의 무능함을 보며 치미는 화를 억눌러왔던 것이다.

그날은 주간지 인터뷰에 응했다. 옐로 저널리즘을 상대하는 것은 부아가 치미는 일이지만, 비서들에게 설득을 당해 어쩔 수 없이 받아들이기로 했다. 어차피 다뤄질 바에는 어느 정도 변명을 해두는 편이 나을 수도 있었다.

회사로 찾아온 기자는 30대 젊은 기자와 편집 책임자였다. 편집장이 와야 할 거 아니냐는 말이 목구멍까지 올라왔다. 대다수 출판사는 건방지기 이를 데 없다.

"프로야구 단일 리그제 이행은 다나베 씨가 처음 시작했다고 이해해도 되겠습니까?"

기자가 시작부터 시비조 질문으로 입을 열었다.

"당신들은 어떻게든 나를 배후 조정자로 만들고 싶은 모양이군. 조금만 생각해봐도 금방 답이 나올 거 아니오. 단일 리그로 바꾼다고 해서 파워즈에 무슨 득이 있겠소. 우린 지금 그대로도 수십억 대의 흑자란 말이지. 그런데 굳이 우리가 움직일 필요가 뭐가 있겠나."

기자를 노려보며 여송연을 입에 물었다. 비서가 달려와 불을 붙이자, 마치 기다리고 있었다는 듯 카메라맨이 셔터를 눌렀다.

"그렇다면 퍼시픽리그의 일부 구단주들이 도움을 요청했다는 뜻인가요?"

"뭐 말하자면 그런 셈이지. 프로야구는 공존공영이야. 퍼시픽리그에서 적자가 계속된다면 도움의 손길을 뻗지 않을 수 없겠지. 단, 12개 팀은 너무 많아. 10개 팀 정도로 줄여서 수준 높은 야구를 보여준다, 그게 바로 진정한 팬서비스지."

"공존공영이라고 하신다면, 먼저 부의 편중 현상부터 시정해야 한다고 생각하지 않으십니까?"

또 그놈의 소리군. 미쓰오는 진절머리가 났다.

"당신들은 텔레비전 방영권료를 분배해야 한다는 말을 하고 싶은 모양인데, 그런 말을 함부로 하면 안 되지. 지금까지 우리 기업에서 쏟은 노력을 뭐로 보나? 파워즈는 아무것도 없는 시대에 일본 프로야구를 만들었고 지금껏 엄청난 투자를 해왔어. 자유경쟁이 사라지면 산업 자체는 활기를 잃는 법이야. 그런데도 공산주의가 좋다는 건가? 자네들 빨갱이야?"

그 말에 동석하고 있던 기시타의 낯빛이 순식간에 변했다. 흥, 이 정도 말에 왜 저리 신경을 써.

"팀 수가 줄어들면 직장을 잃는 선수나 구단 직원들이 생기는데요."

"세상은 구조조정 회오리에 휘말린 지 오래야. 프로야구계 혼자만 편안할 수야 없지. 더 이상은 어리광이 통하지 않는다는 말이야."

"팬들이 그 말을 받아들일까요?"

모자라도 한참 모자란 것들이다. 팬을 앞세워 밀어붙이면 안전지대에 있을 수 있다고 생각하는 것이다.

"나는 팬을 위해서 그런 생각을 한 거야. 그럼, 퍼시픽리그가 이대로 망해버려도 좋단 말인가? 죽게 내버려둬도 괜찮단 말이야?"

"그렇다면 다나베 씨는 자신이 구세주라는 말씀?"

"흥. 내가 여기서 고개를 끄덕인다면 틀림없이 '나베맨 짖어대다, 나는 야구계의 구세주!' 어쩌고 하는 헤드라인을 뽑아낼 테지? 안 그런가?"

기자가 쓴웃음을 웃으며 펜으로 머리를 긁적였다.

"당신들 수법 정도는 다 알아. 그렇게 쉽게 속아 넘어가진 않지. 핫핫하."

미쓰오는 상대를 한 방 먹였다는 것에 기분이 좋아졌다. 여송연 연기를 내뿜으며 소파 깊숙이 몸을 파묻었다.

"그런데 프로야구 선수회는 팀 감소에 맞서서 파업도 불사하겠다는 태세인 것 같습니다. 파워즈 선수회의 파업을 용인하시겠습니까?"

"해볼 테면 해보라고 해. 그런 배은망덕한 것들은 당장 트레이드야."

"배은망덕이라는 말은 봉건적 표현 아닌가요?"

"모르는 소리. 구단이 선수들 뒤치다꺼리를 얼마나 해왔는지 알기나 해?"

"대학 유력 선수에게는 아마추어 시절부터 용돈까지 줬다는……."

"뭐? 무슨 소리야, 그게?"

"그런 정보도 들어와 있습니다. 자유 지명(한 구단이 유망선수를 싹쓸이해가는 것을 방지하기 위해 드래프트 이전에 1개 구단이 2인 이내 범위의 선수를 계약 체결 내정 선수로서 자유롭게 지명하고 획득할 수 있는 제도. 단 고교생이나 이에 준하는 선수는 획득할 수 없음 - 역주) 범위에 있는 선수에게는 일상적으로 금품을 제공했던 것 같던데요."

기자가 눈을 치뜨며 말했다. 미쓰오의 표정 변화를 결단코 놓치지 않겠다는 얼굴이었다.

"잠깐만요. 그건 오늘 취재와는 관계없는 이야기 아닙니까?" 안색이 변한 기시타가 끼어들었다. "오늘은 야구계 재편에 관련한 인터뷰만 한다고 하셨잖습니까!"

"그냥 사실이 어떤지 묻는 것뿐입니다."

"회장님은 스카우트 활동까지는 관여하지 않습니다."

"그렇지만 관리상 책임은 엄연히 있으실 텐데……."

기자들과 기시타가 언쟁을 벌이기 시작했다. 맹렬한 분노가

28

치밀어 올랐다.

"그만, 시끄러워!" 미쓰오가 지팡이를 짚고 자리에서 일어섰다. "이봐, 기시타. 이게 뭔가. 가십거리나 쫓아다니는 사람들 상대나 시킬 작정이었어?"

"다나베 씨, 가십거리나 쫓아다니는 사람들이라니요!" 기자가 시건방지게 반론을 제기했다.

"그럼, 뭐야? 잡지에 여자 나체 사진이나 실으면서 저널리스트라도 될 심산이었나? 웃기는 소리 작작해."

"회장님, 여기는 제게 맡기시고⋯⋯."

바로 그 순간 카메라맨이 플래시를 터뜨렸다. 순간적으로 눈앞이 캄캄해졌다. 연달아 플래시가 터졌다. 이번에는 현기증이 났다. 이게 대체 어찌 된 일이지? 플래시 세례 같은 건 매일 밤 받는 건데⋯⋯.

미쓰오는 자기도 모르게 소파에 주서앉고 말았다. 순식간에 핏기가 가셨다. 초점을 제대로 맞출 수가 없었다. 게다가 숨까지 가빠왔다. 팔걸이에 몸을 기댔다.

"회장님, 어디 불편하십니까?" 기시타의 목소리가 메아리처럼 멀게 느껴졌다.

"여러분, 당장 돌아가세요. 회장님께서 피곤하십니다."

기시타가 기자들에게 항의 섞인 목소리로 말했다. 미쓰오에게는 그 말이 마치 남의 일처럼 객관적으로 들렸다.

창호지에 잉크가 스미듯 머릿속에 어떤 이미지가 떠오르기 시작했다. 본 적은 없지만, 그것이 열반(涅槃)이라는 걸 알 수 있었다. 나는 여기서 죽는 것인가? 아니, 그럴 리가 없다.

호출을 받고 뛰어들어온 젊은 비서가 미쓰오를 번쩍 안아 회장실의 긴 의자까지 옮겨갔다. 다시금 공포에 휩싸였다. 눈꺼풀 안에서 플래시가 수없이 번쩍였다.

구급차를 부르려고 하는 기시타를 불러 세웠다. 어차피 특별한 이상 같은 건 없을 게 뻔했다. 오래 전부터 자각하고 있었다. 신경증이 분명했다.

"지난번에 갔던 이라부 종합병원의 의사를 불러주게." 힘겹게 말을 뱉었다. 무례하기 이를 데 없는 의사지만, 처방해준 약은 확실히 효과가 있었다.

한참이 지나, 기시타가 귓전에 대고 조용히 속삭였다.

"저어, 전화를 했더니 또 '싫단 말~야' 라고…….."

미쓰오는 이를 악물고 분을 삭였다. 여기서 죽을 수는 없다.

"에이 뭐야, 이번엔 현기증이라면서?" 이라부가 입이 찢어져라 하품을 하며 태평스럽게 말했다. "큰일이네. 불면증에다 현기증까지."

미쓰오는 왼쪽 팔을 문지르며 하마처럼 생긴 눈앞의 사내를 매섭게 쏘아보았다. 들어서자마자 주사를 맞았던 것이다. 오늘은 강장제라고 했다. 왜 이곳으로 발길이 향하고 마는 걸까. 인간은 마음이 약해지면 어리석은 자에게라도 매달리고 싶어지는 걸까.

"전화로 비서라는 사람한테 들었는데, 어떤 계기가 생기면 갑자기 패닉 상태에 빠진다면서?"

"기시타가 그러던가?" 미쓰오가 눈을 치켜뜨며 물었다.

"흠, 그리고 무좀도 있다던데."

"멋대로 지껄이지 마. 그런 거 한 번도 걸린 적 없어."

"비서도 걱정돼서 한 말이니까 화내면 안 되용~." 이라부가 한쪽 팔꿈치를 소파에 괴고 코를 후볐다. 무례함도 도가 지나치다 보니 할 말을 잃게 된다. "그건 그렇고, 증상에 관해서는 숨김없이 털어놔야지. 패닉 장애라면 그에 맞는 대처법이 있으니까."

"패닉 장애?"

"응. 자율신경실조증(自律神經失調症, 자율신경 기능의 부조화로 일어나는 이상증세 – 역주)의 일종. 증세가 심할 때는 실신까지 해서 전차도 못 타고 외출하기도 두려워지고……. 아무튼 일상생활에 여러 가지 지장을 초래한단 말씀."

미쓰오는 생각에 잠겼다. 분명 자신은 때때로 패닉 상태에 빠진다. 그 원인은 이미 알고 있다. 어둠, 밀폐된 공간 그리고 이번에는 플래시까지 더해졌다.

"자~ 어서 자백하시지." 마음속을 꿰뚫어보기라도 하듯 이라부가 말했다.

"난 나돌아 다니는 데 아무 문제 없어. 멋대로 엉터리 진단

내리지 마."

"고집 꽤나 세시네~. 어두운 거 무서워하는 주제에."

"기시타가 그런 소릴 지껄였나?" 미쓰오가 눈을 부릅뜨고 침을 튀기며 소리쳤다.

"아하 글쎄, 걱정돼서 한 말이라니까 그러시네."

"누가 그런 걸 무서워해. 내가 어린애인 줄 알아!" 큰소리를 쳤다. 멍청한 놈에게 약점을 보이고 싶지 않았다.

"자 그럼, 시험 삼아 불을 꺼볼까? 여기 지하라서 불 끄면 진짜 깜깜한데, 그래도 괜찮을지?" 이라부가 히죽거리며 얼굴을 들이밀었다. 흡사 먹이를 보고 군침을 흘리는 하마 같은 표정이었다.

"하든지 말든지 맘대로 해." 미쓰오가 기세 좋게 소리쳤다. 그러나 벌써부터 무릎이 가늘게 떨리기 시작했다.

"어~이, 마유미짱. 불 좀 꺼줄래."

벤치에 아무렇게나 드러누워 있던 간호사가 미쓰오에게 힐끗 시선을 던졌다. 성가시다는 듯 일어서더니 벽에 붙은 스위치를 눌렀다. 어둠에 휩싸였다.

미쓰오는 마른침을 삼켰다. 순식간에 온몸에서 땀이 배어나왔다. 그와 동시에 숨이 가빠지고, 도저히 차분히 있을 수가 없었다. 자기 존재가 완전히 사라져버린 것처럼 전후좌우 감각을 느낄 수 없었다. 시간 감각도 없었다. 1분이 지났는지, 10분이 지났는지, 혹시 이런 상태가 영원히 계속되는 건 아닌지. 죽음,

영면……. 그런 말들이 머릿속에 떠올랐다. 무릎이 부들부들 떨렸다. 금방이라도 비명이 터져 나올 것 같았다.

"으으윽!" 비명소리가 났다. 이라부가 내지른 소리였다. "마유미짱~. 불 좀 켜. 빨랑, 빨랑!"

갑자기 요란한 소리가 들리기 시작했다. 비커 깨지는 소리, 주사대 쓰러지는 소리. 대체 무슨 일이 벌어지는 걸까. 미쓰오의 머릿속은 혼란에 휩싸였다. 그 순간 몸에 충격이 느껴졌다. 이라부가 세차게 부딪쳐온 것이다. 미쓰오는 그대로 뒤로 넘어지며 마룻바닥에 후두부를 부딪쳤다. 쿵 하는 둔탁한 소리가 울렸다.

"참 나, 대체 뭐하자는 거야." 간호사가 느릿느릿한 말투로 중얼거리며 방 불을 켰다. "두 사람 다 좀 모자란 거 아냐?" 경멸이 깃든 시선으로 내려다봤다.

"으악, 큰일 날 뻔했다. 성날 아무섯노 안 보여."

"으으윽……." 미쓰오가 신음소리를 냈다. 숨을 쉴 수가 없었다. 머리는 욱신욱신 쑤셨다.

"어, 괜찮아요?"라고 묻는 이라부.

"얼른 비키지 못해!" 안간힘을 내어 입을 열었다. 이라부 밑에 깔려버린 것이다.

"미안, 많이 아파? 헤헤헤. 다나베 씨 나이도 있는데 혹시 죽기라도 하면 곤란하지." 이라부가 쑥스러운 듯 웃으며 자리를 털고 일어섰다.

"이런 순 돌팔이 의사……." 미쓰오가 연신 격렬하게 기침을 해댔다. 눈에는 눈물이 어려 있었다.

"아 맞다…… 깜빡했는데 나도 어렸을 때부터 캄캄한 어둠은 무서워했어. 지금도 작은 전구 하나는 켜놓고 자는걸 뭐, 하하하. 어둠은 너무 무서~ 무서워!"

볼이 벌겋게 달아오른 이라부가 손으로 부채질을 했다. 미쓰오는 그제야 겨우 몸을 일으키고 호흡을 가다듬었다. "자네 어른 맞나? 정신연령은 다섯 살이지?" 갈라진 목소리로 말했다.

"그런 실례되는 말을……. 어른 맞는데."

"패닉 상태에 빠진 건 자네잖아." 미쓰오가 덤벼들듯 쏘아붙였다. "감히 누구한테 패닉 장애 운운하고 있어. 그렇다면 자네야말로 병자로군."

"쳇, 난 옛날부터 그랬다고요. 다나베 씨는 최근 들어 그러는 거잖아. 분명히 무슨 원인이 있을 거야."

"입 닥쳐. 당신 같은 작자와 노닥거릴 시간 없어."

"으스대시긴~. 아무튼 좀 앉아봐요. 어~이, 마유미짱. 커피두 잔."

미쓰오는 온몸에서 힘이 빠져나갔다. 대체 왜 이곳에 있는 것일까.

"흠…… 그러니까 어둠 속에 있으면 패닉 상태가 된다는 거지? 그밖에는?"

이라부가 어린애 같은 목소리로 말했다. 이 사내는 겉보기에는 아들뻘이지만 속은 손자 수준이다.

"폐소공포증. 요즘에는 엘리베이터도 혼자 못 타." 미쓰오는 될 대로 되라는 식으로 털어놓았다. 저항할 마음조차 사라져버린 것이다. "오늘은 카메라 플래시였지. 정말 한심한 노릇이야."

숨을 크게 내쉬었다. 등이 구부러지며, 불현듯 자신의 나이가 느껴졌다.

"어둠과 밀폐된 공간은 분명 관을 떠올리니까 그럴 테고." 이라부가 가슴에 비수를 찌르는 것 같은 말을 아무렇지도 않게 내뱉었다. "플래시 때문에 시야가 하얗게 변하는 건 천국……. 아하, 다나베 씨 역시 죽음을 두려워하는 거 맞네."

"자네 말이야…… 말 좀 가려서 못하나." 화를 내고 싶어도 힘이 솟아나질 않았다. 게다가 정곡을 찔렸다는 생각이 들었다. 죽음을 두려워하는 것은 부인할 수 없는 사실이었다.

"역사를 쭉 훑어봐도 권좌에 앉은 사람은 너 나 할 것 없이 회춘과 불로장생 연구를 시켰단 말이죠. 오래 살고 싶어하는 건 다나베 씨 혼자만은 아니지."

미쓰오는 말없이 이라부를 응시했다.

"보통 사람들의 인생은 정년퇴직으로 어느 정도 정리가 되지만, 권력자 인생의 종말은 죽음뿐. 그러니까 모두 지나치리만큼 죽음을 의식하는 거겠지."

미쓰오는 의자에서 자세를 고쳐 앉았다. 이 사내를 단순한 바보 천치라고 할 수는 없을 것 같았다.

"그렇다면 한 가지 묻겠는데, 만약 내가 죽음을 두려워하는 게 사실이라면 앞으로 어떻게 해야 하나?"

"그거야, 당연 은퇴지. 돈도 있을 테니 그냥 놀면서 지내면 좋잖아."

"바보 같은 소리 집어치워. 난 아직도 할 일이 많아."

"할 일이 뭔데?"

이라부가 커피에 각설탕을 세 개나 집어넣더니 홀짝홀짝 소리를 내며 마셨다.

"자네는 나에 관해서 잘 모르는 모양인데, 〈대일본신문〉의 회장이라 늘 분주하단 말이네."

"뉴스에 매일 나오는 프로야구 단일 리그제 같은 일로?"

"그거야 사사로운 문제지. 어차피 그건 오락일 뿐이야, 나라를 좌우하는 일도 아니잖나. 그것보다 헌법 개정이 급해. 미국이 밀어붙인 헌법에만 매달려 있으면 일본은 아무리 시간이 지나도 국제연합 2등 국가 신세를 면할 수 없어. 난 어떻게 해서든 그걸 바꾸고 싶은 거야."

"흠, 뭔 말인지 잘 모르겠는데."

"그리고 현 이즈미타 내각은 틀려먹었어. 퍼포먼스로 인기 모으는 데는 열심이지만, 정책은 다 탁상공론뿐이야. 특히 경제는 생판 아마추어지. 실무 경험도 없는 학자를 장관 자리에 앉히는 짓이나 하고. 그런 내각이 국익에 얼마나 큰 손해를 끼치는지……"

"그러니까 결론적으로 말해서 다나베 씨는 나라를 걱정하고 있다는 말이네."

커피를 다 마시고 난 이라부가 이번에는 무심히 과자를 먹으며 말했다.

"이것 봐, 이라부 군. 나라를 걱정하는 데서 그친다면 다섯 살 꼬맹이라도 얼마든지 할 수 있어. 내가 다른 사람들과 다른 점은 천만 독자를 보유하고 있다는 점이야. 힘을 가진 자가 그 힘을 올바르게 활용하지 않는다면 그게 바로 죄 아니겠나. 더구나 난 저널리스트란 말이네."

"오호~ 그렇구나."

"오호~라니, 그럼 내가 누군지 알았나?"

"누구긴, 나베맨은 나베맨이지……."

"무슨 말 같지도 않은 소릴……." 미쓰오는 한숨을 내쉬고 커피를 마셨다. 그런데 대체 어쩌다가 이런 이상한 녀석과 이야기를 나누게 된 것일까. "이제 됐네. 약 처방이나 해줘. 패닉 어쩌고저쩌고 하는 거에 효능 있는 걸로."

"지난번에 줬던 항불안제밖에 없는데."

"그거면 됐어. 그건 그렇고, 난 매일 밤 집 앞에서 플래시 세례를 받는데, 뭐 괜찮은 대책이 없을까?"

"선글라스라도 쓰지 그래요? 아니면, 플래시 안 터트려도 사진 찍을 수 있게 현관 조명을 밝게 하는 방법도 괜찮을 거고."

이라부가 땅콩을 공중으로 던지더니 솜씨 좋게 입 안에 골인

시켰다. "나 잘하죠? 흐흐흐." 천진난만하게 웃어댔다.

미쓰오는 말문이 막혀 조용히 고개만 흔들었다. 천하의 다나베 미쓰오 앞에서 저 정도까지 자기 멋대로 나갈 수 있는 인간이 있을 줄이야……

약을 받아서 병원을 나왔다. 차로 돌아가 대기하고 있던 기시타를 쿡쿡 찔렀다.

"어이 자네, 돌팔이 의사한테 꼬치꼬치 잘도 떠벌렸더군."

"아아, 그러니까 그게…… 증상을 설명하면 이라부 선생님 치료도 훨씬 빨리 끝날 것 같고……" 기시타가 횡설수설 변명을 늘어놓았다.

"흠. 오늘만은 특별히 눈감아주지."

뒷좌석에 몸을 파묻고 바깥 경치를 내다보았다. 사람들은 평화로운 일상을 보내는 듯 보였다.

그건 그렇다 치고, '관'이라……. 미쓰오는 입속으로 중얼거렸다. 어쩌면 그리 한 치의 망설임도 없이 지껄여낼 수 있는지. 애써 회피해오던 것을 갑자기 눈앞에 들이미는 느낌이었다.

죽는 건 어쩔 수 없다. 그건 잘 알고 있다. 그러나 아직은 저승사자 명부에 올라갈 수 없다. 일본 제일의 발행부수를 자랑하는 신문사 회장으로서의 사명이 남아 있기 때문이다. 오늘날 일본은 변화시켜야 할 것이 너무나 많다. 무기력하고 어리석기 이를 데 없는 후배들에게 넘기기엔 너무 이르다.

교차로에서 차가 멈췄다. 지팡이를 짚은 노인이 비칠비칠 횡

단보도를 건너고 있었다. 분명 자신과 엇비슷한 나이다. 보고 싶지 않아 시선을 돌렸다.

실은 죽는 날까지 현역에 남아 있고 싶은 게 솔직한 심정이다. 아무도 필요로 하지 않는 존재가 되면, 순식간에 늙어버릴 것이다. 일정 없는 하루하루를 어떻게 보내야 할지 몰라 당혹스러워할 것이다.

"이봐, 안경점에 잠깐 들르지." 운전사에게 지시했다. "그리고 조명 가게도."

미쓰오가 탄 자동차는 미끄러지듯 도쿄 거리를 내달렸다.

그날 밤, 요정에서 모임을 마치고 돌아오자 기자들이 대기하고 있었다. 젊은 비서에게 조명과 배터리를 들고 먼저 내려서 차 뒤쪽에 조명을 비추라고 지시했다. 그 사이 미쓰오는 선글라스를 꼈다.

자동차 문을 열고 비서가 들고 있는 조명 빛을 받으며 차에서 내렸다. 기자들이 무슨 일인가 하고 의아한 눈빛으로 쳐다봤다.

"어떤가. 밝으니까 플래시 필요 없지. 고마워할 일 아닌가. 핫핫하."

"구단주님, 니야마 선수회 회장이 파업 방법과 일정을 구체적으로 제시한 것 같던데요."

"또 그 소린가. 니야마 군도 팬 입장을 좀 생각해야지. 파업을 해봐야 슬퍼지는 건 팬들뿐이야."

"팬들이 구단 감소는 슬퍼하지 않을까요?"

"바보 같은 소리 집어치워. 팀을 줄여서 보다 수준 높은 야구를 보여주려는 거야. 그것도 팬서비스 아닌가. 자네들 어디서 왔어? 〈아사히〉? 〈문예춘추〉? 어차피 나쁜 말만 써댈 테지. 어서 물러서기나 해."

누군가의 발에 밟혔다. 게다가 힐이었다. 말로 표현할 수 없는 통증에 얼굴이 일그러졌다.

"이것들 봐, 비키라는 말 안 들려!"

고함을 질렀다. 꼭 그럴 때에만 카메라가 가까이 다가온다.

"이런 멍청한 치들을 봤나. 자네들 원숭이야?"

"지금 원숭이라고 하신 거 맞죠?" 기자 하나가 마이크를 들이댔다.

"했다, 왜?"

"철회해주시죠."

"시건방진 소리 지껄이지 마. 이 몽키 센터야!"

자기도 모르게 지팡이까지 번쩍 치켜들었다. 그러자 사람들이 스르르 뒤로 물러났고, 미쓰오는 더할 나위 없이 근사한 피사체가 되고 말았다. 흡사 촬영 대회를 방불케 했다.

또다시 도발에 휘말리고 만 것이다. 잘 알면서도 자제가 안 된다. 모자라는 것들이 의견을 쏟아놓는 세상을 더 이상 참을 수가 없었다.

3

미쓰오의 언동은 점점 더 국민의 관심사로 떠올랐다. 당치않게도 지팡이를 치켜든 사진은 일반 신문 사회면까지 장식한 것 같았다. 미쓰오를 악역으로 내세우고 싶어하는 라이벌 신문사에게는 여송연에 선글라스라는 모양새가 절호의 기회가 된 듯했다. '보스의 귀가'라며 갱스터 취급한 신문까지 있었다는 보고를 비서에게 들었다.

스포츠 신문은 맘껏 떠들어댔다. 일부러 이누야마(犬山)의 몽키 센터에까지 급하게 알려서는, '불쾌한 비유, 사죄를 요구한다'는 코멘트까지 이끌어냈다. 정도를 넘어서는 유치함에 대꾸할 마음조차 생기지 않았다.

아무래도 신문 판매에 영향을 끼칠까 걱정이 되었는지 판매 담당 임원이 조심스레 의견을 전하러 왔다.

"회장님, 판매점에서 조금씩 클레임이 오고 있어서……."

"이런 모자란 놈들. 난 바른 말을 할 뿐이야. 그런데 내 말이나 왜곡시키는 놈들에게 굽히고 들어가란 소리야! 대중에게 영합하지 않아도 결국은 정의가 승리하게 돼 있어!"

호통을 쳐서 쫓아버렸다. 그러나 경영자로서의 책임상 일이 잘못되지 않도록 지원책도 따로 마련해두었다. 파워즈 경기의 티켓을 판촉에 보다 많이 사용할 수 있게 조처했다. 〈대일본신문〉은 파워즈의 인기에 힘입어 부수를 늘려온 신문이다. 파워즈가 건강하게 존재하는 한 신문도 아무 문제 없는 것이다.

그렇기 때문에 미쓰오는 프로야구의 지반 침하에 더더욱 무관심할 수 없었다. 퍼시픽리그가 경영 파탄에 이르렀다면, 센트럴리그가 흡수해서 돈이 되는 파워즈 전을 서로 나눠 갖는 것이 가장 좋은 방법이다. 그렇게 하기 위해서는 단일 리그 10구단 정도가 적정한 규모다. 세상은 이리도 간단한 이치를 왜 모른단 말인가. 팬을 무시한다는 말만 외곬으로 내세우며, 대안조차 내놓으려 하지 않는다.

팬이라 자칭하는 무리들도 대개는 1년 내내 구장에 한 번도 안 오면서 강 건너 불구경이나 하는 방관자들일 뿐이다. 자기 주머닛돈은 내놓지 않는 주제에 발언만은 한 몫을 단단히 하려 드는 것이다.

아무리 생각을 해봐도 내 생각이 옳다. 야구계를 위해서라도 내 뜻을 굽힐 수 없다.

그날은 오랫동안 알고 지내던 회사 사장이 은퇴 파티를 연다고 해서 미쓰오도 내빈 자격으로 출석했다. 곧 회장으로 취임할 거라 예상했는데 지방대학 교수로 초빙되어 내려간다고 했다.

"다나베 회장님께는 여러 모로 신세를 많이 졌습니다." 아직 예순여덟밖에 안 된 사장이 상냥한 표정으로 말을 건넸다.

"이것 보게, 자네는 나보다 열 살이나 젊은데 시골 대학으로 간다니 말이 되나."

미쓰오가 절반쯤은 진담을 담아 눈썹을 찡그리며 쓴소리를 했다.

"아 네에, 학교가 산속에 있긴 하죠. 하지만 놀리는 밭도 맘대로 쓸 수 있다고 하고, 강에서 은어 낚시도 할 수 있다고 해서요."

"그게 무슨 소린가. 그렇다면 은둔생활이나 다를 바 없군."

"하하, 맞습니다. 절반쯤 은퇴하는 셈입니다. 읽고 싶었던 책도 읽고, 클래식 CD도 들으면서 집사람이랑…… 아 뭐, 그럭저럭 한가롭게 살아가야죠."

집사람이라는 말을 허둥지둥 집어삼키는 듯했다. 아내를 먼저 떠나보낸 미쓰오에게 마음을 쓴 모양이다.

"적어도 그룹 계열사 일이라도 좀 봐줘야 하지 않겠나."

"괜찮습니다. 저희는 우수한 사람들이 많아서요." 사장은 그렇게 말하더니, 마치 말문이라도 막힌 듯 다음 말을 잇지 못했다. 이미 10년 이상 최고 자리에 군림하는 미쓰오를 비웃는 말처럼 들릴지도 모른다고 걱정한 모양이다.

간단한 은퇴 식전(式典)이 시작되고, 제일 먼저 자민당 소속의 50대 의원이 마이크를 잡았다. 그는 퇴임 사장에게 물러날 때를 알고 아름답게 떠나는 사람이라며 칭찬을 아끼지 않았다.

"생각해보면 야마모토 씨는 과음을 하지 않는 분입니다. 일본주는 두 홉들이 한 병, 위스키는 물에 탄 것 세 잔으로 정해놓고, 가능한 한 빨리 술자리를 끝내는 분입니다."

미쓰오는 자신과는 많이 다르다고 생각하며 자조 섞인 미소를 지었다. 과음이라도 하지 않으면 도저히 배겨낼 방법이 없었다.

"정계는 여러 모로 윗사람들이 쓸모 있는 세계인지라…… 아, 물론 이 자리에서만 하는 말입니다만, 좀처럼 그만둘 생각을 안 하는 사람이 많습니다."

회장에 웃음이 번졌다. 미쓰오는 은근히 부아가 치밀었다. 이 안에도 고희를 넘긴 기업 총수들이 적지 않았기 때문이다.

"떠나는 사람의 뒷모습은 참으로 아름답다고들 합니다. 그런 점에서만 봐도 야마모토 씨는 역시 진정한 스타일리스트로구나 하는……."

마치 그만두지 않는 사람은 추하다는 듯한 말투였다. 미쓰오는 그 의원에게 한 방 먹여주기로 결심했다. 이즈미타 수상에게 들러붙어 성공한 정치가라고 하니 별 볼일 없는 인간일 게 뻔했다.

이어서 몇 사람이 스피치를 더 하고, 마지막으로 미쓰오가 건배 선창을 하게 되었다.

"에헤, 좀처럼 그만둘 생각을 안 하는 미쓰오올시다." 회장 안에 와자그르르 웃음이 들끓었다. "세상은 저를 그만두게 하고 싶은 모양입니다만, 그럴수록 저는 더 버티고 싶어지는군요. 하하하!"

띄엄띄엄 박수소리가 들렸다. 모두 미쓰오의 낯빛을 살폈다.

"정이나 날 떠나보내고 싶은 사람은 장례식까지 기다리면 될 겁니다. 자, 어찌 되었든 야마모토 씨의 전원생활을 위하여 모두 건배!"

약간 정도가 심한 농담이라고 받아들인 모양인지, 다행히 회장 분위기가 얼어붙는 일은 없었다. 환담에 들어가자, 조금 전의 의원이 머리를 조아리며 다가왔다. 땀을 훔치며 아까 한 스피치에 별다른 뜻은 없었다고 변명을 늘어놓았다. 새로운 경영진도 차례로 인사를 하러 왔다. 자기도 모르게 자연히 거드름을 피우게 되었다.

왕 같은 대우를 받으면서 쾌감을 느끼지 않는다는 건 거짓말일 것이다. 그러나 그런 대접을 받는 만큼, 몸과 마음도 그에 걸맞은 보상을 치러내고 있다. 사명감이 없다면 견뎌낼 수 없는 일이다.

"다나베 씨, 안녕하세용~용죽겠지~!"

ㄴ 소리에 뒤를 돌아다보니 멋지게 양복을 차려입은 이라부가 서 있었다. 빨간 꽃무늬 넥타이까지 매고 있었다. "여전히 폼 잡고 계시네~." 반갑다는 듯 어깨를 쿡쿡 찔렀다.

"아니, 자네가 어떻게 여길." 미쓰오가 얼굴을 찡그리며 낮은 목소리로 말했다.

"우리 병원이 이 회사 지정병원이거든. 그래서 사원들 건강검진도 맡아서 하고."

"물론 다른 의사들이 할 테지."

"응, 난 신경정신과 의사니까. 오늘은 아빠 대리."

어엿한 성인이 '아빠'라니. 속이 뒤틀렸다.

"어때요? 패닉 장애는. 조금 나아졌나?"

"이런 멍청이. 목소리 낮추지 못해!" 미쓰오는 초조한 마음으로 주위를 둘러보았다. "자넨 환자 비밀보호 의무라는 것도 모르나?" 낯빛을 바꾸며 항의했다.

"에이, 신경증은 커밍아웃하는 게 좋다니까 그러네. 그래야 주위 사람들 이해도 얻을 수 있고." 이라부가 허연 이를 드러내며 웃더니 옆을 지나치던 경제단체연합회 이사의 소매를 잡아끌었다. "있죠, 이 사람, 패닉 장애." 미쓰오를 손가락질하며 경쾌한 어조로 나발을 불어댔다.

미쓰오가 허겁지겁 이라부의 입을 틀어막았다. "내 참, 이라부 군은 농담을 너무 좋아해서 탈이라니까." 내친김에 지팡이로 목을 조였다. "으으윽." 이라부가 거구를 버둥거렸다.

"아하, 의사협회 이라부 선생의 아드님이십니까?" 이사가 싱글벙글 웃으며 인사를 했다.

"무슨 아드님씩이나…… 모자란 아들놈일 뿐이지. 하하하." 미쓰오가 대신 대답을 했다.

이사가 멀어져가는 모습을 확인하고 나서야 이라부를 해방시켜주었다.

"다나베 씨, 정말 너무해." 이라부가 입을 삐죽거리며 불평을 했다.

"난 자네랑 이따위 만담이나 늘어놓을 시간 없어, 알아들어?” 미쓰오가 눈을 치켜뜨며 말했다. 이런 한심한 바보와 연관이 있는 자신이 한심스럽게 느껴졌다.

“그건 그렇고 밖에 매스컴이 잔뜩 몰려와 있던데. 다나베 씨 기다리는 거 아닌가?”

“흐흠. 선수회에서 파업 결행 발표라도 한 모양이지. 사설에서 따끔하게 꾸짖어주지.”

오늘은 구단 측과 최종 의견을 절충하는 날이었다. 그러나 아무래도 결렬될 것 같다는 말을 사전에 보고받았다.

“또다시 플래시 폭풍이 불겠군.”

이라부의 말을 듣는 순간, 갑자기 불안감이 엄습했다. 오늘 이 자리에서 쓰러지면 더할 나위 없는 먹잇감이 되는 셈이다. 선글라스를 준비해두긴 했지만, 한꺼번에 플래시를 터뜨리면 걱정이 되지 않을 수 없었다.

“뒷문으로 탈출하면?”

“말도 안 되는 소리 집어치워. 내가 왜 도망을 쳐. 그럼 놈들은 기가 더 살아서 ‘적 앞에서 도망치다’ 라고 써댈 테지.”

“고집 꽤 세시네.” 이라부가 눈썹을 여덟팔자 모양으로 축 늘어뜨리며 말했다. “그럼, 호텔에 휠체어라도 준비해달라고 하면 어떨까? 선글라스 쓰고 눈 감고 있으면 괜찮으니까.”

“어허, 그건 안 돼. 건강상 문제가 있느니 어떠니 쑤군거릴 게 뻔해. 이 나이가 되니 그런 말 듣는 게 제일 싫더군.”

“그럼, 업는 수밖에 없다. 내가 업어도 괜찮은데.”

"그게 그거 아냐!"

"으음, 그럼 기마전 기수! 대장 기분도 나고 좋을 텐데."

미쓰오는 이라부를 물끄러미 쳐다보았다. 이 인간은 대체 어디에서 그런 발상을 떠올리는 걸까.

"도중에 현기증 나서 걷지도 못하면 큰일이잖아요."

분명 일리가 있는 말이다. 슬슬 다음 일정도 준비할 시간이 되었다.

썩 내키지는 않았지만 하는 수 없이 이라부의 말에 따르기로 한 것은 미쓰오가 절반은 자포자기 심정이었기 때문일 것이다. 전 국민의 적 역할을 떠맡다 보니 때로는 강하게 밀어붙여 보고 싶은 마음도 없지 않았다.

젊은 비서 두 사람과 이라부가 말을 맡았다. 한껏 들떠 있는 이라부가 선두 역할로 나섰다. 미쓰오는 선글라스를 쓰고 말에 올라탔다. 회장 참석자들이 무슨 일인가 싶어 지켜보고 있었다.

될 대로 되라. 소문 퍼뜨리고 싶으면 실컷 퍼뜨려도 상관없다. 이젠 설명하기도 귀찮았다.

호텔 보이에게 문을 열게 하고 로비로 나갔다. 진을 치고 기다리고 있던 기자들이 돌아서더니 입을 쩍 벌리고 올려다보았다.

"비켜, 다들 물러서! 높은 데 있으니 마이크도 안 닿을 테지." 미쓰오가 지팡이를 휘둘렀다. "이건 자기 방어일 뿐이야. 당신네들이 발을 밟아대고 팔을 붙들고 늘어지니 나도 하는 수 없지. 으하하."

본의 아니게 커다란 목소리로 웃고 말았다. 상상 이상으로 전망이 괜찮았다. 삼류 매스컴 기자들이 더더욱 하찮게 내려다보였다.

그러나 곧바로 평상시의 몇 배나 되는 플래시 세례가 쏟아졌고, 급격하게 몸 상태가 나빠졌다. 허둥지둥 눈을 질끈 감았지만, 눈꺼풀 속에까지 허연빛들이 어른거렸다. 이를 악물며 등을 꼿꼿이 세우려고 애썼지만 차차 몸의 균형을 잃어갔다.

이상을 감지한 비서가 재빨리 등을 받쳐준 덕분에 간신히 차에 도착할 수 있었다. 뒷좌석으로 밀어 넣었을 때는 온몸이 부들부들 떨렸다. 자동차가 매스컴을 뒤로 하고 서둘러 출발했다.

"자, 여기 약. 페트병에 물도 있어요." 이라부가 알약을 입에 넣어주었다. 미쓰오는 우물거리는 목소리로 "미안하네"라고 말했다. 이라부는 의외로 좋은 의사일지도 모른다는 생각이 들었다.

"크크, 내일 스포츠신문에 나도 나오겠지. 편의점으로 신문 사러 가야겠다."

이라부 혼자 마냥 들떠 있었다. 한마디 해주고 싶었지만, 괴로워서 목소리조차 나오지 않았다. 앞으로 대체 어떻게 되는 건지.

프로야구 선수회가 파업에 돌입하면서 미쓰오는 더욱 더 세상의 비난을 받게 되었다. 이젠 국민의 적이라고 불러도 좋을 정도였다. 미디어 전체가 미친 듯 미쓰오를 악의 근원으로 몰아붙였다. 어떤 스포츠 신문에서는 기마전의 기수 모습을 한 미쓰오의 사진을 패널로 만들어 판매하는 낯 뜨거운 장사까지 시작했다. 소송이라도 하면 그것을 다시 뉴스거리로 삼을 태세였다.

〈대일본신문〉만 선수회를 비난하는 기사를 실었다. 계란으로 바위치기였다. 긴급 판매회의가 소집되고 담당 직원이 머리를 싸맸다.

집단 히스테리란 바로 이런 걸 가리키는 말일 거라고 미쓰오는 생각했다. 냉정한 인간은 단 한 사람도 찾아볼 수 없었다. 선수들은 파업을 하면서도 기숙사에서 나갈 생각조차 하지 않았다. 구단 소유인 연습장도 아무렇지 않게 사용했다. 말인즉슨, 좋은 옷 입고 벤츠나 몰고 다니는 철부지들의 응석인 셈이다. 프로야구가 없었다면 자기들은 한갓 동네 아저씨에 불과하다는 자각은 전혀 없다.

"어쩔 수 없지. 고등학교 때부터 오냐오냐했으니."

이라부가 위로해주었다. 가당키나 한 일이란 말인가. 미쓰오는 또다시 병원을 찾아와 이라부 앞에 앉아 있는 것이다. 달리 이야기할 상대가 없었기 때문이다.

"자기 돈 안 쓰는 인간일수록 듣기 좋은 소리만 지껄여대지. 예비선수에게 수천만 엔씩 지불해야 하는 경영자 입장이 한번 되어 보라지."

"아아 그만, 혈압 올라가요."

간호사가 내온 커피를 마셨다. 긴자 술집에서 버릇이 되어 엉겁결에 손을 뻗었다가 쟁반으로 호되게 얻어맞았다. 정말 인정사정없는 간호사다.

"그런데 패닉 장애 말이네, 최근 들어 증세가 더 심해졌어." 미쓰오가 등을 동그랗게 구부리고 입을 열었다. "지난주부터는 석양이 질 무렵만 되면 우울해져. 하늘이 어둑해지는 모습을 보고 있자면 마음이 산란해서 당최 차분히 있을 수가 없네. 속이 휑하니 빈 것 같다고나 할까."

"흐음. 그건 중증인데. 남극으로 가면 어떨까? 때마침 백야라 해도 안 질 텐데." 이라부가 턱을 쓰다듬으며 말했다.

"오~호 그래. 그럼 여름에는 반대로 아이슬란드 근처로 가면 좋겠군."

"그치, 그치."

"장난 그만두지 못해? 자네랑 만담 따위 할 생각 없다고 했을 텐데?"

"은퇴하면 속 편할 텐데. 그러면 신이 불러주기만 기다리면 되니까 죽는 것도 겁 안 날 거고."

"나오는 대로 지껄여대긴, 순 버르장머리 없는 놈 같으니라고. 난 아직 그만둘 수 없어. 할 일이 남았다고."

"남아 있을까나~."

"남아 있고말고. 게다가 사람들에게 잊힌 뒤에 치르는 쓸쓸한 장례식은 더더욱 참을 수가 없어."

"우와~. 그런 생각까지 하는구나."

미쓰오는 한숨을 내쉬고 나지막이 말했다.

"얼마 전에 정치가 출신인 오랜 친구 하나가 죽었어. 그런데 박정하게도 신세깨나 졌던 정재계 작자들이 장례식에 달랑 비서만 보냈더군. 은퇴하고 몇 년 지나면 자동적으로 과거의 존재가 되는 거야. 도저히 분을 삭일 수가 없더군. 인간의 정체는 그럴 때 알 수 있는 법이야."

이라부가 앞으로 몸을 쓱 내밀었다. "아하~ 알겠다. 다나베 씨, 외로움 많이 타는 타입이로구나."

미쓰오가 쓴웃음을 웃었다. '그래, 맞는 말이다. 난 외로움을 아주 많이 타는 사람이지. 설령 미움을 받는 역할을 떠맡더라도 떠들썩한 일상이 좋아. 주위에 사람들이 없으면 사는 맛이 나질 않아. 특히 아내가 죽고 나서는 더욱…….' 그렇게 말하고 싶었지만 꾹 참았다.

"이보게, 일흔여덟이나 먹은 사람을 붙들고 외로움을 많이 타는 타입이니 어쩌니 하는 말이 나오나?"

"정 그렇다면 아예 생전(生前) 장례식을 해버리면 안 되나? 누가 참석하는지도 알 수 있고, 부조 얼마 넣었는지도 알 수 있으니까."

미쓰오가 큰 소리로 웃었다. "생전 장례식이라. 그거 괜찮겠군. 매스컴에서도 아주 좋아할 테고."

"일본 무도관 같은 데를 통째로 빌리는 거야. 지금 지위에서 장례식을 치르면 입장료를 받는다고 해도 관객들이 넘쳐날 테니까.”

“이라부 군, 만담은 사양한다고 했지!”

미쓰오가 커피를 다 마시고 자리에서 일어섰다. 이야기를 하고 나니 조금은 몸이 가벼워진 기분이 들었다. 이라부를 상대로 시간을 보내는 것이 완전히 습관이 되어버렸다.

“아 참, 다나베 씨, 주사 까먹었다.”

“아아…… 그렇군.” 이라부의 말에 순순히 따랐다. 무슨 향인지 몰라도 마유미라는 간호사에게서는 늘 좋은 향이 났다.

4

선수회 파업은 토요일과 일요일반 하는 변칙적인 형식이었다. 한 발짝 뒤로 물러서 있는 모습이 역력했다. 전면적인 대결을 회피하는 모양새가 가히 일본적이라 할 수 있다. 팬들을 든든한 배후 세력으로 삼은 선수회 회장은 그야말로 국민적 영웅으로 떠올랐다. 그리고 미쓰오는 악의 축이라는 말까지 들었다.

프로야구 단일 리그제 추진은 아무래도 좌절될 것 같았다. 나서기 좋아하는 IT업계의 부호들이 야구단 매수에 이름을 올렸고, 그들의 등장이 팬들의 환영을 받았기 때문이다.

퍼시픽리그의 구조적 적자는 무엇 하나 해결되지 않은 상태였다. 그런데도 세상은 대단원의 막을 맞은 기분에 도취되어 있었다. 미쓰오는 새삼스레 대중의 눈은 옹이구멍과 같다는 걸 실감했다. 그렇긴 하지만, 대중을 바보 취급하면서 성공을 이뤄낸 인간 역시 단 한 사람도 없긴 하다.

그보다 새로운 골칫거리가 미쓰오에게 닥쳐왔다. 스카우터가 대학 유력 선수들에게 용돈을 건넨 문제를 미디어에서 앞 다퉈 다루기 시작한 것이다.

지난번 주간지 인터뷰에서 그 문제로 부딪쳤을 때는 그다지 신경 쓰지 않았다. 비서의 보고에 의하면, 예전부터 어느 구단에서나 해온 일이었고, 야구계에서는 관행처럼 여기는 일이라고 했다. 그런데 지금 이 시점에 새삼스레 문제를 삼는 것은 명확한 비난성 편승 기사라 할 수 있다.

"이런 모자란 것들이 있나. 다른 데서 한다고 우리까지 흉내 내면 어떡해!"

미쓰오가 구단 대표를 불러 힐책했다.

"파워즈는 누구나 들어오고 싶어하는 구단이잖아. 프라이드도 없어!"

"죄, 죄송합니다. 하지만 요즘 젊은 애들이 파워즈를 다 좋아한다고는……."

땀을 닦으며 괴로운 듯 변명을 했다.

"그게 사실이야?"

"네에, 파워즈에서는 레귤러가 될 수 없다고 경원시하는 경향도……."

"한심한 노릇이군. 큰 뜻을 품지 못한 조무래기뿐이란 말인가. 대체 이 나라의 장래가 어떻게 되는지, 쯧쯧."

미쓰오는 비서실장 기시타에게 금전 수수 문제로 골치를 앓고 있는 다른 구단의 구단주에게 전화를 걸라고 시켰다. 직접 나서서 선후책을 마련하는 편이 빠를 것 같았다.

"다나베 씨, 면목 없습니다." 수화기에서 상대편 구단주가 난데없이 사죄부터 했다. "어제 본사 임원회의가 있었는데, 구단 경영에서 제가 물러나게 되었습니다."

"뭐야?" 미쓰오는 엉겁결에 버럭 소리를 질렀다. "그만둔다니 그게 무슨 소리야, 당신 창업자 가족이잖아. 눈치 볼 사람이 누가 있다고 그래?"

"아 그게, 본사 경영 실적도 계속 부진한 바람에 은행 쪽에서 구단 매각을 요청할 정도입니다. 상황이 그렇다 보니 당장은 본업에 전념하는 포즈라도 취하지 않을 수가……."

그는 창업 2대째 도련님이다. 이 모양들이니 전후 세대는 근성이 없다고 하는 것이다.

"알았네. 오랫동안 수고 많았어."

끓어오르는 분노를 삭이며 전화를 끊었다. 그건 그렇고 곤란하게 되었다. 저쪽 구단주가 물러나면, 세간에서 보면 인책(引責) 사임이 되는 셈이다. 그렇게 되면 미쓰오에게도 사임을 요구하는 목소리가 들끓게 될 것이다.

그때 기시타가 들어왔다. "회장님, 저…… 조금 안 좋은 뉴스가……." 표정이 어두웠다.

"정말 '조금' 이지? '매우' 라면 가만 안 둘 테니 그리 알아!"

"그렇다면, '매우' 입니다. 오사카 재규어스의 구단주가 사임 발표를 했습니다."

재규어스라면 파워즈와 인기를 양분하는 간사이(關西)의 전통 구단이다. 재규어스까지 금전 수수를 인정한 것이다.

"핫하하!" 미쓰오가 마른 웃음을 터뜨렸다. 하도 어이가 없어 웃음밖에 안 나왔다. 사사로운 약점을 왈가왈부 따져서 실력자들을 자리에서 끌어내리는 것이다. 이게 바로 우매한 대중사회다. 매사를 흑과 백으로밖에 못 본다. 넓은 도량이 뭔지는 짐작도 못하는 것이다.

이 나라는 점점 더 유치해져 간다. 국가 건설을 경험한 것은 미쓰오가 마지막 세대다. 전후 출생한 자들은 배고픔의 설움도 모른다. 그래서 그럴싸한 말들만 늘어놓는다. 그런 무리에게 나라를 맡길 수는 없다.

"회사 앞에 매스컴이 몰려와 있는데, 다음 미팅은 어떻게 하시겠습니까?" 기시타가 머뭇거리며 물었다.

"당연히 참석하지. 이미 결정 난 일이잖아!" 거친 목소리로 소리쳤다.

"지하 주차장 쪽으로 나가시겠습니까?"

"못나빠지긴. 사자가 원숭이 앞에서 꼬리 내리는 거 봤나! 현관으로 나간다. 얼른 기마 준비나 해!"

"저어 그게…… 회사 내에서도 의견이 좀 분분해서……."

"입 닥쳐! 감히 누구한테 말대꾸야. 내가 〈대일본신문〉의 회장이며 도쿄 그레이트 파워즈의 구단주라는 거 모르나? 난 누구에게도 굽히지 않아!"

머리로 피가 솟구쳐 올랐다. 이놈이고 저놈이고 전장의 선두에 나서기를 꺼려하는 겁쟁이뿐이었다. 배금주의에다 의지도 없고, 남의 눈치나 슬금슬금 살피며 살아간다. 자신은 그런 놈들과는 태생부터가 다르다. 전후 불더미 속에서 나라의 재건을 맹세한 일본 남아 중의 한 사람이다. 야마토다마시이(大和魂, 일본 민족의 혼 - 역주)란 바로 자기의 혼을 가리키는 말이다.

현관홀에서 젊은 비서에게 말을 만들게 하고 그 위에 올라탔나. 시상이를 지켜늘었다. "이것 봐, 어서 물러서. 펜과 카메라 따위로 날 이길 수 있을 것 같나. 물러나게 하고 싶으면 미사일이라도 들고 오시지." 평상시보다 목소리가 몇 배는 더 쩌렁쩌렁했다.

기자들이 술렁거리며 가까이 모여들었다. 요란하게 플래시를 터뜨렸다.

"구단주님, 다른 구단들은 다 톱을 교체하던데요."

"구단주님, 사임하실 의향은 없습니까?"

"비켜, 어서! 당신들에게 해줄 코멘트 같은 건 없어. 크하하."

"나베맨, 결국 머리까지 이상해졌나 보군." 어디선가 그런 목소리가 들렸다. 내 알 바 아니다. 좋을 대로 쓰라지.

다행히 차까지 가는 거리가 짧아서 패닉 상태에 빠지지 않고 무사히 넘길 수 있었다. 뒷좌석에 몸을 파묻고 호흡을 가다듬었다. 그런데 공기를 제대로 들이마실 수가 없었다. 차 안의 산소가 부족한 느낌이 들었다.

"어이, 창문 좀 열지." 기시타에게 명령했다.

"언론사들이 오토바이와 자동차로 쫓아오고 있는데요."

"상관없어. 잔말 말고 빨리 열어!"

창밖으로 몸을 내밀고 산소가 모자란 금붕어처럼 뻐금뻐금 공기를 들이마셨다. 어느 회사 카메라맨인지 몰라도 죽 늘어선 왜건 차에서 플래시를 터뜨렸다. 저런 원숭이 같은 놈들. 하는 수 없이 창을 닫았다.

"이봐, 천장은 못 여나?"

"이 차는 선루프가 없습니다."

"천장이 너무 낮은 거 아냐?"

"저어, 회장님께서 늘 타고 다니는 회사 전용 자동차입니다."

그렇다면 대체 이 압박감은 어디서 오는 것인가. 게다가 어둡기까지 하다. 밖은 이미 해가 진 후였다. 불을 켜라고 지시했지만, 불안한 마음은 여전히 가슴 가득 차 있었다.

그 순간 불현듯 이라부의 말이 떠올랐다. 관……. 갑자기 천장과 양쪽 차문이 좁혀 들어오는 느낌이 들었다.

"으으으윽." 미쓰오가 소리를 질렀다. 곧이어 온몸이 떨리기 시작했다.

"회, 회장님, 괜찮으십니까?"

대답할 여력도 없어 몸을 웅크렸다.

"5분 정도 후면 요정에 도착합니다. 그때까지 조금만 참으십시오."

이를 악 물고 패닉 장애의 습격을 견뎌냈다. 이건 또 무슨 일인가. 차도 탈 수 없게 되어버렸다. 정녕 이제는 나다니는 것조차 맘대로 할 수 없게 된 것인가.

요정에 도착하자마자 비서 등에 업혀 빈 방으로 옮겨졌다. 미쓰오는 다다미 위에 누워 몸 상태가 회복되기를 기다리는 동안 기시타에게 대형 관광버스를 수배하라고 지시했다. 실내 공간이 넓으면 마음이 놓일 것 같아서였다. 또다시 매스컴에서 군침을 흘릴 만한 일이 되겠지만, 달리 방법이 없었다. 도저히 이 상태로는 집으로 돌아갈 수조차 없기 때문이다.

그러나 아무래도 당일 수배는 쉽지 않은 모양인지 모두 거절당한 모양이다.

"회장님, 정 차편을 못 구하면 기마로 집까지 모시고 가겠습니다." 기시타가 기진맥진한 모습으로 말했다.

"매스컴을 주렁주렁 매달고 가잔 소린가? 하하하. 그것 참 묘안이로구만." 미쓰오도 완전히 기력을 잃고 말았다.

지푸라기라도 붙잡는 심정으로 이라부에게 전화를 걸었다. 하다못해 약으로라도 증상을 억제할 수 있다면 다행이라 생각했다.

사정을 설명하자 이라부가 "간단하네. 오픈카 타면 되잖아" 라고 밝은 목소리로 대답했다.

"우리 집에 벤틀러 컨버터블 있는데. 아빠 차이긴 한데, 이번 주는 오스트레일리아에서 접대 골프 중이니까 맘대로 써도 만사 오케이~. 원하면 데리러 갈 수도 있지."

"선생님!" 미쓰오의 입에서 선생이라는 말이 튀어나왔다. 지옥에서 부처님을 만난 기분이었다. 이제는 이라부라는 존재 자체가 자기에게 신경안정제가 된 셈이다.

두 시간 후, 재계 사람들과의 미팅을 마치고 나자 비서들이 현관에서 기마를 만들었다. 미쓰오가 선글라스를 쓰고 말에 올라탔다. 함께 모였던 기업 수뇌부들이 입을 반쯤 벌리고 멍하니 바라보았다.

"아아, 소문은 들었지만……." 적절한 감상이 떠오르지 않는 듯했다.

"저도 다나베 회장님 흉내나 내볼까요." 누군가가 농담을 던졌다.

"아무렴, 따라 해도 좋지. 힘을 합쳐서 삼류 매스컴 놈들을 깔아뭉개 주자고."

이제는 거의 자포자기 심정이었다. 세간에서는 '최근 기행을 일삼는 나베맨' 이라는 뉴스가 만들어질 것이다. 알 게 뭐람. 이쪽은 매일이 전쟁이다.

문 밖으로 나가자마자 매스컴들이 일제히 플래시를 터뜨렸다. 벌써부터 정신이 아득해지려 했다. 희뿌연 시야 속, 빛을 발하며 바로 앞에 정차해 있는 흰색 오픈카가 눈에 띄었다. 이라부가 운전석에 앉아 손을 흔들고 있었다. 기마로 이동한 덕분에 문을 열 필요도 없이 곧바로 차 시트에 앉을 수 있었다. 이라부가 액셀러레이터를 밟자, 자동차가 튕겨 나가듯 출발했다.

"다나베 씨, 괜찮아요? 약 먹을래요?"

"아니, 그럭저럭 견딜 수 있겠어."

"뒤에서 엄청 쫓아오네."

"재미있는 그림일 테지. 저치들은 내게 특별히 물어볼 말도 없어. 그저 뒤따라오는 게 목적이 된 거지."

근길로 나가자, 내힝 세단 한 대가 옆으로 바짝 다가와 나란히 달렸다. 뒷좌석 창문이 열리더니, 카메라 렌즈로 얼굴을 잡았다. 이라부가 옆으로 고개를 돌리더니 미소를 지으며 브이 자를 만들어 보였다.

"자네 지금 뭐하나?"

"신문에 또 나올지 모르니까."

미쓰오는 탈진 상태가 되었다. 대체 저 인간은 무슨 생각을 하고 사는 건지.

자동차 여러 대가 따라붙더니 양 옆과 뒤를 에워쌌다. 다른 차들에게 폐를 끼치며, 도로에서 상식 없이 플래시를 터뜨리는 족속까지 있었다.

"으윽, 눈부셔." 이라부가 손으로 플래시 빛을 막았다. 그때마다 차가 이리저리 흔들렸다.

"네 이놈들! 당장 그만두지 못해!" 미쓰오가 매스컴을 향해 큰 소리로 호통을 쳤다.

"좋았어! 나도 열 받았다." 이라부가 급하게 핸들을 꺾더니 플래시를 터뜨리는 차 옆으로 바짝 다가갔다. 깜짝 놀란 검은색 세단이 타이어 긁히는 소리를 내며 아스팔트에서 90도로 회전하며 멈춰 섰다. 곧바로 콰쾅 하는 귀청을 찢는 소리와 함께 뒤에서 오던 차와 추돌했다.

"어 어이, 무슨 짓을 하는 거야!" 미쓰오가 엉덩이를 들고 엉거주춤 일어섰다. "사람이라도 다치면 어쩌려고 그래."

"쳇, 자업자득이지. 자기들 책임인걸 뭐."

"아무리 그래도 그렇지……."

"괜찮아요, 괜찮아. 다들 보험 잘 들어뒀을 거야."

이라부는 꿈쩍도 하지 않았다. 또다시 여러 대가 옆으로 다가오자 이라부가 있는 힘껏 액셀러레이터를 밟았다. 커다란 벤틀러가 굉음을 울리며 질주했다. 커브 길에서는 요란하게 타이어를 긁으며 코너링을 했다.

"후훗. 네깟 것들이 400마력 터보엔진을 따라올 수 있겠냐."

"어이, 이건 취지가 다르잖나. 집까지 바래다주기만 하면 된다니까." 미쓰오는 조수석 손잡이를 있는 힘껏 움켜잡았다.

"오호~ 또 따라붙겠다! 좋았어, 본격적인 카레이스다!" 이라
부가 눈동자를 반짝이며 말했다.

"자네 미쳤나! 그만해. 그만하라니까!"

세상에 이런 일이……. 이라부가 차를 몰고 수도권 고속도로
로 진입했다. 차는 더욱 속도를 올렸다. "야~홋!" 이라부가 괴
성을 질러댔다. 이런 바보는 본 적이 없다. 미쓰오는 다리를 대
시보드에 번딛고 이를 악물었다. 바람에 머리칼이 헝클어졌다.
일흔여덟 살이나 먹고 이런 꼴을 당할 줄이야.

차는 무서운 속도로 고속도로를 내달렸다. 아슬아슬한 차선
바꾸기로 차체가 이리저리 흔들렸다. 엔진소리는 고막을 찢을
듯 울려 퍼졌다.

대도시의 야경이 360도 파노라마로 스쳐지나갔다. 거대한 빌
딩들이 숲처럼 늘어서 있고, 수만 개의 조명이 허공을 가득 메
우고 있었다. SF영화가 따로 없군. 긴박한 상황에서도 미쓰오는
멍하니 그런 생각을 했다. 색색의 네온 불빛, 자동차들의 붉은
후미등, 조명이 밝혀진 레인보우브리지. 도쿄는 밤이면 밤마다
빛의 퍼레이드를 펼치고 있었다.

불현듯 제정신이 들었다. 이것이 바로 미래 아닌가. 예전에
상상 속에 그리던 과학도시 아닌가.

미쓰오는 열아홉에 종전을 맞았다. 도쿄는 깡그리 불타버린
허허벌판이었다. 밤마다 찾아오는 것은 가차 없는 어둠뿐이었

다. 명문 고등학교 학생이었던 미쓰오는 그곳에 새로운 거리를 만들겠다는 꿈을 품었다. 앞으로 나라를 이끌어가야 할 사람은 자기 세대뿐이라며 청운의 뜻을 불태웠다. 신문기자가 된 것은 사회에 참여하고 싶었기 때문이다. 정치가의 부정을 폭로하고, 약자를 응원하고, 나라에 도움이 되기 위해 애써왔다. 일본을 세계 제일의 나라로 만들고 싶었다.

눈부신 빛들이 눈앞을 오락가락하는 사이, 젊은 날의 기억들이 주마등처럼 스치고 지나갔다.

이케다 하야토(池田勇人)가 야심차게 연간 소득을 두 배로 늘린다는 '소득배증계획'을 내놓았을 때, 미쓰오는 관저에서 메모를 받아 적으며 흥분을 금할 수 없었다. 도쿄 올림픽 개최가 결정되었을 때는 유치 활동에 분주했던 의원들과 함께 축배를 들었다. 고속도로가 만들어졌을 때, 신칸센이 개통되었을 때, 마치 자기 일처럼 기뻐했다. 미쓰오도 자기 집을 지었다. 평범한 서민들도 대개는 자기 집을 가질 수 있게 되었다. 다나카 가쿠에이(田中角榮) 정권에서 내놓았던 '일본열도 개조론'(태평양을 중심으로 발전된 도시화와 공업화의 물결을 개발이 더딘 일본열도 후면 지역으로 옮기는 것이 주요 골자였던 정책 – 역주)은 의아해하면서도 마음속으로는 응원을 보냈다. 일본 곳곳에 길이 트였다. 커다란 다리가 놓였다. 신주쿠에 고층 빌딩들이 세워지기 시작했을 무렵에는 솟구쳐 오르는 철제 구조물을 올려다보며 자랑스러움에 가슴 뿌듯해했다. 일본은 정말로 재생했다. 패전을 완전히 극복한 것이다. 그렇게 확신할 수 있는 순간이었다.

그런데 언제부터인가, 국가의 발전에 더 이상 고양감을 느낄 수 없게 되었다. 쇼와(昭和, 일본의 연호, 1926년부터 1989년까지를 가리킴 – 역주) 시대가 막을 내리자, '전후'라는 말조차 소멸해버렸다. 현대는 예전에 상상했던 미래를 초월해갔다. 불탄 허허벌판이었던 도쿄는 세계 유수의 마천루 도시가 되었다. 국민들은 풍요로워지고, 맛있는 음식을 먹고, 좋은 옷으로 치장했다. 평화가 얼마나 소중하고 고마운 것인지 되새기는 마음조차 사라진 지 오래다. 굳이 다른 사람을 들먹일 필요 없이 우선 자기 자신부터가 그랬다. 전쟁의 기억은 남아 있지만, 평온한 일상에 감사하는 마음은 이미 사라지고 없었다.

"왜 그래, 다나베 씨. 너무 조용해졌다." 운전석에서 이라부가 말을 건넸다.

"아니, 아무것도 아니네. 도쿄도 참 많이 변한 것 같군."

"에이, 여기 살고 있으면서 무슨 뚱딴지같은 소리."

"이곳에 살긴 하지만 쫓아갈 수야 없지. 마치 성장기 어린애를 보는 것 같군. 잠깐만 눈을 떼도 몰라보게 변해."

"그야 21세기니까 당연하지. 세상이 완전히 바뀐 셈이잖아."

미쓰오는 다시 빛이 반짝이는 거리로 시선을 돌렸다. 그렇군, 21세기야. 완전히 잊고 있었다. 젊은 날에 꿈꾸던 미래에 이미 와 있었던 것이다.

"시대는 변하는 거라고요~."

그 말이 맞다. 나이 든 사람이 등장할 무대는 막을 내린 지 오래다. 이 거리의 모습만 봐도 알 수 있다. 전후 시대와는 다른, 새로운 에너지가 흘러넘치고 있다. 모든 것이 세대교체를 한 것이다. 알고 있다. 알고는 있지만……

뒤에서 경찰차 사이렌 소리가 들렸다.

"아차차, 좀 심했나. 하긴 신나게 달렸으니."

"이제 됐네. 일반도로에 내려주게."

"매스컴에서 또 쫓아올 텐데."

"괜찮아. 이젠 지쳤어."

미쓰오의 마음이 차분히 가라앉았다. 이젠 끝을 내도 좋다. 모든 것을 다.

불 밝힌 도쿄타워가 보였다. 오랜 세월 동안 걸리버처럼 우뚝 솟아 있던 철탑이 높은 빌딩에 둘러싸여 주위와 완전히 동화되어 있었다. 시대는 변한 것이다.

다음 날, 오랜만에 각 신문을 펼쳐보았다. 그중에서도 스포츠 신문은 5, 6년 만이었다. 뉴스에 관심이 없는 게 아니라 애써 피했다. 난데없이 눈에 띄는 자기 사진과 마주칠까 두려웠던 것이다.

눈치 볼 것 없이 입바른 소리를 한 탓에 최고의 악역을 맡은 '나베맨'은 이미 10년이 넘게 각 신문사의 지면을 화려하게 장식했다. 미쓰오는 처음부터 싫었다. 예순이 넘어 사진 찍기를 좋아하는 사람이 있을 리 없다. 설령 젊게 보이는 사람이라 하더라도 과거의 용모와 비교하면 처량함을 감출 수 없다. 사람은 언제나 젊은 시절의 이미지로 살아가기 마련이다. 현실을 들이대는 것은 결코 기분 좋은 일이 아니다.

〈나베맨, 수도권 고속도로 폭주〉

한숨이 절로 나왔다. 뒤쫓은 자기들은 뭔지.

〈나베맨 미치다, 공공도로 레이스〉

옐로 저널리즘은 정나미가 떨어질 만큼 싫었다.

이라부가 브이 자 사인을 한 모습이 찍혔다. 정말 희한한 녀석이다. 그렇긴 하지만, 어젯밤에는 경찰에게 야단을 맞고 몹시 기가 죽어 돌아갔는데.

마침내 자기 사진에 시선을 던졌다. 도망치지 않고 똑바로 응시했다. 5초, 10초, 구석구석까지 찬찬히 뜯어보았다. 일반 신문에 실린 사진도 보았다. 찍을 테면 찍어보라는 식으로 당당하게 가슴을 펼친 스냅사진이었다. 5초, 10초, 얼굴이 뜨거워졌다. 쥐구멍이라도 찾고 싶은 심정이있다.

흠. 노추(老醜)를 있는 대로 드러냈군. 입속으로 중얼거렸다. 이제 충분하다. 두 번 다시 보지 않을 것이다.

신문을 아무렇게나 구겨 한쪽 구석으로 던져버렸다. 인터폰으로 기시타를 불렀다.

"이봐, 기자회견 준비 좀 해. 오후에 하지. 난 오늘부로 모든 직위를 내놓겠네. 〈대일본신문〉도 도쿄 그레이트 파워즈도 모두 다."

기시타가 퍼렇게 질린 얼굴로 우두커니 서 있었다. "회장님,

이렇게 갑작스럽게…… 임원회의 승낙이 없으면."

"시끄러워. 이미 결정한 일이야. 자네도 그 동안 고생 많았어." 의자에 깊숙이 몸을 파묻고 기시타를 쳐다보았다. 사장 시절부터 15년 동안이나 비서로 일했다. "자네에겐 고맙게 생각하고 있어. 철부지 같은 소리만 해대서 미안하네."

"회장님……." 백발이 섞여 이젠 완연한 중년이 된 비서실장이 할 말을 잃고 망연히 서 있었다.

이것으로 막을 내린다. 그 후엔 하늘에서 불러주는 날만 조용히 기다릴 뿐이다.

설마 지옥은 아니겠지……. 미쓰오는 자문해보고 홀로 씁쓸한 미소를 지었다.

사임 발표 기자회견에는 300명이 넘는 기자단이 모여들었다. 플래시 불빛 때문에 패닉 상태에 빠질 것을 대비해 이라부를 불렀지만, 그런 걱정을 할 필요는 없었다. 아무렇지도 않았다. 분명 이라부의 말대로 언제 죽어도 좋다고 마음먹었기 때문일 것이다.

기자들은 겉으로는 그만두는 것처럼 하지만 뒤에서 조종하는 게 아니냐는 비열한 질문만 해댔다.

"구단 경영에서 완전히 손을 떼는 것이오. 회사 쪽은 대표권 없는 단순한 상담 역할이지. 개인적으로 소유한 주식은 절반을 매각할 예정이오. 쉽게 말하자면 은둔이지. 난 이제 아무 일도 안 할 생각이야."

"차기 구단주가 상담을 의뢰하면 어드바이스는 해주나요?"

"상담역이라는 건 본사 쪽 이야기고, 그것도 형식뿐인 직책이오. 파워즈와는 일체 관계를 가지지 않겠다고 말했을 텐데."

"커미셔너나 리그 회장이 상담을 요청하는 경우는 응해주는 겁니까?" 기자 하나가 끈덕지게 물고 늘어졌다.

"구단주도 아닌 나한테 뭣 하러 상담을 하겠나."

"혹시라도 그럴 일이 생길 경우는 어떡하실 겁니까?"

"정말 의심이 많은 무리로군. 난 현장에서 떠난다고. 죽은 사람이라 여겨주기 바라네. 아 참, 그렇지. 그 증거로 생전 장례식을 치러주지. 자네들도 보러 오게. 그거면 만족할 수 있겠지. 단, 부조는 잊지 말라고."

분위기에 휩쓸려 결국 그런 말까지 해버렸다. 뜻밖의 발표에 기자석은 크게 농요되었고, 연단 끝에서는 회사 사람들이 눈을 휘둥그레 뜨고 쳐다봤다. 이라부는 입이 찢어져라 하품을 하고 있었다.

"다 나은 거 같네." 회견이 끝난 후, 이라부가 태평하게 말했다.

사람들이 원한다면 관 속에 들어갈 수도 있다. 이제 두려운 건 아무것도 없다.

생전 장례식에는 삼천 명이 넘는 조문객과 오백 명 가까운 보도진이 모여들었다. 그것도 인원수를 한정시킨 것이다. 조문을 희망하는 사람은 끝도 없었고, 독점 중계를 하고 싶다는 텔레비전 방송국도 있었다.

장례식장에서는 전례가 없는 일이라며 거절해서 도쿄 국제 포럼 대형 홀에서 치렀다. 무대에 제단을 만들어놓고, 미쓰오가 관 옆에 있는 소파에 앉아 말없이 지켜보는 형식으로 진행했다. 이라부가 생전 장례식 얘기를 처음 꺼낸 사람이라 주최 측의 일원으로 불렀다.

"이라부 군, 마유미짱도 데리고 오게."

"오케이!"

간호사는 검정색 미니원피스 차림으로 나타났다.

신문에서 호되게 깎아내린 이즈미타 수상이 직접 찾아온 것은 놀랄 만한 일이었다. 농담이 통하는 사내인 듯했다. 어렵사리 참석해준 성의를 봐서 짧게나마 조사(弔辭)를 의뢰했다.

"다나베 씨, 당신은 나를 싫어했습니다. 자기를 싫어하는 사람을 좋아할 수 없는 게 인지상정인지라, 나 역시 당신을 싫어했습니다."

회장이 웃음바다가 되었다. 미쓰오도 단상에 앉아 어깨를 들썩였다.

"그런데 다나베 미쓰오라는 인물을 잃어버린 지금 찾아오는 이 쓸쓸함은 대체 무엇일까요. 비단 나 혼자만이 아닐 겁니다. 사회 전체가 깊이 가라앉았습니다. 마치 일본 열도에서 화산 하나가 사라져버린 듯한, 섬 하나가 바다 밑으로 가라앉아버린 듯한, 커다란 상실감 속에 빠져 있습니다. 걸출한 인물이란 이렇듯 사람들의 마음속에 자연스레 정착해버리는 존재인지도 모르겠습니다."

흥, 언변 하나는 여전하군. 모두가 귀를 기울였다.

"다나베 씨와 처음 만난 것은 내가 의원 1년째였을 때입니다. 그 당시 다나베 씨는 〈대일본신문〉의 정치부장이었습니다. 다나베 씨는 아직 오른쪽 왼쪽도 구별하지 못하는 나를 상냥한 눈빛으로 바라보며 이렇게 말씀하셨습니다. '이봐, 이즈미타 군, 정치가라는 건 말이지, 기자한테 인기 있는 놈이 출세하는 거야. 취재하러 온 기자한테는 작은 선물이라도 줘서 보내야 해. 사소한 기삿거리라도 괜찮아. 저 사람한테 가면 뭔가 재미있는 이야기를 들을 수 있다고 생각하면 자연스레 사람이 모여들게 돼 있어. 따분한 사람은 인덕이 있어봐야 소용없네. 조금은 난폭한 발언을 해도 괜찮아. 악명은 무명보다 나은 법이지. 정치가에겐 서비스 정신이 필요해' 라고. 그 말을 되새겨보면, 다나베 씨야말로 서비스 정신의 혼이 아니었나 싶습니다. 지금에 와서야 그 말의 의미를 절실히 깨닫게 되었습니다. 만년에는 도쿄 그레이트 파워즈의 구단주로서 난폭한 발언을 수없이 제공했습니다. 그러나 기자들에게는 더 없이 기쁜 일이 아니었을까요. 다나베 씨, 당신은 분명 남을 기쁘게 해주는 일을 즐기셨겠지요. 다른 사람이 기뻐하는 얼굴을 보는 것이 행복이었을 테지요. 다나베 미쓰오는 차밍한 사람이었습니다. 더할 나위 없이 소중한 매력을 가진 사람이었습니다. 저세상이라는 게 정말로 존재한다면 언젠가 다시 만나 서로의 입장을 벗어던지고 허심탄회하게 정치 이야기를 나눠보고 싶습니다. 그런 날이 오기를 기대하며…… '다시 뵙겠습니다' 라는 말로 이야기를 맺고자 합니다."

우레와 같은 박수소리가 울려 퍼졌다. 자리에서 일어나서 박수를 치는 조문객도 보였다. 이즈미타가 미쓰오 쪽으로 돌아서더니 익살스럽게 경례를 했다.

미쓰오는 뾰루퉁한 얼굴로 콧등을 긁적였다.

아니꼽게 굴긴……. 그래도 마음은 훨씬 가벼워졌다. 이렇게 맑고 홀가분한 기분이 대체 얼마 만인가.

분향과 헌화는 몇 시간째 계속 이어졌다. 모두들 좀처럼 돌아갈 생각을 하지 않았다.

밤에 비서들의 노고를 치하하는 자리를 가진 후 자택 맨션으로 돌아오자, 현관 앞에 기자들 여러 명이 모여 있었다.

"자네들 여기서 뭐해? 난 이미 죽은 사람이라고 말했잖아!" 미쓰오가 차에서 내리자마자 거칠게 소리쳤다. "생전 장례식은 장난으로 한 줄 알아!" 취기에 기대 지팡이까지 쳐들었다.

그러나 평상시와는 뭔가 분위기가 달랐다. 기자들은 거리를 둔 채 가까이 다가오지 않았다. 손에는 마이크도 수첩도 보이지 않았다. 그리고 보니 플래시도 터뜨리지 않았다.

"저어……." 젊은 기자 하나가 머뭇거리며 입을 열었다. "폐가 되겠지만, 한 달에 한두 번이라도 좋으니 저희와 이야기를 나눠주시면 안 될까요?"

"뭐야? 무슨 얘길 하라는 거야?"

"아무 얘기나 좋습니다. 정치든 프로야구든."

"바보 같은 소리 작작해. 난 이제 코멘트 같은 건 안 한다."

"아닙니다. 전부 오프더레코드입니다. 약속드릴게요. 실은 저희 젊은이들이 모여 회사 밖에서 스터디를 하고 있습니다. 다나베 씨를 강사님으로 꼭 모시고 싶어서……."

찬찬히 살펴보니 모두 20대에서 30대의 젊은이들이었다. 개중에는 손녀뻘 나이의 아가씨도 섞여 있었다.

"지들 멋대로 지껄이는군." 일부러 으름장을 놓으며 흘겨보았다.

"부탁드립니다. 정치가와 당당히 맞서 논쟁을 벌이고, 사생활까지 침범하면서 취재할 수 있는 사람은 다나베 씨가 마지막이 될지도 모릅니다."

"옛날 신문사 일이나 취재 에피소드 같은 것들도 모두 알고 싶습니다."

기자들이 입을 모아 애원하며 고개를 숙였다.

"텔레비전 방송국 사람들도 다나베 씨를 노리고 있다는 정보를 듣고 급히 달려왔어요. 이럴 땐 역시 발 빠른 쪽이 승리하는 거겠죠?"

여기자가 장난스럽게 말했다.

미쓰오는 코를 한번 훌쩍였다. 흥, 입에 발린 소리 잘도 하는 군. 하긴, 요즘 젊은이들 치고는 예의를 좀 아는 편인 것도 같고…….

"좋아. 이대로 서서 얘기할 수는 없으니 안으로 들어오게. 선물 들어온 양주가 꽤 많아. 혼자 다 마실 수는 없으니 특별히 조금 나눠주지. 자네들 월급으로는 구경도 못하는 술이야."

미쓰오가 나지막한 목소리로 말했다. 기자들이 눈을 반짝였다. "와아!" 조그맣게 소리를 지르며 뛰어오르는 사람도 보였다.

젊은이들을 거느리고 현관으로 들어갔다. 맙소사, 한가해지긴 다 틀렸군. 입속으로 그렇게 중얼거렸지만, 얼굴에는 슬며시 미소가 번졌다.

안퐁맨

1

    기사 딸린 자가용으로 사인회가 열리는 대형서점으로 향했다. 서점에 도착한 안포 다카아키(安保貴明)는 뒷좌석에 앉아 출입구 밖까지 길게 행렬을 지어 늘어선 젊은이들을 보며 홀로 만족스러운 미소를 지었다. 창에 붙은 대형 포스터에는 '오늘의 사인회《돈 벌어서 나쁘냐!》의 저자 · 안포 다카아키 선생'이라고 쓴 글씨가 춤추고 있었다.

    "전용 출구로 들어가시겠어요?"라고 묻는 비서에게 "여기도 괜찮을 거 같은데"라고 대답하고, 운전사에게 문을 열라고 지시했다. 차에서 내리자, 길게 늘어선 젊은이들이 다카아키를 알아보고 술렁거리더니 "꺄하~!" 하고 주위가 떠나갈 듯 함성을 질렀다.

    길 가던 사람들이 무슨 일인가 싶어 뒤를 돌아보았다. 남을 개의치 않는 대학생 몇몇은 "야, 안퐁맨이다!"라는 소리까지 서슴지 않았다. 학창시절에는 약간 뚱뚱한 체형 때문에 붙여진 이 별명을 싫어했지만, 지금은 아무렇지도 않다. 일종의 상호(商

---

* '안퐁맨'은 애니메이션 캐릭터인 '안팡맨'(국내에서 '호빵맨'으로 소개됨)을 연상시키는 주인공의 별명으로, 그의 성 '안포'에서 따온 것입니다.
** 상황과 문맥에 따라 이해를 돕기 위해 부득이하게 일본어를 그대로 표기한 부분이 있으며, 뜻과 발음은 따로 역주를 달았습니다.

號)라고 생각하면 된다.

몇몇 사람이 악수를 청하러 뛰어왔다. 웃는 얼굴로 흔쾌히 응해주었다. 서점 직원이 달려와 황급히 행렬을 정리하자, 점장처럼 보이는 사내가 두 손을 비비며 나타났다.

"안포 선생님, 위에 대기실을 마련해두었습니다만……."

"됐습니다. 시간 낭비예요. 곧바로 시작하죠."

"대기표가 다 나가서 200명 정도 되는데……."

"괜찮아요, 괜찮아. 한 사람당 15초씩 할애하면 200명에 3,000초. 즉 50분. 개중에는 같이 기념사진을 찍고 싶어하는 사람도 열 명쯤 있을 테니 30초씩 더해서 5분. 총 55분. 예정이 한 시간이니 남은 5분 동안 아이스커피라도 마실까?"

여유 만만한 태도로 대답한 후, 안내를 받으며 사인회장으로 향했다. 1층 매장 한쪽에 마련한 테이블에 앉아 다시 한 번 고개를 들어 주위를 둘러보았다. 얼굴이 발그레 상기된 젊은이들이 눈앞에 길게 늘어서 있었다.

이것이 바로 텔레비전의 힘인가. 마음속으로 중얼거렸다.

1년 전, 자기를 아는 사람은 업무와 교우 관계 이외에는 거의 없었다. 억대에 이르는 돈을 벌어들이면서, 젊다는 것과 넥타이를 하지 않는 것 때문에 가볍게 다뤄지는 일이 많았다.

지금은 거리를 걸으면 모두 뒤를 돌아보고, 레스토랑에서는 최고 좋은 자리로 안내를 받는다. 책을 쓰면 베스트셀러가 된다.

"지금부터 '라이브퍼스트' 사장님이신 안포 다카아키 선생님의 저서 《돈 벌어서 나쁘냐!》의 출간 기념 사인회를 열겠습니다!"

서점 직원이 큰 소리로 외치자, 우렁찬 박수소리가 들렸다. 일반 손님들도 구경하러 모여들었다. 지금 일본에서 다카아키에게 흥미를 보이지 않는 인간은 아마 하나도 없을 것이다.

사람들의 시선에는 이제 완전히 익숙해졌다. 그리고 약간의 쾌감도 느꼈다. 아니, '약간'이라는 말은 정직하지 못하다. 상당한 쾌감이다.

서른두 살인 다카아키는 도쿄대학에 다니던 시절, 인터넷을 통해 홈페이지를 만들어주는 서비스 회사를 설립했다. 전공은 문학 쪽이었지만, 컴퓨터가 특기였고 비즈니스 감각도 남달랐다. 아파트의 방 한 칸에서 시작한 회사는 풍선이 부풀듯 급성장을 했고, 믿기지 않을 정도의 거금이 굴러들어왔다. 성공을 확신하긴 했지만, 그렇게까지 성장할 줄은 꿈에도 몰랐다. 분석해본 결과, 요는 주위 사람들이 멍청하다는 결론에 이르렀다. 두드리는 대로 금은보화가 쏟아지는 '인터넷'이라는 도깨비 방망이가 코앞에 떨어져 있는데도 눈치도 못 채는 행복에 겨운 자들이 너무 많았다. 다카아키는 그때 목표를 정했다. 바보들이 있을 때 벌어둬야 한다…….

라이브퍼스트는 기업 매수를 되풀이하며 성장을 거듭했고, 초기에 주식을 상장한 것도 큰 도움이 되어 IT업계뿐 아니라 재계 전체의 주목을 받는 존재가 되었다. 본사는 아자부(麻布)에 생긴 최첨단 초고층 빌딩으로 이전하고, 집은 모두가 동경해 마지않는 아자부 힐즈로 이사했다. 한 달 임대료가 200만 엔에 달하는 곳이다. 벤처 산업의 기수로 비즈니스 잡지의 표지를 장식했다. 다카아키의 기업가 인생은 순풍에 돛을 단 듯 순조로웠다.

그 순풍이 허리케인이 된 원인은 작년에 프로야구 팀을 매수하려던 소동 때문이었다. 팀 수를 줄이려는 구단주들에 맞서서 다카아키의 회사가 매수 명단에 이름을 올리자, 일약 프로야구계의 젊은 구세주로 급부상하며 세간의 각광을 받게 된 것이다. 매일 미디어에 등장하고, 어린 아이들에게까지 안포맨의 닉네임이 알려졌다. 여하튼 '나베맨'이라 불리는 명물 구단주의 눈엣가시 같은 존재가 되면서 안포 다카아키의 지명도는 순식간에 치솟아 올랐다. 매스컴은 떼를 지어 의견을 청하러 몰려왔다. 여러 기업에서 돈이 될 만한 솔깃한 이야기를 들고 찾아왔다. 오목 게임에서 바둑알이 탁탁 뒤집히며 저절로 색깔이 변하듯, 세상의 풍경이 일시에 바뀌어버렸다. 명성이라는 것이 이리도 기분 좋은 일이었단 말인가……. 뜻하지도 않게 어느 날 갑자기 최고의 자리에 우뚝 선 것이다.

구단주들에게 미움을 사는 바람에 프로야구계 참여는 실패로 끝났지만, 카리스마 경영자로서의 명성은 남았다. 최근에는 라디오 방송국 주식 매입 건으로 연일 기사의 헤드라인을 장식하고 있다. 자기를 싫어하는 사람도 있지만, 세상은 눈에 띄는 자가 승리하는 것이다.

다카아키는 천성적으로 남의 눈에 띄는 걸 좋아했다. 자극적인 발언을 해서 물의를 일으키는 게 재미있었다. 그리고 매사를 논리적으로 사고하지 못하는 바보들이 싫었다.

책의 속표지에 쓱쓱 사인을 해나갔다. 사인 연습은 초등학생 시절부터 해왔다. 언젠가 반드시 이런 날이 오리라 믿었기 때문이다.

"죄송하지만, 한 말씀 써주시면 안 될까요?" 젊은 여자가 부탁을 했다. 고개를 들고 올려다보니 아직 촌티를 못 벗은 직장 여성처럼 보였다.

"무슨 말?"

"아무 말이든 좋아요."

"그렇게 말하면 곤란한데. 당신이 정해요. 시간 없으니까."

다카아키가 무뚝뚝하게 대답했다. 쓸데없이 시간을 허비하는 것은 이미 생리적으로도 받아들이기 힘들었다.

"그럼, '일기일회'(一期一會, 일생에 한 번뿐인 기회 혹은 만남 ─ 역주)라고."

"네, 네."

여자가 부탁한 말을 사인 옆에 적어 넣으려는 순간, 갑자기 펜을 쥔 손이 멈췄다. "이봐, '일기일회' 한자가 뭐였지?" 옆에서 있던 비서 미유키에게 물었다. 이미 10년 이상, 워드프로세서로만 글을 써서 손으로 쓰는 글씨는 영 낯설었다. 한자가 떠오르지 않는 건 흔히 있는 일이었다.

"'일, 기, 일, 회'입니다." 미유키가 한 글자 한 글자 힘을 주며 아무 도움도 안 되는 대답을 했다.

"아, 그냥 손바닥에 써봐." 다카아키는 그렇게 명령하고, 비서 손바닥에 펜으로 쓰게 했다.

"아하, 맞다. 그거지." 글자를 보고 나서야 생각이 떠올랐다.

이어서 머리칼을 갈색으로 물들인 여고생이 앞에 섰다. "음~ 저는 '마이짱에게'라고 써주세요."

"한자가 뭔데?"

"그냥 히라가나(일본문자의 하나로 한자의 초서체를 기초로 하여 만든 표음문자 – 역주)로 쓰셔도 돼요."

펜을 잡고 막 글씨를 쓰려는 찰나, 또다시 머릿속이 하얘졌다. 마이짱의 '마'라……. 그대로 몸이 굳어버렸다.

"사장님, 왜 그러세요?" 미유키가 걱정스러운 표정으로 들여다보았다.

"히라가나의 '마' 자를 어떻게 쓰더라?"

농담이라고 생각했는지 여고생이 깔깔거리며 웃었다. 얼굴이 퍼렇게 질린 미유키가 손바닥에 'まいちゃんへ'(마이짱에게)라고 써서 보여주었다. 아아, 그렇지.

팬들의 이름을 써내려가면서 다카아키는 묘한 공허감을 맛보았다. 뇌의 일부가 마비된 듯한, 뇌 속에 아무것도 존재하지 않는 듯한……

"죄송하지만, 안포 선생님 사인만 하는 걸로 해주세요." 미유키가 서점 직원에게 요청했다. 서점 직원이 똑같은 말을 행렬을 향해 소리쳤다.

그 후로는 기계적으로 사인만 했다. 누구도 못 읽을 것 같은 휘갈긴 사인이었다.

아무 생각 없이 반복적인 행동에 들어가자 곧바로 집중할 수 있었다. 덕분에 예정보다 15분이나 일찍 끝났다.

회사로 돌아가는 차 안에서 미유키가 중대한 결심이라도 한 표정으로 입을 열었다.

"사장님, 아무래도 병원에 한번 가보셔야겠어요."

"또 그 소리야? 난 아무렇지도 않다니까."

다카아키가 웃으며 손을 내저었다. 미유키는 지난달부터 이따금씩 의사에게 진찰을 받아보라고 권유했다.

"그렇지만 오늘도 히라가나가 안 떠올랐잖아요."

"그거야 어쩌다 생긴 일이지. 글씨 보고 금방 알았잖아."

"히라가나를 잊어버린다는 것 자체가 이상한 일이죠. 지난번 세미나에서는 단상에 올라가서 '안녕하세요'라는 인사말이 안 나와서 애를 먹었잖아요. '에……'라고 입을 연 채 한참 동안 침묵이었고, 옆에서 지켜보는 사람까지 식은땀이 흐른단 말이에요."

"깜빡하는 건 누구한테나 있는 일 아닌가?"

가볍게 웃으며 은근슬쩍 넘기려 했지만, 미유키가 무서운 표정으로 쏘아보았다.

"그건 사람 이름이나 고유명사인 경우죠. 찻잔을 앞에 놓고 '이거 뭐라고 부르는 거지?', 껌을 씹으면서 '나, 지금 뭘 먹고 있어?'라고 묻다니. 실례되는 말일지 모르지만, 아무래도 요즘 사장님 좀 이상해요."

"업무에는 아무 지장 없잖아. 계산을 틀리거나 하면 큰 문제일 테지만."

"히라가나 잊어버리는 것만으로도 문제가 되고도 남죠."

"글쎄, 시간 낭비 같은데."

"아무튼 진찰을 받아보셔야 해요. 안 그러면 텔레비전, 라디오 출연도 몽땅 취소할 거예요."

"어허, 그런 법이 어디 있어."

다카아키가 어린애처럼 토라졌다. 미디어에 노출되는 것 이상으로 기분 전환에 좋은 일은 없었기 때문이다.

"신경정신과나 뇌신경외과 둘 중 하나일 것 같은데, 우선 가까운 데 있는 신경정신과부터 가보기로 해요. 유명한 종합병원으로 알아볼게요."

"난 여자 의사가 좋아. 이왕이면 젊은 미인으로."

"남자 의사로 알아보겠습니다."

미유키가 노트북 컴퓨터를 무릎에 펼치고 스케줄을 입력하며 말했다. 그런 모습을 바라보는 게 나쁘지 않았다. 서른두 살의 미녀 비서를 둔 사람은 동급생 중에 다카아키 혼자뿐이었다. 자신은 성공한 사람인 것이다.

IT계의 젊은 총아를 태운 자동차는 미끄러지듯 도쿄 거리를 빠져나갔다.

비서가 찾아낸 병원은 일본 의사협회 이사가 대를 이어 경영하는 '이라부 종합병원'이었다. 원장 아들이 신경정신과 의사라고 하니 사귀어두면 나중에 도움이 될 것 같았다.

신경정신과가 있다는 지하로 내려가자, 어두침침한 분위기에 시큼한 쉰내가 풍겼다. 여기 맞나? 혼잣말을 중얼거리며 문을 노크하자, 안에서 "들어오세요~!" 하는 새된 목소리가 들렸다. 문을 열고 안으로 들어서자 살이 퉁퉁하게 찐 중년 남자가 보였다. 명찰에는 '의학박사·이라부 이치로'라고 적혀 있었다. 훨씬 엘리트다운 얼굴일 거라 예상했던 다카아키는 맥이 빠졌다. 잘난 체나 하는 후계자 도련님이면, 질문 공세를 퍼부어 코를 납작하게 해줄 심산이었기 때문이다.

"안녕하세요. 안포라고 합니다." 일단은 상황을 살피며 가볍게 고개를 숙였다.

"응 알아. 안폰탕(멍텅구리, 숙맥, 바보라는 뜻의 속어 – 역주) 맞지? 크흐흐." 이라부가 기분 나쁜 소리를 내며 웃었다.

"그게 아니고 안퐁맨! 농담은 시간 낭비일 뿐이니 얼른 시작하죠."

발끈 화가 치밀었지만 감정을 가슴속에 억눌렀다. 다카아키는 요즘 화를 내는 것도 에너지 낭비라고 생각하기 때문이다.

"안포 씨, 엄청 부자라면서? 우리 집이랑 안포 씨랑 누가 더 부잘까?"

이라부가 무람없이 말을 건넸다. 이 작자가 지금 뭔 소릴 지껄이는 거야. 의사가 아무리 부자라 해본들 기업가와는 엄연히 수준이 다르지.

"우린 별장이 세 개나 있는데. 가루이자와(輕井澤), 하야마(葉山), 하와이." 마치 어린애가 자기가 가진 물건을 자랑하는 듯한 표정을 지으며 말했다.

"지금 이 질문도 진찰의 일환입니까? 그렇다면 대답을 하겠습니다만."

"아, 아니. 그냥 세상 사는 이야기."

"그렇다면 그만두죠. 시간 낭비예요. 말이 나온 김에 말씀드리자면, 부동산은 일체 소유하지 않습니다. 굳이 필요치 않으니까요. 아자부 힐즈에 살면 프런트 서비스가 있고, 리조트에 가더라도 호텔 쪽이 훨씬 편하죠. 부동산 소유에 매달리는 것이야말로 일본인들의 대표적인 난센스 아닌가요?"

"쳇, 되게 재미없군." 입을 삐죽 내밀고 투덜투덜 불평을 했다. "시간 낭비라는 말, 안포 씨 말버릇인 것 같네."

"내 말이 맞잖습니까. 내가 넥타이를 매지 않는 이유가 뭔지 압니까?"

"목이 굵어서?"

"이보세요!" 자기도 모르게 얼굴이 붉어지고 말았다. "목은 선생님이 더 굵잖아요. 넥타이라는 쓸데없는 낭비를 없애기 위해서예요. 넥타이라는 거 실은 기능은 제로 아닙니까? 발명한 녀석이 바보죠."

"흠, 그 말을 듣고 보니 그렇긴 하네. 셔츠 깃도 의미 없고."

"그렇죠, 그렇죠. 그래서 난 늘 티셔츠 사장입니다."

다카아키는 이라부가 자기 말귀를 알아듣는 게 기쁘다는 듯 고개를 크게 끄덕거렸다. 경제계의 내로라하는 분들 중에는 다카아키의 러프한 복장을 비난하는 사람도 적지 않다. 한심스러워 반론할 마음조차 생기지 않았다.

"그런데…… 청년성 알즈하이머란 말이지."

이라부가 진료 기록 카드를 내려다보며 별 관심도 없다는 듯 중얼거렸다.

"잠깐만요. 누가 청년성 알즈하이머란 말입니까? 말도 안 돼요." 다카아키가 손을 좌우로 흔들어대며 황급히 부정했다. "내 정신은 말짱해요. 매일 주식시장과 눈싸움을 하고, 순간의 판단으로 억대의 돈을 움직이고, 하루에도 열 사람 이상 면담을 하는 데다, 찾아온 방문객도 모두 기억하고, 긴자 술집 아가씨들 로테이션까지 전부 다 기억한단 말입니다. 그 모든 걸 머릿속에 넣고 있다고요. 알츠하이머라면 일이 제대로 될 리가 없잖습니까!"

"그렇지만 히라가나 잊어버리는 건 맞지?"

이라부가 끈질기게 물고 늘어졌다. 이 자식, 어지간히 머리가 나쁜 모양이군, 다카아키가 속으로 중얼거렸다.

"단순히 깜빡했던 것뿐이죠. 지금 내 상황에서는 히라가나 따윈 아무래도 상관없단 말입니다. 컴퓨터 패스워드를 잊어버리면 큰일이겠지만."

"인사말 같은 걸 잊어버리는 것도 아무 상관 없고?"

"그래요. 서로 뜻만 통하면 되는 거 아닙니까?"

"으음." 이라부가 팔짱을 끼더니 신음처럼 읊조렸다.

동창생 중에도 의사는 많지만, 대개는 이과 계열의 성적이 조금 나은 무리에 불과하다. 하물며 신경정신과 의사 따윈 수술도 못하는 열등생인 것이다. 다카아키가 주눅이 들 만한 점은 전혀 없었다.

"우선 주사부터 맞을까?" 이라부가 갑자기 활기찬 목소리로 바뀌며 말했다. "어~이, 마유미짱!"

그 소리에 진료실 커튼이 활짝 열렸다. 흰색 미니 가운을 입은 육감적인 간호사가 주사기를 올린 트레이를 들고 나타났다.

"어어……." 다카아키는 어안이 벙벙해 말문이 막혔다. 그 와중에도 주사대와 소독약이 차근차근 준비되었다.

"크흐흐." 이라부가 싱글벙글 좋아라 하며 몸을 앞으로 내밀었다.

"잠깐만요." 다카아키가 손을 뻗으며 제지했다. "이거, 무슨 주삽니까? 제대로 설명부터 해주시죠." 단호한 말투로 물었다.

"괜찮아, 괜찮아. 깜빡하는 데 아주 잘 듣는 주사야."

이라부가 여자처럼 간들거리는 표정을 지으며 한 치의 망설임도 없이 다카아키의 팔로 손을 뻗었다.

"안 됩니다!" 다카아키가 팔을 뒤로 빼냈다. "설명부터 하세요. 인폼드 컨센트. 그러니까, 환자에게 어떻게 치료하는 건지 설명하고 동의를 구하는 게 현재 의료계의 상식 아닌가요?"

"귀여운 구석이라곤 눈 씻고 봐도 없군." 이라부가 미간을 찡그렸다. "입 다물고 맞을 생각 없어?"

"대체 무슨 소릴 하는 겁니까? 무슨 주사인지 제대로 설명하라니까요."

"아, 그러니까 이건…… 단순한 포도당 주사야."

"그걸 맞히는 이유는?"

다카아키가 계속 추궁하자 이라부가 입을 다물었다. 장난을 들켜 야단을 맞는 초등학생처럼 입을 삐죽거리더니 눈을 치뜨며 다카아키를 노려보았다.

"선생님. 그 방법을 쓰면 어떨까요?" 옆에 있던 간호사가 나른한 말투로 말했다.

그 방법? 다카아키는 수상쩍은 생각이 들었다. 이라부가 간호사를 쳐다보더니 "응 응" 하며 고개를 끄덕였다.

이 두 사람 대체 뭐하자는 거야. 갈피를 못 잡고 어리둥절해 있는데 간호사가 갑자기 미소를 짓더니 몸을 붙이며 다가왔다. 젊은 여자의 달콤한 향기가 코끝을 스쳤다. "사장님~!" 윙크까지 했다. 가슴 사이의 계곡이 눈앞에 다가오자, 시선은 온통 그곳으로 빨려들고 말았다.

바로 그 순간, 왼쪽 팔을 낚아채였다.

"잡았다! 우하하." 이라부가 신이 나서 웃어댔다. 다카아키의 팔은 순식간에 주사대에 묶이고 말았다.

"잠깐만요. 이게 무슨 짓입니까!" 거친 목소리로 항의했지만, 이라부가 위에서 거구로 내리 누르는 바람에 옴짝달싹도 할 수 없었다.

"장난이겠죠? 잠깐 기다려요. 이런 짓을 하고도 무사할 거 같아요!"

"진짜 시끄럽게 구네. IT계의 총아님이 이런 자잘한 일을 신경 쓰면 안 되지. 자, 마유미짱, 얼른 찔러버려."

간호사가 변태 포르노에 나오는 여배우처럼 싸늘한 미소를 짓더니 혀로 입술을 핥는 시늉을 했다. 바늘이 피부를 파고들었다. "아야야야!" 엉겁결에 한심스러운 비명을 지르고 말았다. 나는 지금 어디에 와 있는 것인가······.

주사가 끝나자 간호사가 "선생님, 이거 야근수당 30시간짜리라는 거 알죠?"라며 아무렇게나 내뱉었다.

"에이~ 지난번까지 20시간이었잖아"라고 따지는 이라부.

"외상으로 새 기타 샀단 말이에요"라고 대답하는 간호사.

다카아키는 혼신을 다해 자기가 처한 상황을 파악하려고 애썼다.

"그런 고로…… 안포 씨, 당분간 통원치료 받도록."

"그런 고로는 무슨……. 이거 해도 너무하는 거 아닙니까?" 다카아키는 그제야 겨우 입을 열었다. "불필요한 주사나 놓고 치료비 벌어들이자는 속셈인가요?"

"그럼 공짜로 해줄게."

"그런 말도 안 되는……."

"말끝마다 물고 늘어지긴……. 이것 봐 안포 씨, 신경정신과는 되는 대로 대충 해도 괜찮아. 어차피 논리에 안 맞는 병을 치료하는 곳이잖아."

다카아키는 잠시 말문이 막혔다. "아 아니, 그래도 그건 잘못된 말이죠."

"어째서?"

"글쎄 생각을 좀 해보세요. 모든 병에는 원인이 있을 거 아닙니까? 설령 신경증 환자라고 해도 그럴 만한 과정이 분명히 있었을 텐데, 그걸 무시하고 어떻게 치료를 한다는 거죠?"

"따지는 거 엄청 좋아한다~." 이라부가 성가시다는 표정을 지었다. "이제 가도 돼." 손을 휘휘 내저으며 말했다.

"진찰 결과는 어떻게 된 겁니까?" 다카아키가 애써 냉정을 유지하며 항의했다.

"말했잖아. 청년성 알츠하이머라고. 약 줄 테니까 걱정 마."

"그게 아니죠. 도무지 이치에 맞질 않아요. 난 논리적으로 설명할 수 없는 일은 납득할 수 없어요."

피로가 한꺼번에 몰려왔다. 손목시계를 보았다. 저런 멍청이를 상대로 20분이란 시간을 쓸데없이 허비하고 만 것이다. 빨리 돌아가는 게 상책일까?

"그런데 말이야, 히라가나라는 게 애당초 논리적이질 않잖아?" 이라부가 1인용 소파에서 코를 후비며 말했다. "안 그래? 'め'(메)랑 'ぬ'(누)만 봐도 그렇지. 무슨 논리가 있어?"

자리에서 일어서던 다카아키는 그대로 동작이 멈춰지고 말았다. 어어, 이건 뭐라고 대답해야 좋지.

"'わ'(와)와 'ね'(네)의 차이를 50자 이내로 논하라, 그런다면?" 이라부가 눈을 가늘게 뜨며 웃었다.

또다시 머릿속이 텅 비는 느낌이 들었다. 가만, '네' 자가 어떻게 생겼더라?

안 돼, 말도 안 돼. 자신은 정신없이 바쁜 사람이다. 이곳을 나가는 즉시 분까지 쪼개어 써야 할 만큼 스케줄이 꽉 차 있다. 웃옷을 걸치고 문 쪽으로 걸어갔다. 막 문을 나서는 찰나, "어이 거기 환자분, 'ろ'(로)와 'る'(루)의 차이에 대해 논하라"라며 이라부가 또다시 몰아붙였다.

이제 그만 좀 하지, 하는 표정으로 얼굴을 찡그렸다.

하지만 그와 동시에 다카아키는 두 글자가 떠오르지 않는다는 사실에 어이가 없었다.

2

　다음 날은 아침부터 텔레비전 방송국을 여기저기 뛰어다녀야 했다. 다카아키의 회사가 민영 라디오 방송국 매수에 착수한 일이 세간에 물의를 일으켰기 때문이다. 바로 그 라디오 방송국인 '니혼방송'은 대기업 텔레비전 방송국인 '에드테레비'의 대주주이므로 라디오 방송국을 손에 넣으면 자동적으로 텔레비전 방송국 경영에도 참여할 수 있다는 이점이 있었다. 인터넷 사업을 확장하는 방법으로 그만큼 귀가 솔깃한 이야기도 없다.

　"안포 씨. 당신은 미디어를 탈취하려는 속셈인가요?"

　방송 기자 출신이라는 초로의 사회자가 처음부터 시비조로 물었다.

　"아닙니다. 기존 미디어와 인터넷을 합병함으로써 쌍방의 기업 가치를 높이려는 것뿐입니다."

　다카아키는 미소를 잃지 않고 차분하게 대답했다. 평상시와 다름없이 티셔츠에 재킷을 걸친 편안한 복장이었다.

　"하지만 당신은 어제 기자회견에서 '지배'라는 단어를 썼어요. 미디어는 '보도'라는 사명과 책임을 떠맡고 있습니다. 이른바 국민의 알 권리를 섬기는 종과 같다고도 할 수 있죠. 그런데 한낱 개인이 마음대로 미디어를 움직일 수 있다고 생각하다니…… 그것은 큰 오산일뿐더러, 나는 저널리스트의 한 사람으로서 격분을 금할 수가 없어요!"

"아, 네. 너무 흥분하지 마십시오. 분명 지배라는 말을 했습니다만, 그건 일종의 언어 표현상의…… 으음, 뭐라고 하더라?"

"표현상의 기교?"

"네, 맞아요. 표현상의 기교. 그러니까 그 말이 독재 같은 걸 뜻하는 건 아니죠. 단지 텔레비전 방송국이든 신문이든 자기 회사만의 색깔이 있잖습니까? 물론 그런 점 때문에 다소 편견을 가질 수도 있겠습니다만……. 예를 들면 의미 없는 다큐멘터리는 그만하고 엔터테인먼트 노선을 강화한다거나."

"나는 바로 그 점이 마음에 들질 않아요. 의미 없는 다큐멘터리라니 그게 무슨 말이오? 견실한 탐사 보도가 이제껏 권력자의 부패를 폭로해온 거 아니오!"

사회자가 테이블을 쾅쾅 내리쳤다. 절반은 퍼포먼스라 치더라도 다카아키로서는 적응이 안 되는 과잉 감정 노출이었다.

"그러니까 바로 그런 태도가 구태의연한 미디어 관(觀)이란 얘깁니다. 이미 멀티화가 발전할 대로 발전한 오늘날, 굳이 지상파에서 그런 걸 할 필요가 있을까요? 지상파는 대중을 붙잡고, 인터넷은 그들을 좀 더 깊은 곳으로 안내한다. 왜 그런 발상은 못하는 거죠? 인터넷은 소수의 요구에 부응할 수 있는 더없이 효과적인 수단입니다."

"천만에, 그 의견에는 승복할 수 없소. 미디어와 인터넷은 엄연히 달라. 인터넷은 무책임해. 검증도 안 된 정보를 흥미 위주로 흘려보내는 해악이오."

"잠깐만요. 해악이라는 표현은 좀 심하지 않습니까?"

다카아키는 진절머리가 났다. 이 사회자는 게스트를 도발시키는 걸로 유명했기 때문이다.

"해악이 아니면 뭐요?"

"그건 신문이나 텔레비전 같은 기존 미디어의 특권의식 아닐까요? 자기들만 대중에게 뉴스를 전달할 수 있다는 교만한 엘리트 의식입니다."

"이것 봐요, 안포 씨. 그건 아니지!" 사회자가 미간에 깊은 주름을 잡고 침까지 튀겨가며 소리쳤다.

큰일이군, 차라리 나오지 말걸 그랬어. 버라이어티 쪽이 더 나았을지도 모르겠군. 다카아키는 마음속으로 한숨을 내쉬었다. 최근 며칠 동안은 시대에 뒤처진 실러캔스(coelacanth, 고생대 데본기에서 중생대 백악기까지 바다에 생존했던 오래된 물고기 ― 역주)에게 현대 문명을 설명하러 다니는 꼴이나 다름없었기 때문이다.

한차례 토론이 끝난 뒤, 사회자가 다카아키에게 보드를 건네주며 말하고자 하는 취지를 쓰라고 요구했다. 아무래도 이 프로그램의 상례인 듯했다.

보드와 사인펜을 건네받고, 미리 생각해둔 말을 적기 시작했다. 그런데 마지막 한 글자에서 동작이 멈췄다. 으음, 어떻게 쓰더라……. 머릿속에 컴퓨터 키보드를 떠올리며, 허공에 입력하는 시늉을 했다.

생방송이라 시간을 오래 지체할 수 없어서 하는 수 없이 불완전한 채로 적어냈다.

〈時代は変わRU〉(시대는 변한다, '지다이와카와루'라고 발음하며, 원래는 '時代は変わる'라고 써야 함 ─ 역주)

사회자가 벌레라도 씹은 듯 떨떠름한 표정을 지었다. "……안포 씨. 뭡니까, 이 마지막에 RU는?"

"아하, 그거요? '時代は変わる'(시대는 변한다)라고 적으려던 겁니다. 순간적으로 글자가 떠오르질 않아서요. 하하하."

"무슨 소릴 하는 거야. 이봐, 방송이 장난인줄 알아!" 또다시 테이블을 쾅쾅 내리쳤다.

"아니 그게 아니라……."

다카아키는 사회자를 진정시키려 애썼지만, 점점 더 격앙할 뿐 도무지 수습이 되지 않았다. 시청자들은 분명 젊은 놈이 장난을 친다고 생각했을 것이다. 하지만 글자가 안 떠오르니 어쩔 도리가 없었다.

방송이 끝나자, 사회자가 돌연 태도를 바꾸며 친근하게 말을 건넸다.

"안포 씨 아주 냉정한걸. 전혀 화를 안 내네."

"화내는 건 쓸데없는 에너지 낭비 아닙니까?"

다카아키가 침착하고 여유 있게 대답했다. 실제로 최근 몇 년간은 거친 목소리를 내는 일조차 없었다. 쓸데없는 데 에너지를 낭비하고 싶지 않았기 때문이다.

"쓸데없는 에너지 낭비? 그럼, 화나는 일이 생길 땐 어떻게 하나?"

"항의는 합니다. 부하직원한테는 주의도 주죠. 하지만 화내는 건 생산성 제로잖아요."

"생산성 제로기는 해도, 화가 나는 건 어쩔 수 없는 일 아니오?"

어쩔 수 없긴. 당신은 개가 짖는다고 화내나? 그렇게 말하고 싶었지만 그만두었다. 상대가 나와 대등한 사람이라고 보지 않는 한 화를 낼 이유가 없는 것이다.

"안포 씨 세대는 철저하게 합리적인 모양이군." 사회자가 먼 허공을 응시하며 말했다. "컴퓨터가 장난감 역할을 대신하다 보니 디지털 사고가 판에 박힌 모양이야."

다카아키는 말없이 어깨를 들썩여 보였다. 아날로그 아저씨들의 힌틴은 귀에 떡지가 앉을 만큼 들어서 신력이 났다. 세계는 이미 인터넷으로 하나 된 지 오래다. 그걸 알아채지 못하는 쪽이 이상한 것이다.

이동하는 차 안에서 미유키가 또다시 걱정을 늘어놓았다. "사장님, 오늘도 히라가나가 안 떠올랐죠?" 어두운 표정으로 한숨을 내쉬며 말했다.

"괜찮다니까 그러네. 뜻은 다 통했잖아."

"그런 문제가 아니라……."

"그런 문제가 아니면 뭐야. 백이 흑으로 전달되면 에러지만, 백이 백으로 전해지면 정확한 거지. 애당초 히라가나라는 것 자체가 모호해. 서양 사람들이 일본 사람을 은근히 깔보는 이유는 사용하는 문자가 기호가 아니라서 그래. 히라가나든 한자든 걔들이 보기엔 상형문자인 셈이지. 다시 말해 일본은 아직도 합리화되지 않았다고 보는 거라고."

"그렇지만 그건 한 나라의 문화잖아요……."

"난센스. 글로벌화에 역행하는 거야. 그건 그렇고, 다음 스케줄은?"

"이라부 종합병원입니다."

"농담 그만둬. 난 안 가!" 다카아키가 눈을 부라렸다.

"가서야 해요. 선생님이 통원치료 받으라고 했어요."

미유키가 정색을 하며 무서운 표정으로 말했다.

"미유키는 그 의사가 어떤 사람인지 몰라서 그래."

"부탁이니 병원에 가주세요. 책에서 읽었는데 신경정신과 치료는 하루아침에 효과가 나타나는 게 아니래요."

미유키가 평상시와 달리 무척이나 완고하게 나왔다.

다카아키는 말없이 입을 다물었다. 보스를 위하는 비서에게 매정하게 대할 수도 없었다.

"크ㅎㅎㅎ."

진찰실로 들어가자, 이라부는 마치 숲속에 숨어사는 요괴처럼 웃어댔다. 발을 들여놓는 순간부터 병원에 온 것이 후회스러웠다.

"나 봤다, 오늘 텔레비전 방송. 드디어 알아냈지, 히라가나 알츠하이머의 원인."

이라부는 소파에서 몸을 앞으로 내밀며 손가락을 우두둑우두둑 꺾었다.

"또 엉뚱한 병명이나 갖다 붙이고."

다카아키는 얼굴을 잔뜩 찡그리면서도 일단은 환자용 의자에 걸터앉았다.

"안포 씨, 히라가나 안 떠오를 때, 손가락으로 컴퓨터 키보드 두드리는 시늉했지?"

"그랬나? 일일이 기억 못하겠는데요."

"그랬어, 테이블 위에서 타닥타닥." 이라부가 흉내를 내며 말했다.

"그게 뭐 어떻다는 겁니까?"

"컴퓨터를 너무 많이 해서 히라가나를 알파벳으로 입력하게 된 거야. 'る'(루)라는 글자는 키보드에서 'RU'라고 쳐야 나오잖아. 크흐흐."

"선생님, 너무 기뻐하시는 거 같은데요. 그래서요? 그게 뭐 어쨌다는 겁니까?"

다카아키가 턱을 치켜들며 따졌다. 이라부가 공로를 칭찬받지 못한 초등학생 같은 표정을 지었다.

"귀여운 구석이라곤 털끝만큼도 없어. 놀라는 시늉이라도 좀 해봐라. 그건 일종의 장애란 말이지."

"장애라뇨, 읽을 수도 있고 말할 수도 있어요. 문제 될 게 뭐가 있어요?"

"엄청 큰 문제지. 히라가나를 못 쓰는걸."

다카아키는 기침을 한 번 하고 나서 눈앞에 보이는 뚱보 의사에게 이치를 설명했다.

"선생님. 제 말 좀 들어보세요. 어차피 필기 따위는 쇠퇴해갈 뿐이에요. 이미 비즈니스 문서는 모두 워드프로세서고, 사내 사무 서류 같은 것도 컴퓨터 화상으로 다 처리합니다. 다시 말해, 쓰지 못하는 건 능력 부족이 아니란 말입니다. 내가 예언하건대 한자쓰기 시험 같은 건 10년 안에 없어질 겁니다."

"그럼, 안포 씨는 조금도 당혹스럽지 않다는 뜻?"

"그래요. 크레디트 카드에 사인만 할 수 있으면 되죠."

이라부는 불만이 가득한 표정으로 "진짜 정 안 가는 환자네"라고 투덜거리더니 볼펜으로 머리를 긁적였다.

"그렇지만 거기서 파생돼서 사물의 이름을 잊어버리거나 인사말이 나오지 않는 일도 있잖아."

"그것도 사소한 일일뿐이죠. 설령 내가 선생님 목에 걸린 청진기 이름을 깜빡 잊는다고 합시다. 무슨 불이익이라도 생깁니까? 인사말도 그래요, 어차피 장식에 불과한 거 아닙니까? 용건하고는 아무 관계도 없어요."

"흐음." 이라부가 팔짱을 끼고 나지막이 신음했다. "요컨대 안포 씨 내면에서는 뇌 합리화가 진행되고 있다는 뜻이군."

"그렇죠. 쓸데없는 걸 없애자, 뭐 말하자면 그런 겁니다. 흠, 미리 말해두지만, 그래서야 무슨 재미로 사느냐, 진정한 풍요로움은 쓸데없는 것 속에 있다는 등등의 케케묵은 인생 훈계 같은 건 그만둡시다."

이라부는 아무 말이 없었다.

"저는 매일매일 충분히 즐기고 있고 항상 자극이 넘쳐나니까요. 일반 서민분들에게는 매우 죄송스런 말이지만, 거금도 벌어들이고……."

입을 삐죽 내밀고 아래만 내려다보고 있었다.

"자, 그러니 이젠 통원치료 같은 것도 필요 없겠죠?"

이라부가 고개를 들었다. "주사는?"

"그것도 필요 없습니다."

이라부가 손가락으로 소파 팔걸이를 문지르며, "으, 열 받아……"라고 힘없이 혼잣말을 했다.

말로 바보를 꺾어 누르는 것은 꽤 기분 좋은 일이다. 다카아키는 만족스러운 기분에 빠져 빙긋이 미소를 지었다. 내친김에 병원까지 사들여 의학계에도 합리화 바람을 일으키고 싶은 심정이었다.

바로 그때 커튼이 휙 젖혀지더니, 지난번과 똑같은 차림새의 간호사가 모습을 드러냈다. 분명 마유미라는 이름이었던 것 같다.

마유미는 왼손에는 주사기, 오른손에는 쇠 대야를 든 기묘한 모습으로 걸어 나왔다. 그러더니 느닷없이 쇠 대야를 치켜들고 있는 힘껏 다카아키의 머리를 내리쳤다. '챙' 하는 날카로운 쇳소리가 울려 퍼졌다.

"무, 무슨 짓이야!" 다카아키가 갈라진 목소리로 소리쳤다.

너무나 갑작스러운 일이라 다른 말은 나오지도 않았다.

"선생님. 이렇게 시건방진 환자를 멋대로 설치게 놔둘 수는 없잖아요." 마유미가 나른한 목소리로 말했다. "후딱 찔러버리죠." 주사기를 오른손에 바꿔 쥐면서 말했다.

"응, 그래. 그렇게 하자."

재촉하는 마유미의 말을 듣고, 이라부가 자리에서 일어섰다. 고개를 좌우로 한 번씩 꺾더니, 눈동자에 힘을 주고 빙그레 웃으며 다카아키의 팔을 움켜잡았다.

"크흐흐, 자 그럼."

"자, 자, 잠깐!"

"어허~ 진정해."

"진정은 무슨 놈의 진정. 난폭하게 대하면 곧장 소송할 테니 그리 알아요. 블로그에 공개할 수도 있어. 인터넷에 소문 퍼지면 이 병원도 그날로 끝장이야!"

다카아키는 필사적으로 뒷걸음질을 쳤다. 그러나 이라부가 팔을 움켜잡고 있어서 옴짝달싹할 수도 없었다.

"있지, 살짝 강제처럼 느껴질 수도 있겠지만, 정신의학에서는 이런 치료를 할 때도 있거등."

"말도 안 되는 소리 집어치워요."

"아냐, 진짜야." 이라부가 벌겋게 달아오른 얼굴로 우겨댔다.

마유미가 입 꼬리만 살짝 치키며 미소를 짓더니 주사기를 점점 가까이 들이댔다.

"미안하지만, 우리 신경정신과에는 주사 수당이 따로 나오거든. 내가 최근에 밴드를 시작해서 돈 나갈 데가 좀 많아."

소독약을 바르고 주사기를 푹 찔렀다. "아야야야." 다카아키는 얼굴을 일그러뜨렸다. 그 와중에도 엉겁결에 마유미의 가슴 계곡 쪽으로 시선이 쏠리고 말았다.

"자, 수고했어요." 마유미가 대야로 내리친 머리를 쓰다듬으며 말했다. 그러더니 풍만한 엉덩이를 흔들며 커튼 안으로 사라졌다. 어, 지금 이 상황에서는 무슨 말을 해야 되는 거지…….

"지금 한 건 압박치료라고 부르는데 최근 의학세에 유행하는 거야." 이라부가 시치미를 뚝 뗀 표정으로 되지도 않는 말을 꾸며댔다.

"압박치료는 무슨 압박치룝니까? 그런 말은 금시초문이에요." 다카아키가 얼굴색을 바꾸며 항의했다.

"취직 면접시험 같은 데서도 쓰잖아. 잔뜩 몰아붙여놓고 반응 살피는 거. 그거랑 똑같아."

"그게 어째서 쇠 대야와 주사기로 둔갑하는 거죠?"

"부조리한 일을 당하게 만드는 게 목적이거든. 어때, 논리적이지?" 이라부가 거만한 자세로 소파에 몸을 기대더니 흐뭇한 표정을 지었다.

말을 받아치고 싶었지만, 얼른 떠오르는 말이 없었다. 대체 이게 무슨 꼴이란 말인가, 저런 얼간이 의사를 상대로.

"그런데 말이야. 내 생각에는 안포 씨가 다른 사람 밑에서 일해본 경험이 없어서 뇌 합리화가 더 많이 진행된 것 같아"라고 말하는 이라부.

"그게 무슨 소립니까?"

"보통은 회사에 취직하면 멍청한 상사 한둘쯤은 있게 마련이 잖아. 멍청해도 여하튼 상사는 상사니까 말을 안 들을 수도 없을 테고, 불합리한 지시라도 따를 수밖에 없지. 그런데 안포 씨는 그런 경험을 해본 적이 없잖아."

"좋은 거 아닌가요. 쓸데없는 시간 낭비도 줄이고."

"우회 없이 성공한 바람에 사고가 지나치게 다이렉트하다는 거지. 차로 예를 든다면 핸들에 여유가 없는 레이싱카 같다고나 할까?"

"이보세요, 멋대로 적당한 논리 갖다 붙이지 마세요."

다카아키는 손바닥으로 얼굴을 문질렀다. 바빠서 정신을 못 차릴 지경인데 엉뚱하게 샛길로 새어버린 것이다.

"레이싱카로 공공도로를 달리면 좀 위험하지. 성능을 조금만 내리면 어떨까?"

그 말에 다카아키가 고개를 들었다. 이라부의 말이 수긍이 가는 점도 있었다. 주위가 너무 늦어서 오히려 더 피곤한 것이다.

"그럼, 또 봅시다~."

이라부의 말에 자기도 모르게 그만 "네"라고 대답해버렸다.

쇠 대야로 두들겨 맞기까지 하면서도 왜 하라는 대로 따르는 걸까.

아무래도 머릿속에 요상한 벌레라도 침입한 기분이다.

3

다카아키가 공세를 취하기 시작한 라디오 방송국 주식 매입은 연일 보도가 확대되었고, 급기야 소동으로 발전했다. 니혼방송에서 내항책으로 신주 예약권을 발행하여 라이브퍼스트 소유주의 비율을 낮추려고 획책한 것이다. 그것은 명백한 상법 위반이었다. 상법상으로는 지배권 유지나 쟁투 목적을 위한 신주 발행은 금지되어 있다.

정말이지 이 나라 경제계가 하는 짓이란……. 다카아키는 예상 범위 안에 있었던 일이긴 하지만 크게 실망했다. 구태의연한 패러다임에 젖은 그들은 경영자란 그저 주주에게 경영을 임명받은 존재에 불과하다는 기본적인 사실을 깨닫지 못한다. 당연히 도쿄 지방법원에 정지처분 신청을 냈다. 그 일로 인해 다카아키의 스케줄 대부분은 텔레비전 방송국 순회로 바뀌어버렸다.

"안포 씨, 당신은 신주 예약권 발행을 비난하던데, 애초에 시간외 거래로 기습을 한 건 당신 쪽 아닌가요?"

화를 잘 내던 지난번 프로그램의 사회자가 다카아키에게 도발적으로 말을 건넸다. 비서가 결정했다고 이런 방송에 다시 나오는 자신이 한심스러웠다.

"그건 딱히 새로울 것도 없는 수법입니다. 단지 그럴 만한 용기를 가진 사람이 이 나라에 없을 뿐이죠."

다카아키는 속으로는 성가시다고 느끼면서도 겉으로는 정중하게 대답했다.

"법적으로 문제가 없으면 뭐든 해도 된다는 말인가요?"

"미국 같은 곳에서는 그런 식의 기업 매수가 상식처럼 되어 있습니다. 어째서 일본만 면제받을 수 있나요?"

"여긴 미국이 아니고 일본이오!"

사회자가 늘 그렇듯 테이블을 쾅쾅 내리치며 소리를 질렀다.

"이것 보세요. 제가 누차 말씀드리지 않았습니까? 세계는 이미 인터넷으로 하나가 되었어요. 그럼 외국 자본에 당하는 건 괜찮다는 말인가요? 일본 기업의 가장 나쁜 습관 중 하나가 바로 주식담합입니다. 주주행동주의가 확대되면 무능한 경영자는 무용지물이 된다, 여러분은 그걸 두려워하는 게 아닐까요?"

"당신 지금 재계 선배들을 싸잡아서 무능한 사람 취급하는 거요!"

침이 이쪽까지 튀었다.

"아니, 그런 말이 아니잖습니까?"

"아니긴 뭐가 아니야!"

연속으로 테이블을 내리쳤다. 사회자의 격분 퍼포먼스는 점점 더 고조될 뿐이었다.

프로그램 도중에 시청자가 보낸 팩스를 소개하는 코너가 있어서, 다카아키의 말에 대한 지지파와 반대파의 의견을 읽어나갔다. 지지파는 젊은이, 반대파는 고령층으로 확연히 갈라졌다.

"안포 씨는 이런 결과에 대해 어떻게 생각합니까?"

"뭐, 충분히 예상 가능한 결과죠. 미래가 있는 사람은 저에게 기대를 걸 테고, 황혼기에 접어든 사람은 변화를 두려워할 테니까요."

요컨대 꾸준히 일만 해온 샐러리맨이 보기에는 재치 하나로 일약 거부로 떠오른 젊은 놈이 아니꼬운 것이다.

"황혼기에 접어든 사람이라니!" 사회자가 또다시 분노를 뿜어냈다.

그리고 예의 그 보드에 한마디를 쓰는 순서가 돌아왔다. 이번에는 '세간에 하고 싶은 말'을 쓰라는 요청을 받고 그런 취지에 맞는 문구를 떠올렸다.

〈騷GI杉〉(지나친 소란, 원래는 '사와기스기'라고 발음하며, '騷ぎ過ぎ'라고 써야 함 – 역주)

사회자가 미간을 찌푸렸다. "그게 뭐요?"

"여러분들이 지나치게 소란스럽다는 말입니다." 다카아키는 살짝 붉어진 얼굴로 대답했다.

"이것 봐, 장난을 쳐도 유분수지. 남을 우습게보는 그런 태도가 세간의 반감을 산다는 걸 모르나!"

테이블이 큰북처럼 울렸다.

차 안에서 마주한 미유키의 표정은 전보다 훨씬 어두웠다.

"사장님, 정말 어떻게 된 일이에요? 한자는 떠오르는데 히라가나는 전멸이잖아요."

"전멸이라고 할 것까지는 없지. 반 정도는 쓸 수 있을 거 같은데."

"반도 정상이 아니죠. 게다가 어쩜 그리 아무렇지도 않을 수 있죠? 그것도 도무지 이해가 안 가요."

"너무 예민해. 별로 문제 될 거 없다니까 그러네."

"한자를 잊어버리는 건 그렇다 쳐도, 히라가나를 잊어버리다니……." 옆에서 혼잣말처럼 중얼거렸다.

"이봐, 한자는 각각 의미가 있잖아. 미유키의 '美'만 해도 그렇지. 글자 자체에 의미가 있으니 그 가치를 인정할 수밖에. 하지만 히라가나의 'み'(미)는 아무런 의미도 없어. 'MI'로 통하면 그걸로 충분해."

"그건 그렇고, 오늘도 이라부 선생님에게 가서야 합니다."

미유키가 컴퓨터를 열고 스케줄 조정을 하며 말했다.

"싫어. 그 의사 이상한 거 확실해."

"선생님과 통화했는데, 싫다고 해도 데리고 오라고 했으니별 수 없어요."

멍청한 의사…… 이라부의 얼굴이 떠올랐다. 덜렁덜렁 흔들리는 육중한 턱살도.

"아무튼 가서야 합니다."

다카아키는 말없이 한숨을 내쉬었다.

"사장님, 기쁜 소식도 있어요. 웹사이트 접속 랭킹에서 우리라이브퍼스트가 7위에 진입했어요."

"오호, 드디어 베스트10 진입이로군."

"그런데 접속이 늘면서 사이트 로딩 속도가 느려졌어요."

"좋아, 이번 기회에 서버 환경을 보강하지. 곧바로 준비해줘." 다카아키는 자그맣게 승리 포즈를 해 보였다.

"5년 안에 기필코 야후를 따라잡고 말 테나." 입속으로 그렇게 중얼거렸다.

아무리 공격을 당하더라도 역시 미디어는 출연하는 게 승리다. CM 비용으로 환산하면 수십억 엔도 넘을 것이다. 그런 점만 보아도 기존 미디어는 꼭 수중에 넣고 싶었다. 다카아키의 꿈은 라이브퍼스트를 세계 제일의 기업체로 키우는 것이다.

"크흐흐흐."

진찰실로 들어가자 이라부가 또다시 기분 나쁜 웃음소리를 내며, 가까이 다가오라는 듯 손가락을 까딱까딱 흔들었다.

"오늘도 봤지롱~. 안포 씨, '騷ぎ過ぎ'(지나친 소란, '사와기스기'로 읽음 – 역주)의 '過ぎ'(스기)를 삼나무 '杉'('스기'로 발음함 – 역주)으로 썼지?"

이런 할 일 없는 인간이 있나, 나 말고 다른 환자는 한 명도 없단 말인가. 다카아키는 굴욕감을 억누르며 의자에 앉았다.

"퍼뜩 떠오르는 글자가 그거였으니까요. 꼭 삼나무 '杉'(스기) 자가 아니라도, 달리 글자가 있으면 그걸 써도 상관없는 일입니다."

"흠, 말하자면 변환 미스다, 그 말이지?" 이라부가 혀로 입술을 핥으며 말했다.

"변환 미스?"

"그렇지. 안포 씨는 히라가나가 안 떠오르면 머릿속으로 컴퓨터 키보드를 두드리잖아. 오늘 같은 경우는 'SUGI'였지. 그런데 그만, 변환 미스로 삼나무 '杉'(스기) 자가 나오고 만 거야."

"아하, 그런 거로군요."

다카아키는 어깨를 움츠렸다. 듣고 보니 그런 것도 같았다.

"아하, 그런 거로군요? 그걸로 끝?"

"뭐 잘못된 거라도 있습니까?"

"진짜 재미없다~." 이라부가 코에 주름을 잡으며 말했다. "조바심 같은 것도 전혀 안 나?"

"조바심 낼 게 뭐 있습니까? 그걸로 승부가 결정 나는 것도 아닌데."

"자, 일단 주사부터 맞아야지. 어~이, 마유미짱."

"또 맞아야 돼요?" 다카아키가 얼굴을 찡그렸다.

안쪽 커튼이 열리고 쇠 대야와 주사기를 손에 든 마유미가 모습을 드러냈다. 오늘은 평소보다 훨씬 기분이 안 좋아 보였다.

"아, 알았어요. 맞을게요. 포도당 주사죠?"

대야로 얻어맞기 싫어서 시키는 대로 따르기로 했다. 그 대신 가슴 사이 계곡은 실컷 감상해주리라.

"마유미짱, 내 비서해볼 생각 없어?" 다카아키가 익살을 떨며 말하자, 쇠 대야로 머리를 쿡쿡 쥐어박았다. 이렇게까지 무례한 대우를 받는 건 어언 10년 만인 것 같다.

"저기 안포 씨, 나랑 안쪽에 있는 유치원에 가볼래?" 이라부가 말했다.

"유치원? 거긴 뭐 하러?"

"히라가나 공부."

"농담 그만 하시죠. 이 나이에 무슨 유치원 같은 데서……."

"아잉, 같이 가자~. 우리가 경영하는 유치원인데, 선생님들한테 안퐁맨 데리고 온다고 약속했단 말이야. 안포 씨. 요즘 인기 최고잖아."

이라부가 무람없이 팔을 흔들어댔다.

"싫습니다. 전 무척 바쁜 사람이에요."

"잠깐만. 응? 응?"

강제로 일으켜 세우더니 진찰실 밖으로 잡아끌었다. 어째서 늘 이 남자의 페이스에 휘말리고 마는 걸까.

"와아, 안팡맨이다~!"

병원 뒤쪽에 있는 '사립 이라부 유치원'으로 가자마자, 유치원생들이 주위를 에워싸며 소리쳤다.

"쉿! 조용, 조용! 이 사람은 안퐁맨이야. 애들은 저리 비켜."

이라부가 어른스럽지 않게 아이들을 쫓아내며, 다카아키를 데리고 교실로 들어갔다. 젊은 여자 선생님들이 "꺄아~!" 하고 비명을 질러댔다. 마치 유명 영화배우가 찾아오기라도 한 듯 얼굴을 붉게 물들였다.

"아, 안녕하세요." 다카아키가 가볍게 인사를 건넸다. 요란한 반응에는 이미 익숙해졌지만, 유명해져서 다행이라는 기분이 드는 순간이기도 했다. 최근에는 연예인이나 여자 아나운서를 소개받는 일도 많다. 평범한 젊은 여성 정도는 얼마든지 손에 넣을 수 있을 것 같았다.

"봐, 내 말이 맞지? 약속한 대로 봄철 예방주사는 신경정신과가 담당할 테니 그리 알아. 크흐흐."

이라부가 만족스러운 듯 가슴을 활짝 젖혔다. 다카아키는 온몸에 힘이 빠졌다. 대관절 무슨 내기에 자기를 이용한 건지.

그 순간에도 유치원 아이들이 주위에 몰려들었다. 생각보다 귀여웠다. 서른두 살의 자신에게는 이 또래쯤 되는 아이가 있다고 해도 어색한 일이 아니다. 모처럼 방문했으니 수업하는 모습을 잠시 구경하기로 했다.

마침 히라가나를 공부하는 중이었다. "자 그럼, '귤'이라고 쓸 수 있는 사람?"

"저~요!" 아이들이 힘차게 손을 치켜들었다. 지명을 받은 남자아이가 앞으로 나가더니 칠판에 지렁이가 꿈틀거리는 것 같은 글씨를 썼다. 게다가 방향도 거꾸로였다.

"아이들이 몇 살 무렵에 히라가나 읽기쓰기를 배우죠?" 이라부에게 물었다.

"평균 대여섯 살 정도 아닌가?"

흠 그렇군, 인간은 그 전에는 글씨도 못 쓰는 생물이란 말이로군.

"그럼, 다음에는 '아침' 쓸 수 있는 사람?"

"의기요~! 신생님!" 옆에서 이라부가 손을 번쩍 지켜들었다. "이 사람한테 쓰라고 해보세요." 손가락으로 다카아키를 가리켰다.

"이 사람 지금 히라가나 알츠하이머 치료 중이걸랑."

"누구한테 알츠하이머라는 겁니까!" 다카아키는 엉겁결에 거친 목소리를 내고 말았다.

"그럼 써봐"라고 말하는 이라부. 유치원 아이들까지 "써봐요, 써봐요!"라며 소리를 질러댔다.

얼굴이 벌겋게 달아올랐다. 늘 쿨하다는 말을 듣는 내가 왜 이러지.

하는 수 없이 칠판 앞으로 나가 분필을 손에 쥐었다. 으음, '침'을 어떻게 쓰더라. 아무래도 복잡한 글자는 더 헷갈리는 것 같았다. 오오, 신이시여.

〈아팀〉

"틀렸다~. 틀렸다~."

아이들이 뛸 듯이 기뻐했다. "어른이 글씨도 못 쓰나 봐." 어디선가 그런 소리도 들려왔다. 다카아키는 순식간에 온몸에서 땀이 배어 나왔다. 선생님이 엄한 표정으로 아이들을 나무랐다.

그렇게 되고 보니 유치원 아이들도 거리낌이 없어진 모양이다. 자기네랑 수준이 같은 친구라고 생각했는지, "바~보, 바~보!"라며 혀까지 내미는 아이도 있었다. IT계의 총아인 나에게 감히 바보라니.

이어서 안팡맨 캐릭터들이 그려진 카드로 게임을 하는 순서가 되었다. 교실 바닥에 카드를 펼쳐놓고, 선생님이 읽어주는 문장의 첫 글자가 적힌 카드를 줍는 게임이었다.

"야, 너도 해." 시건방진 꼬마 녀석 하나가 다카아키의 등을 찔렀다.

"됐어, 아저씨는 어른이잖니." 평정을 유지하려 애썼다.

"웃기네, 질까봐 겁나서 그러지?"

뺨에 꿈틀꿈틀 경련이 일었다. 아이들이 천사라는 말은 거짓이다. 절반은 악마다.

하는 수 없이 또 게임에 참가했다. 어찌 된 영문인지 이라부까지 끼어들었다. 선생님이 문장을 읽었다.

"정의의 용사 안팡맨."

아이들이 일제히 고개를 들이밀었다.

"정, 정, 정." 소리를 내며 카드를 찾았다.

"찾았다!" 여자아이 하나가 재빨리 카드를 주워들었다. "와~하!" 천진난만하게 기뻐하는 모습이었다. 다카아키는 박수를 쳐주면서도 내심 안정을 찾을 수가 없었다. 읽는 건 아무 문제 없었는데, 문장에서 떼어내 '정' 이라는 글자 하나만 찾으려 하자, 판독하는 데 시간이 걸렸다.

"모두 함께 즐거운 그네타기."

"모, 모, 모."

"찾았다!" 큼지막한 손이 쓱 뻗어 나왔다. 이라부가 집은 것이다. 자랑스럽디는 듯 가슴을 활짝 펼쳤다.

"난 한 개, 안포 씨는 빵 개." 잔뜩 신이 났는지 카드를 팔랑팔랑 흔들었다. "으음, 진 쪽이 자사주 양도하기로 할래?"

서서히 피가 머리로 솟구쳐 올랐다. 같은 주식이라도 당신 병원하고 라이브퍼스트 주식하고는 차원이 달라.

"친구를 괴롭히는 나쁜 아이는 누구?"

"친, 친, 친!"

몇 사람이 동시에 손을 뻗었다. 이라부가 한 박자 빨랐다. "얏호~. 또 찾았다!"

"선생님, 이라부 아저씨가 날 밀었어요." 여자아이가 이라부가 방해했다고 선생님에게 일렀다.

"내가 언제!" 이라부가 심각한 표정으로 항의했다. 이 사람, 어른 맞아?

그건 그렇고, 내가 왜 이런 데 있는 거지? 세상을 쥐락펴락하는 벤처 기업가인 내가 어째서 이런 곳에…….

결국 다카아키는 카드게임에서 단 한 장도 집지 못했다.

"얼레리꼴레리~." 아이들 몇몇이 놀려댔다. "어른이 한 장도 못 집어." 시건방진 꼬마 녀석이 머리를 때렸다. 아무렇지 않은 척 상냥한 표정을 지으려 했지만, 뺨이 이리저리 실룩거렸다.

"아저씨, 불쌍하니까 한 장 줄게요." 여자아이 하나가 동정까지 하며 카드 한 장을 내밀었다. 그 모습을 본 이라부가 "됐어, 됐어. 진 건 진 거야."

다카아키는 굳은 표정으로 자리에서 일어섰다.

"왜? 벌써 가려고?"라고 묻는 이라부.

"당연하죠. 전 바쁜 사람입니다." 분노 때문에 목소리까지 부들부들 떨렸다.

근처에서 어슬렁거리는 아이들을 쫓아버리고 교실을 나왔다. 무슨 얼어 죽을 안팡맨 카드 게임이야. 그따위 게임에 졌다고 눈곱만큼도 분하지 않아. 난 지금 최고 위세를 떨치는 억만장자란 말이다. 일본 제일의 승리자야. 아자부 힐즈에 살고 있단 말이다.

단숨에 정원을 가로지르며 성큼성큼 걸어갔다. 오랜만에 화를 내서 그런지 좀처럼 열이 내리질 않았다.

4

니혼방송의 주식 매매를 둘러싼 라이브퍼스트 포위망은 국회까지 끌어들이는 사태로 번지고 말았다. 보수파 정치인들이 다카아키를 비난하고 나섰기 때문이다. '시험 점수만 따내면 그만이라는 식의 현대교육이 만들어낸 젊은이'라는 감정적인 의견까지 돌출되었다. 룰에 따라 했는데 왜 그런 말까지 들어야 하는지 도무지 이해할 수 없었다.

세나가 셰일인 '에도테레비'가 주식 공개 매입을 추진하자, 안정 주주였던 기존의 대기업이 그에 응하고 있었다. 라이브퍼스트의 경영 참여를 막기 위해서다. 에도테레비는 이미 니혼방송 주식의 삼분의 일을 소유하고 있어서, 상법에 의해, 다카아키가 경영에 관련된 중요 사항을 결정하기는 어렵게 되었다.

다카아키는 다시금 이 나라의 낡아빠진 체질을 뼈저리게 실감했다. 다시 말해 일본 경제계는 '새 동참자는 거절한다'는 뜻이다. 작년 프로야구 참여 때도 '모르는 회사는 곤란하다'며 구단주들이 문을 닫아걸었다. 일본인은 자유경쟁을 싫어하는 것이다.

솔직히 말해 역풍이 이렇게 심하리라곤 예상치 못했다. 구세력은 거대한 바위에 들러붙어 옴짝달싹하지 않는 담쟁이덩굴 같았다.

다카아키도 더 이상 강경한 태도로만 밀고 나갈 수는 없었다. 매일같이 간부들과 대책을 마련하고, 최악의 경우까지 상정해두었다. 어차피 빈주먹으로 시작한 사업이다. 서른두 살인 지금, 모든 걸 다 잃는다 해도 두려울 건 없었다.

"사장님, 뭐하시는 거예요?"

사장실로 들어온 미유키가 책상에 펼쳐놓은 노트를 들여다보았다.

"안팡맨 히라가나 연습장."

다카아키가 메마른 어조로 대답했다. 미유키가 말을 잇지 못했다.

"히라가나는 시대의 유물이야. 쉰 개나 있지만, 발음을 모두 커버하진 못해. 영어의 'R' 같은 건 제대로 표기할 수도 없지. 게다가 'ん'(바로 뒤에 이어지는 음에 따라 ㄴ, ㅁ, ㅇ으로 발음하며 한국어의 받침 역할을 함 – 역주)은 또 뭐야. 장난 같지 않아?"

연필을 쥐고 희미하게 인쇄된 히라가나 글자 선을 따라 글씨를 쓰며 말했다.

"사장님, 괜찮으신 거죠?" 미유키가 머뭇거리며 물었다.

"괜찮고말고. 오늘도 이라부 유치원에 가야겠어. 반드시 복수해줄 테다."

"유치원?"

"아아, 그게 아니라, 이라부 종합병원. 형편없는 돌팔이의사, 건방진 꼬마 녀석들 코를 납작하게 해줄 테다."

미유키가 미간에 주름을 잡았다.

"저어, 오늘이 재판소 결정이 나는 날이라 변호사 선생님이 와 계신데요."

"아하 그래, 어서 들어오시라고 해."

사장실 응접세트에서 젊은 변호사와 마주앉았다.

"그래 어때? 신주 예약권 발행 정지처분 신청은 우리가 이길 것 같나?"

다카아키가 물었다. 변호사는 심각한 표정을 지으며 "50 대 50입니다"라고 대답했다.

"법률상으로 보면 저쪽이 명백한 위법이시만, 재판관은 대체로 보수적이니까요. 게다가 총무성에서 전파법 개정 움직임을 보이는 것도 미묘한 영향을 미칠지 모릅니다."

"허, 그렇군. 실제로 법 개정까지 발전할 줄이야. 하지만 말이야, 이걸 기각하면 일본은 그야말로 경영자 천국이 되는 셈이 잖아. 국제적 입장이라는 건 안중에도 없는 모양이지."

"그래서 저희 쪽도 그 점을 강하게 어필했습니다."

"만의 하나, 우리가 진다면?"

"주주 입장으로 손해배상 소송을 청구할 겁니다. 최고 법원까지 가볼 가치는 있습니다."

재판에 지게 되는 걸까. 다카아키는 의외로 냉정하게 생각에
잠겼다. 자신은 20년쯤 시대를 앞서 태어난 게 분명하다.

변호사와 얘기를 마치고 나자, 미유키가 다시 들어왔다.

"매스컴이 엄청나게 몰려오고 있어요. 회견장을 마련해서 사
법 판결 후의 첫 소감을 듣고 싶다고 요청하는데요."

"이라부 선생님 쪽 예정은?"

"물론 취소하겠습니다."

"안 된다니까. 꼭 가야 해. 지금은 치료가 더 중요하다고."

당혹스러워하는 미유키는 모른 체하고 자동차를 준비시켰
다. 매스컴을 상대하는 일은 이제 진력이 났다. 유명하게 해줘
서 고맙다, 지금 하고 싶은 말은 그것뿐이다.

이라부 종합병원에 도착해 이라부를 앞장 세워 병원 뒤에 있
는 유치원으로 가자, 보도진이 한 발 먼저 도착해서 카메라를
준비하고 있었다.

"안포 씨, 도대체 유치원에서 뭘 하실 겁니까?"

"혹시 아이가 있었나요?"

화살이 빗발치듯 질문 공세를 퍼부었다.

"유치원 경영을 한번 해볼까 생각 중입니다. 시찰 나온 셈이
랄까요. 하하하."

적당히 꾸며대며 상대에게 연막을 쳤다. 이라부가 옆에서 매

스컴을 향해 브이 자 사인을 했다.

"엇, 저 사람, 나베맨 때……." "또 그 의사야?" 기자들 사이에서 웅성거리는 소리가 들렸다. 이건 또 뭐야? 이라부가 혹시 유명한 의사였나?

유치원 안으로 들어간 다카아키가 밝은 목소리로 말했다.

"꼬마친구들, 안퐁맨입니다~! 다 함께 신나게 놀아볼까요!"

곧바로 유치원생들에게 둘러싸였다. 달콤한 우유 냄새가 코를 찔렀다. 의외로 자기가 아이들을 좋아하는지도 모른다는 생각이 들었다.

"야, 히라가나는 다 외웠냐?" 지난번의 시건방진 꼬마 녀석이 다리를 차며 까불어서, 선생님이 안 보이는 데서 힘껏 코를 비틀어버렸다. "으아앙!" 십 년 묵은 체증이 가실 만큼 시원스럽게 울음을 터뜨렸다.

한가한 매스컴도 구경하러 왔나. 마유미는 아이들을 상대하면서도 여전히 붙임성이 없었다. 스커트를 들춘 남자아이를 붙잡아 자이언트 스윙을 하는 철부지였다. 그런데 아이들에게는 그게 더 먹히는지, "나도, 나도!" 하고 소리치며 줄을 서는 꼴이 되었다.

"자~아, 여러분! 안퐁맨 카드놀이 시간입니다~."

선생님이 손뼉을 치며 아이들을 불러 모았다. 교실 바닥에 카드를 펼치고 모두 둥글게 모여 앉았다. 다카아키와 이라부도 그 속에 끼어 앉았다.

먼저 가까이 있는 카드부터 머릿속에 넣어두기로 했다. '아' '토' '나' '키' 좋았어, 오늘은 훨씬 잘 보인다. 학습한 성과가 있었다.

선생님이 문장을 읽었다.

"벌레보다 더 싫은 세균맨."

벌, 벌, 벌. 가장 자신이 없는 헷갈리는 글자였다. 다카아키는 몸을 내밀고, 카드를 뚫어져라 쳐다봤다. 찾았다! 생각보다 손이 먼저 뻗어나갔다.

"여기 있다!" 그러나 환호성을 지르며 기뻐한 사람은 머리를 세 가닥으로 딴 여자아이였다. "와~아, 찾았다, 찾았다!"

간발의 차이로 다카아키가 진 것이다. 괜찮아, 괜찮아, 이제 시작이니까.

"착한 아이는 횡단보도로 건넙니다."

착, 착, 착. 모두가 동시에 손을 뻗었다. 이번에는 이라부가 집었다.

"난 한 개. 안포 씨 빵 개. 크흐흐." 잇몸을 드러내며 웃었다.

다카아키는 머리로 피가 솟구쳤지만, '침착해, 침착해' 하며 자기 자신을 타일렀다. 눈을 감고 호흡을 길게 내쉬었다. 오늘은 확실하게 공부를 하고 왔다. 어릴 때부터 얻어야 하는 점수는 모두 그렇게 따냈다. 패배한 적은 단 한 번도 없다.

"즐거운 간식시간."

즐, 즐, 즐. 찾았다! 카멜레온의 혓바닥처럼 날름 팔을 뻗어 카드를 낚아챘다. 다카아키는 가까스로 한 장을 얻었다.

"잘했어요. 참 잘했어요." 선생님이 칭찬을 해주었다. 자기도 모르게 가슴속에 감동이 차올랐다.

"내일은 틀림없이 맑은 날씨."

내, 내, 내. 아하, 이것도 접수해주지. 다카아키가 재빨리 카드를 낚아챘다. 이걸로 두 장 연속이다.

"여자아이는 상냥하게 대해줍시다."

여, 여, 여. 또 다카아키가 집었다. 집중력이 점점 높아졌다.

그렇게 다섯 장 연속으로 카드를 집었다. 이라부와 눈이 마주쳤다. 굴욕감을 참아내느라 얼굴이 벌겋게 달아올라 있었다. "핫하하. 댁의 병원도 매수해드릴까?" 다카아키가 큰 소리로 웃어젖혔다. 유치원 아이들이 원망이 담긴 표정으로 다카아키를 쳐다보고 있었다.

"니희들, 잘 기억해둬. 세상은 약육강식이야." 내친김에 설교까지 늘어놓았다.

그 순간 후두부에 충격이 느껴졌다. 챙 하는 소리가 고막을 울렸다. 뒤를 돌아다보니 쇠 대야를 손에 든 마유미가 험악한 표정으로 두 다리를 쩍 벌리고 서 있었다. 쇠 대야? 그건 또 어느 틈에 들고 온 거야. 눈에서 불똥이 튀었다.

"이봐 사장, 당신 어른 맞아? 유치원 애들 상대로 뭐하는 짓이야?"

마유미가 허리를 구부려 귀에 대고 으름장을 놓듯 말했다.

"아 아니, 당신 보스도……." 너무 갑작스러운 일이라 혀도 잘 돌아가지 않았다.

"저 사람은 바보 천치야. 아무리 말해도 소용없어."

"그렇지만, 지난번에 내가 졌으니까……."

"아무리 그래도 정도가 있지. 혼자만 이기면 놀아주는 사람이 있겠어?"

또다시 챙 하고 머리를 내리쳤다. 그러고는 통통하게 살이 오른 히프를 흔들며 멀어져 갔다. 아이들이 배를 잡고 웃기 시작했다. 왜 매번 이런 꼴을 당해야 한단 말인가.

"매일 아침, 양치질 잊지 않기."

마음이 산란해서 눈의 초점이 오락가락했다.

다음에도 다른 아이에게 카드를 뺏겼다. 그리고 그 다음에도…….

유치원 아이들이 다시 생기를 되찾았다. 교실에 "꺄, 꺄!" 하는 환호성이 메아리쳤다. 아이들이 웃는 얼굴을 바라보고 있자니, 차츰 제정신이 들었다.

혼자만 이기면 놀아줄 상대가 없어진다……. 마유미의 말을 마음속으로 반추해보았다. 다카아키의 어깨에서 힘이 빠졌다. 가볍게 숨을 내쉬어 보았다.

분명 일리 있는 말이라는 생각이 들었다. 자신은 본디부터 이기는 걸 좋아한다. 지는 건 죽기보다 싫었다. 그래서인지 학창 시절 친구는 모두 멀어졌다. 친구와 뭔가를 나눠본 기억이 없

124

다. 현재 교우 관계는 부자와 유명인들뿐이다. 일반 사람들과의 교제 방법은 오래 전에 잊어버렸다. 최근 10년간의 잣대는 이익이 되느냐 안 되느냐 뿐이었다. 합리적이냐 그렇지 못하느냐에 달려 있었다.

카드놀이는 계속되었다.

"선생님, 이라부 아저씨가 뺏어갔어요." 여자애가 이라부의 부정을 선생님에게 일렀다.

"그런 적 없어!" 이라부가 정색을 하며 잡아뗐다.

싸움이 벌어질 것 같아서 다카아키가 얼른 비집고 들어갔다. 당신, 도대체 어떻게 생겨먹은 인간이야……

그때 교실 창문이 열렸다. 올려다보니 미유키가 핏기 없는 허연 얼굴로 서 있었다.

"사장님, 방금 재판소 판결이 나왔습니다." 떨리는 목소리로 말했다.

"아 그래. 어떻게?"

"정지처분이 내려졌습니다. 라이브퍼스트의 소송이 인정되었습니다."

다카아키는 자기 귀를 의심했다. "정말!" 엉겁결에 자리에서 엉거주춤 일어났다.

"저희의 주장이 통과되었습니다." 미유키가 눈물을 글썽이며 말했다.

"좋았어!"

다카아키는 벌떡 일어서서 두 주먹을 불끈 쥐었다.

재판에 질 것 같았다. 어차피 나이든 사람들이니 젊은 사람을 밀어낼 거라 생각했다. 이 나라의 사법도 완전히 썩은 건 아니었다. 법 정신은 지배자들의 담합을 인정하지 않았다.

"사장님, 문 앞에 매스컴이 대기하고 있습니다."

"알았어. 지금 나가지."

서둘러 교실 밖으로 나가려는데, 한 여자아이가 말을 걸었다.

"안풍맨 아저씨, 또 언제 올 거야?"

"글쎄, 한동안 못 올지도 몰라. 아저씨가 다시 바빠질 것 같거든." 다카아키가 상냥하게 웃으며 대답했다.

"그럼, 편지 보내줘."

"편지? 이메일 보내면 안 될까?"

"이메일이 뭔데?"

아차, 상대는 유치원생이었다. 혼자서 쓴웃음을 웃었다.

"오케이. 편지 보내줄게. 히라가나로 써서."

구두를 신고 정원으로 달려 나갔다. 나가자마자 플래시가 터졌다.

보도진들도 재판소 판정이 의외였는지, 모두 흥분한 표정이었다. 개중에는 IT 총아의 좌절을 보지 못해 안타까워하는 기자도 있는지 도전적인 눈빛을 보내는 사람도 눈에 띄었다. 먼저 현재의 심경에 관해 물었다.

"모두 상정했던 범위 내의 일입니다. 당연한 결과 아니겠습니까? 저희는 소송이 인정될 거라 믿었고, 그대로 되었을 뿐이죠. 사법이 정상적으로 기능하고 있다는 데에 무엇보다 마음이 놓입니다. 이것으로 일본도 세계에 부끄럽지 않은 마무리를 한 거죠."

자연스럽게 표정이 온화하게 풀리고, 가슴이 활짝 펴졌다. 쓸데없는 훼방꾼들일 뿐이라는 말이 목구멍까지 올라왔지만 참아냈다.

"안포 씨는 앞으로도 니혼방송 주식을 사들일 생각이죠? 그렇게 되면 실제로 라디오 방송국을 지배하는 거나 마찬가진데, 그 점에 대해서는 어떻게 생각합니까?"

"제가 개혁을 하고자 한다면, 그것은 무엇보다 기업의 가치를 높이기 위한 것입니다. 어쨌든 손해를 입는 방향으로 끌고 가지는 않습니다. 당연한 거 아닌가요?"

"니혼방송의 사원들은 안포 씨에 대해 거부 반응이 강한 것 같던데요."

구태의연한 시대의 유물들이 무슨 소릴 지껄이고 있어.

"그 점에 관해서는……."

등 뒤에서 발로 자갈을 짓이기는 소리가 들렸다. 뒤를 돌아보니 마유미가 쇠 대야를 손에 들고 걸어왔다. 흠칫 놀라 목을 움츠렸다.

마유미는 보도진을 통과해 그대로 지나쳤다.

에이 뭐야, 깜짝 놀랐잖아. 이어서 이라부가 나타나더니 카메라를 향해 브이 자 사인을 했다.

"이봐요. 제발 좀 그만해요." 다카아키가 등을 밀며 그 자리에서 쫓아냈다.

심호흡을 한 번 한 뒤, 다시 마이크 쪽으로 돌아앉았다. 보도진의 머리 너머로 마유미가 보였다. 뒤로 돌아서서 눈길을 힐끗 보냈다. '흥' 하고 코웃음을 치는 것 같기도 했다. 다카아키는 자기 머리를 매만졌다. 대야로 맞은 곳이다.

"음…… 그 점에 관해서는 우선 사원 여러분과 대화를 나눠볼 생각입니다."

정중한 말씨로 대답했다. 무의식적으로 그렇게 나왔다.

"제가 전에 실수로 '지배'라는 자극적인 어휘를 내뱉은 적이 있는데, 이 자리를 빌려 사죄드리고자 합니다. 진심으로 죄송했습니다."

기자들이 '엇!' 하고 놀라는 표정을 지었다. 앞으로 들이밀었던 마이크가 조금 뒤로 물러났다.

"저는 인터넷과 기존의 미디어와의 융합을 믿고 있으며, 앞으로 라디오 방송국이 살아남는 길은 인터넷과의 연동뿐이라고 생각합니다. 현장의 목소리를 들으며 미래를 모색해갈 생각입니다. 물론 현 시점에서는 일개 주주에 불과하고, 회사의 지침을 표명할 입장도 아닙니다. 그러나 제가 경영 참여를 원하는 것은 라이브퍼스트의 이익뿐 아니라 사원 여러분의 이익도 함께 고려한 것입니다. 모쪼록 문을 닫아걸지 마시고, 저의 말을 한번 들어주십시오. 저도 여러분들에게 오픈하고 있습니다."

기자들은 모두 입을 다물었다. 평상시랑 달라도 너무 다르니 제정신을 못 차릴 테지.

"……저어, 에도테레비 그룹은 앞으로도 라이브퍼스트의 참여를 저지하는 전략으로 나오리라 예상합니다만, 싸움이 이미 끝났다고 생각합니까?"

기자 한 사람이 물었다. 당연히 싸움은 계속되겠지. 구체제가 그리 쉽사리 백기를 들 리가 없다.

"그건 알 수 없는 일입니다. 이 자리에서 다시 한 번 정정해 말씀드리지만, 제가 말씀드리고자 하는 것은 '라이브퍼스트를 여러분의 동료로 받아주시지 않겠습니까, 손해를 끼치는 일은 없을 것입니다'라는 말입니다. 모쪼록 잘 부탁드리겠습니다."

나카아키가 고개를 깊이 숙였다. 일제히 플래시가 터졌다. 기자들의 태도가 바뀌는 걸 피부로 느낄 수 있었다. 무리하게 거리를 좁혀 들어오지 않았다. 다음 질문도 나오지 않았다.

"그럼, 오늘은 이 정도로……." 팔을 잡아당기는 미유키에게 이끌려 유치원 문을 나왔다. 바로 앞에 대기하고 있던 차에 올랐다.

"사장님, 어른스럽네요." 미유키가 농담을 건넸다. "정말 멋졌어요." 꽤 기쁜 모양이었다.

"시끄러워." 코에 주름을 잡으며 미유키의 이마를 찔렀다.

뒷좌석에 몸을 파묻었다. 어깨에서 힘이 빠졌다. 서서히 기쁨이 샘솟았다.

"얏호!"

다카아키는 무심코 소리를 질렀다.

다카아키가 고개를 숙인 것은 예상 밖의 결과를 낳았다. 정재계의 높으신 분들이 "안포 군도 얘기를 하면 통할 것 같군" 하며 태도를 유연하게 바꾼 것이다.

매스컴의 논조도 단번에 바뀌었다. 시건방진 IT 총아에서 미래를 내다보는 IT 기업가로 변모했다.

한 번 고개를 숙인 정도로 풍향이 이리도 바뀌는 실정을 보면, 아무래도 인간 사회는 논리적이지 못하다. 이치에 맞게 사고하지 못하는 바보투성이다.

하하하. 다카아키는 저절로 웃음이 터져 나왔다. 고개를 숙이는 것은 공짜다. 이거야말로 남는 장사 아닌가.

전에 출연한 방송 프로그램에 또다시 불려나갔다.

"안포 씨, 당신의 최근 언행은 어떻게 된 겁니까? 구체제에 두 손 들고 항복이라도 한 겁니까? 젊은이답게 좀 더 패기가 있어야지, 영 재미없잖아요. 당신은 벤처의 기대를 배신한 거나 다름없어요."

화를 잘 내는 사회자가 다카아키에게 손가락질을 하며 트집을 잡았다.

"그건 말이 좀 심하네요. 논리적으로 말하면 시건방지다고 비난하고, 고개를 숙이면 재미없다고 하고. 자, 그럼 저는 어느 장단에 춤을 춰야 하나요?"

"'늙은이는 물러나라, 이제는 우리의 시대다' 그 정도 말은 해야 되는 거 아닙니까?"

"그런 당치도 않은……. 저는 회사 경영자입니다. 고객분들 중에는 연배가 있는 분들도 계시고."

"그렇게 상황에 따라 이랬다저랬다 하는 애매한 태도가 문제라는 거야!"

사회자가 테이블을 쾅쾅 내리쳤다. 다카아키는 쓴웃음을 웃을 수밖에 없었다.

토론 마지막에 또다시 보드에 메시지를 적으라는 요청을 받았다. 앞으로의 방침을 쓰라고 했다.

다카아키는 사인펜을 움직였다.

〈きょうちょうろせん〉(협조 노선)

"……협조 노선? 왜 한자가 아니고 히라가나죠?"라고 묻는 사회자. 미간에 잔뜩 주름이 잡혀 있었다.

"아 네, 요즘 히라가나에 집중하고 있거든요. 이제야 겨우 술술 쓸 수 있게 됐습니다. 하하하."

다카아키가 머리를 긁적이며 대답했다.

"당신 말이야, 바로 그런 태도가 진지하지 못하다는 거야!"

스튜디오 가득 테이블 두드리는 소리가 울려 퍼졌다.

카리스마 직업

1

목욕을 마치고 화장대 거울을 찬찬히 들여다보니 눈 밑에 잔 주름 하나가 늘어 있었다.

심장이 오그라지는 느낌과 함께 핏기가 가셨다. 시라키 가오루(白木カオル)는 반사적으로 시선을 피하며 금방이라도 주저 앉을 것 같은 현기증을 참아냈다.

호흡을 가다듬고 아랫배에 힘을 주었다. 현실에서 도망치면 안 된다. 한번 도망치기 시작하면 상황이 나쁠 때마다 시선을 피하게 될 것이다. 나는 여배우다. 좋든 싫든 평가를 받을 수밖에 없다. 그렇게 자신을 타이르고 다시금 거울을 마주보았다. 주름을 꼼꼼히 확인했다. 손가락으로 가볍게 눌러보고, 뭐 이 정도쯤이야 하고 스스로를 격려했다.

양손으로 뺨을 잡아당겨 보았다. 탄력이 없는 건 아니다. 아직은 괜찮다. 주름제거 성형을 한 동년배 여배우들에게 보여주고 싶었다. 이 몸은 자연 그대로다. 성형 같은 건 생각해본 적도 없다. 물론 앞으로 어떻게 될지 장담할 수는 없지만.

정성 들여 나이트크림을 발랐다. 잠자는 중에도 혈액의 흐름을 좋게 해주기 위해서다. 주름아 펴져라. 마음속으로 주문을 외웠다. 이어서 헤어팩을 했다. 윤기 나는 검은 머리카락이 가오루의 자랑이었다. 주부층의 인기를 얻기 위해 손질이 쉬워 보이는 쇼트커트로 했지만, 실제로는 손질이 만만치 않았다.

한 차례 케어를 끝내고 나서, 침대로 이동해 요가 포즈를 취했다. 정좌 자세로 상반신을 천천히 뒤로 눕히며 골반을 펴주는 것이다. 그 상태에서 심호흡을 반복한다. 그렇게 하면 소화기 계열이 원활한 조화를 찾고 지방이 쉽게 붙지 않는다. 남편은 "정말 효과가 있긴 한 거야?"라고 묻지만, 그런 의견은 무시한다. 미용은 믿음에서 시작되기 때문이다.

딸 나오가 침실 문을 열고 방 안을 들여다보았다.

"엄마, 내일모레, 도시락 싸는 날이야."

"그럼 야마모토 아줌마한테 미리 시장 봐두라고 해. 안 그러면 도시락 못 싸잖니."

요가 포즈 그대로 대답했다. 야마모토는 집에서 함께 사는 가사도우미다.

"그건 그렇고 아직도 안 잤어? 빨리 자야지."

"네에."

순순히 자기 방으로 돌아갔다. 올해 명문 사립 초등학교에 입학한 나오는 가오루의 외동딸이다. 매스컴에는 일체 공개하지 않는다. 프라이버시는 엄격하게 지키고 싶었다.

한참이 지나 남편이 회사에서 돌아왔다. 대기업 광고 대행사에 근무하는 샐러리맨인데 남편 역시 공개하지 않는다. "다녀왔어." 얼굴만 살짝 보이고 자기 방으로 들어갔다.

가오루는 지금 남편과 각방을 쓴다. 여배우 모드에 들어갔을 때는 아무래도 아내답게 행동할 수 없기 때문이다. 게다가 수면은 매우 중요하다. 혼자서 푹 자고 싶었다.

취침 전 의식을 모두 마치고, 오감을 이완시키기 위해 아로마 포트를 곁에 두고 이불 속으로 파고들었다. 불은 모두 껐다. 어두울수록 호르몬 분비에 좋다고 잡지에 나와 있었다.

눈을 감고 마음을 안정시켰다. 오늘도 바쁜 하루였다. 드라마 녹화가 있었고, 여성지 표지 촬영이 있었고, 라디오 공개 방송에도 나갔다. 가는 곳마다 황족 같은 대우를 받는다. 매일같이 꽃다발을 받는다.

내일 예정은 뭐더라……. 틀림없이 오늘과 비슷한 스케줄일 것이다. 스튜디오 조명 속에서 렌즈를 향해 빙그레 미소를 짓고, 사회자의 질문에 대답하고, 팬들에게 손을 흔들어주고…….

자 그럼, 어서 자야지. 수면 부족은 피부의 최대 적이다. 젊을 때라면 몰라도 나이가 이 정도 되니, 수면 부족은 그대로 피부에 드러났다.

몸을 뒤척이며 오리털 이불을 머리까지 뒤집어썼다. 양 한 마리, 양 두 마리…….

아 참, 그러고 보니 오늘 스튜디오 유리창 너머에서 여고생들이 "예쁘다!"고 소리쳤지. 그 장면을 떠올리자 배시시 미소가 번졌다. 10대에게 그런 말을 듣는 마흔네 살짜리 여자는 일본에서 자기 한 사람뿐이다.

만나는 사람마다 '예쁘다' '젊다' 하며 칭찬을 늘어놓았다.

도쿄 가극단 시절부터 미모는 어디 내놔도 뒤지지 않았지만, 요즘 들어 갑작스레 더 높아진 느낌이다. 처음 경험하는 붐이라 부를 만했다. 바야흐로 모든 사람의 시선을 한 몸에 받는 최고의 자리에 서 있는 것이다.

어머머, 생각은 그만하고 어서 자야지. 양 스물두 마리, 양 스물세 마리…….

피로감은 있었지만 좀처럼 잠이 오지 않았다. 오늘 헬스장에 못 가서 그런가. 가오루는 시간이 날 때마다 부지런히 운동을 한다. 근육을 키우지 않으면 가슴이나 엉덩이가 처지고 무엇보다 기초대사가 떨어진다.

큰일이네, 시시한 라디오 방송 같은 건 나가지 말걸 그랬어. 그 시간에 차라리 운동을 했으면……. 양 예순다섯 마리, 양 예순여섯 마리…….

여전히 수마가 밀려오지 않았다. 아로마가 안 맞는 걸까. 일단 일어나서 향을 바꿔보기로 했다. 진정 효과가 더 뛰어난 향을 골라 티슈에 몇 방울을 떨어뜨린 후, 사이드테이블에 올려놓았다. 다시금 잠잘 태세를 갖췄다.

그런데도 여전히 정신이 말똥말똥했다. 양 세기는 그만두었다. 오히려 신경이 더 분산되는 느낌이 들었다. 아아, 한숨이 나왔다. 이 얼마나 아까운 시간이란 말인가.

아니, 그것보다 미용이다. 아까 발견한 주름은 메이크업으로 감출 수 있을까? 스튜디오 촬영이라면 얼마든지 숨길 수 있지만, 자연광을 받는 로케이션은 곤란하다. 실력이 없는 카메라맨은 여배우를 아무렇지도 않게 직사광선에 노출시켜버린다.

지난번 잡지 화보용으로 찍은 사진은 정말 심했다. 나도 모르게 시선을 피하고, 그 자리에서 폐기시켰다. 목주름에 쇼크를 받았다. 조금만 방심하면 실제 나이가 드러나고 만다.

이불을 몸에 휘감으며 착잡한 기분에 휩싸였다. 지금의 미모와 젊음은 언제까지 유지할 수 있을까.

손을 뒤로 뻗어 엉덩이를 움켜쥐었다. 뭉실뭉실한 게 탄력이 없었다. 침울한 기분이 가득 찼다. 역시 헬스장을 빠졌기 때문이다.

눈을 뜨고 침대에서 내려왔다. 침실에는 언제든 운동할 수 있게 에어로바이크를 놓아두었다. 가오루는 파자마 바람으로 에어로바이크에 올랐다. 쓸데없이 시간을 낭비하는 것보다는 조금 땀을 흘리는 편이 낫나. 육체적으로 피곤하면 푹 잘 수 있을지도 모른다.

소비 칼로리가 표시되는 디스플레이를 내려다보면서 페달을 밟았다. 곧바로 구슬땀이 흘러나와 바닥에 뚝뚝 떨어졌다.

다음 날 아침, 컨디션은 그야말로 최악이었다. 결국 잠이 든 것은 새벽 4시가 지나서였고, 피곤이 가시지도 않은 채 아침을 맞았다. 에어로바이크를 탄 탓에 몸이 오히려 각성을 해버린 건지도 모른다. 가오루는 자신의 어리석음을 책망했다. 그런 건 상식적으로도 충분히 알 만한 일이다.

몸은 정직했다. 피부는 화장을 잘 먹지 않았고, 머리도 말을 듣지 않았다.

야마모토 씨가 준비해준 아침식사는 샐러드와 요구르트뿐이고, 식사 후에는 각종 영양보충제를 먹었다. 딸과 남편은 이미 나가고 없었다.

"아 참, 나오 도시락 말이에요, 햄버그랑 계란말이, 삶은 브로콜리랑 방울토마토로 준비해줘요. 늘 그렇듯이 내가 만든 걸로 하시고."

"알겠습니다."

부모 자식 간의 관계를 양호하게 유지하기 위한 사소한 거짓말이다. 토트백의 아플리케도 가오루가 만든 걸로 알고 있다.

집까지 데리러 온 프로덕션 차에 올라탔다. 기사 옆 조수석에는 곁에서 잔심부름을 하는 구미, 가오루 옆에는 사장 이나타 미쓰요가 앉아 있었다. 이나타 프로덕션은 규모가 크지 않은 곳이라 스태프 대부분이 가오루에게 꼬박 붙어 시중을 든다.

"사장님, 어제 잠을 제대로 못 잤어요. 한밤중에 에어로바이크를 타버렸지 뭐예요."

가오루가 하소연을 했다. 열 살 위인 미쓰요 사장에게는 전폭적인 신뢰를 가지고 있어서 무슨 이야기든 할 수 있었다. 남편보다 더 가깝게 느껴질 정도였다.

"또 탔어?" 미쓰요가 눈을 휘둥그레 떴다. "왜 그래? 무슨 걱

정되는 일이라도 있나?" 심각한 표정으로 물으며 가까이 다가
왔다.

"눈 아래 주름이 생겼어요."

"어디, 어디?" 미쓰요가 얼굴을 들여다보았다. "어디야, 잘
모르겠는데."

"여기." 손가락으로 가리켰다.

"이거? 참 나, 현미경으로나 봐야 알겠다. 신경 쓸 거 없어."

위로하는 말이라는 걸 알면서도 용기가 생겼다. 여배우는 주
위의 격려에 힘입어 제대로 설 수 있는 존재다.

"그런데 화장이 먹질 않아요. 피부도 푸석푸석하고."

가오루의 말을 듣고, 미쓰요가 잠시 침묵에 잠겼다.

"오늘…… 〈코스모폴리탄〉 인터뷰 있는데 취소할까?"

"그래도 돼요?"

"괜찮아. 서쪽에서 부탁하는 입장인걸 뭐."

미쓰요가 곧바로 휴대전화를 꺼내더니 거절하는 전화를 걸
었다. "드라마 녹화가 길어져서 시간을 못 낼 것 같습니다." 거
짓말을 꾸며냈다. 촬영이 취소되면 카메라맨이나 스타일리스트
에게 폐를 끼치게 되고 때로는 취소 비용까지 물어야 하지만,
미쓰요의 태도는 늘 강경했다. 가오루도 그런 태도가 별반 나쁠
건 없다고 생각했다. 상대에게 맞추다 보면 점점 끌려 다니는
신세가 되기 때문이다. 그래서 미쓰요를 통해 싫은 건 싫다고
분명히 밝히고 있다.

여배우치고 기가 약한 여자는 없다. 설령 있다손 치더라도, 그런 경우는 예외 없이 악마 같은 매니저가 붙어 있다. 미쓰요는 불평할 게 없는 훌륭한 매니저였다.

"그건 그렇고 잠을 못 자면 곤란한데. 수면 리듬은 한번 망가지면 좀처럼 회복하기 힘들잖아. 신경안정제라도 좀 준비할까?"

"약은 싫어요."

"괜찮아. 가벼운 건 부작용도 내성도 없어. 그런 증상일수록 되도록 빨리 손을 쓰는 게 좋아. 이봐, 구미짱. 지금 당장 병원에 가서 안정제 처방 좀 받아와야겠다. 밤에 잠을 잘 못 잔다고 적당히 둘러대."

"제가 하는 밴드 멤버 하나가 이 근처 병원 신경정신과에서 간호사 하는데 거기서 받아올까요?" 구미가 말했다.

"마침 잘 됐군. 그럼 거기서 약 좀 구해줘."

미쓰요가 기사에게 자동차를 세우라고 하고, 젊은 구미를 급히 병원으로 보냈다. 그야말로 막무가내 식이었지만, 가오루 입장에서는 뭐든 자기 말대로 되는 쾌감도 없지 않았다. 주위 사람들이 잡다한 일을 모두 처리해주니까 여배우는 오로지 연기에만 전념할 수 있는 것이다.

그날, 새 드라마의 대본 연습 일정이 잡혀 있었다. 두 시간짜리 멜로드라마인데, 주연은 물론 가오루였다.

연습 장소에 도착하자마자 텔레비전 방송국의 프로듀서가

달려 나왔다. 몸을 90도로 꺾으며 인사를 했다.

"오시느라 고생 많으셨습니다. 날이 눅눅한 게 영 좋지 않은 계절이네요. 하하하."

비위를 맞추려고 연신 미소를 지으며 말했다.

그렇군, 어느새 장마철에 접어든 모양이야. 매일 정신없이 보내다 보니 눈치도 못 채고 있었다.

연습실로 들어가 연출가와 친근하게 대화를 주고받았다. "고바야시 씨, 저 구박하면 안 돼요."

"허어, 농담도 잘하시네. 가오루 씨야말로 구박하지 마세요."

연출가와는 무조건 사이좋게 지내야 한다. 자기를 한층 돋보이게 해주는 존재이기 때문이다.

선배 배우들에게 인사를 하고 난 뒤 자리에 앉았다. 그러자 이번에는 젊은 배우들과 다른 배우들이 가오루에게 인사를 하러 다가왔다. 모두 긴장한 표정으로 고개를 숙였다. 자신이 어느새 이 자리까지 왔나 싶어 감개무량한 순간이었다.

그러나 단 한 사람, 가와무라 고토미만은 가오루를 무시한 채 자리에 앉아 대본을 읽고 있었다. 동갑내기인 여대생 아이돌 출신 여배우였다. 그녀도 예전에는 드라마나 CM에서 한창 인기를 끌었던 시절이 있었다. 그 당시에는 가오루에게 꽤나 심술궂게 대했던 여자다.

가오루에게 경쟁의식을 품고 있다는 것은 분위기만으로도 충분히 전해졌다. 물론 가오루에게는 그런 의식은 조금도 없었다. 지금은 자신이 훨씬 격이 높기 때문이다.

승자의 여유를 가진 가오루가 먼저 인사를 하러 다가갔다.

"가와무라 씨, 인사가 늦어서 미안해요. 같이 일하게 돼서 영광입니다." 은은한 미소를 띠며 고개를 숙여주었다.

"아, 아니, 저야말로." 가와무라 고토미는 허를 찔린 모습으로 얼굴을 붉게 물들였다.

"여러 가지 많이 가르쳐주세요."

"아, 네…… 아, 아니." 자연스럽게 대할 수 없었는지 말까지 더듬거렸다.

자리로 돌아오려고 뒤를 돌아서는 순간, 뺨에 경련을 일으키는 가와무라 고토미의 표정이 잡혔다. 예전에 잘난 체를 해대던 여배우에게, 역전된 현재의 상황을 깨닫게 해주는 것은 실로 기분 좋은 일이다. 호호홋. 속으로라도 웃지 않고는 배길 수가 없었다.

대본 연습은 가오루를 중심으로 진행되었다. 어젯밤 잠을 제대로 못 잔 탓인지 목소리에 활기가 없었다. 일상의 사소한 변화가 목소리에까지 영향을 미치는 것이다. 뭐 괜찮겠지, 단순한 리허설일 뿐인데. 그렇게 스스로를 타이르며 대본을 읽어나갔다.

점심시간이 되자 방송국 측에서 준비한 도시락이 도착했다. 튀김요리가 주가 된 고칼로리 음식이 든 도시락이 테이블에 펼쳐졌다. 곧바로 구미가 작은 토트백을 손에 들고 다가왔다. 그 안에는 영양사가 만들어준 웰빙 도시락이 들어 있었다.

"병원에서 약도 받아 왔어요. 저녁식사 후에 드세요." 구미가 귀에 대고 속삭였다.

"그래. 수고했어."

"제가 대신 주사까지 맞았지 뭐예요."

"그게 무슨 소리야."

"저도 모르겠어요. 뚱뚱한 신경정신과 의사였는데, 주사가 취미인 모양이에요. 밴드 친구인 간호사가 어쩔 수 없는 일이라며 으름장을 놓더라고요."

"무슨 말인지 통 모르겠다. 어쨌든 고마워."

출연자들이 모여 있는 테이블에 막 도착한 순간, 가와무라 고토미가 따로 준비해온 도시락을 펼쳤다. 샐러드와 초무침, 자그마한 주먹밥 하나뿐이었다.

"가와무라 씨, 그걸로 충분해요?" 나이가 지긋한 남자배우가 놀라며 물었다.

"네, 충분해요. 칼로리 계산한 거니까."

"어머~. 젊음을 유지하는 비결은 역시 절제인가 봐요."

"지방이 많은 음식이나 단것을 닥치는 대로 먹으면 나처럼 배가 나오지. 하하하."

모두 가와무라 고토미의 도시락을 화제로 삼아 이야기를 나눴다. 그녀는 안티에이징에 관한 책을 출간한 지 얼마 되지 않았다. 대충 훑어보니 건강식, 미용체조, 마음가짐 등에 관한 시시한 내용이었다. 가와무라 고토미 역시 '40대인데 젊다'는 걸 내세워 장사를 하는 셈이다.

도저히 도시락을 꺼내기 어려운 상황이 되고 말았다. 이쪽은 칼로리가 더 낮았다. 게다가 저런 여자와 똑같은 취급을 받고 싶지 않았다.

"어머, 맛있겠다." 가오루가 모두가 먹고 있는 도시락을 들여다보며 밝은 목소리로 말했다. 구미가 들고 온 가방은 받지 않고 뒷손질로 쫓아버렸다. "나도 좀 먹어볼까?"

자리에 앉아 도시락 뚜껑을 열고 새우튀김을 한 입 베어 물었다. "와, 맛있다." 미소 띤 얼굴로 주위를 둘러보았다. 순식간에 마음속 가득 불안감이 밀어닥쳤다.

"시로키 씨는 이런 음식도 안 가리고 먹나 보죠?" 남자배우가 의외라는 듯 물었다.

"응. 난 새우튀김, 돈가스 같은 거 굉장히 좋아해요." 밥도 입안으로 꾸역꾸역 밀어 넣었다.

"그런데 어떻게 그렇게 날씬해? 살찐 모습 한 번도 못 봤어."

"글쎄요. 아마 체질이겠죠?"

가오루가 여유 있는 태도로 대답했다. 가와무라 고토미의 얼굴은 뻣뻣하게 굳어 있었다.

"시로키 씨는 도쿄 가극단 출신이잖아. 춤으로 단련한 몸이니 다른 사람보다 기초대사가 좋을 거야. 틀림없어."

연출가가 그럴 듯한 분석을 내놓았다. 모두들 납득이 간다는 표정으로 고개를 끄덕였다.

웃기는 소리 하시네. 튀김 따윈 한 달 만에 먹는 거라고……

"별다른 노력 없이도 젊음을 유지하는 사람이 있긴 하네."

꿈 깨시지, 그런 사람이 어디 있어. 안 보이는 데서는 다 필사적이야.

"아카사카에 유명한 돈가스 가게가 있는데, 다음에는 거기서 주문할까요?"

"어머머, 좋아라~." 소녀처럼 두 손을 가슴에 모았다.

야, 이건 그저 예의상 멘트일 뿐이다. 멍청하게 진짜 시켰단 봐라~. 가오루는 마음속으로 독설을 퍼부었다.

일단 입을 댄 이상, 도저히 발을 뺄 수가 없었다. '맛있다, 맛있다' 무리하게 미소를 지어가며 다 먹을 수밖에 없었다. 구미가 연습장 구석에 우두커니 서서 어두운 표정으로 그 모습을 지켜보고 있었다.

오후 대본 읽기 시간이 되자, 가오루는 평정을 유지할 수 없었다. 조금 전에 먹은 튀김이 위 속에서 소화되어 온몸에 스미는 걸 실감할 수 있었기 때문이다. 오랜만에 섭취한 지방이라 목말라 있던 세포들이 앞 다투어 빨아들이고 있을 게 분명했다. 스모 선수가 살찌는 것과 똑같은 원리다. 그들은 공복 상태에서 연습을 하고, 허기에 지쳐 있을 때 단숨에 대량의 영양분을 섭취한다.

그런 생각이 들자 점점 더 초조해졌다. 아까 먹은 도시락은 대관절 몇 칼로리나 될까? 새우튀김 한 개, 로스가스 두 조각에다 밥은 거뜬히 250그램은 넘었고, 거기에다 돈가스 소스와 마요네즈까지……. 틀림없이 1,000킬로칼로리는 족히 넘을 것이다. 손가락 끝이 바르르 떨렸다.

"시로키 씨, 왜 그래요? 지금 시로키 씨 대사인데." 연출가가 말했다.

"어머, 죄송해요. 깜빡했네." 애써 웃는 표정을 만들며 대사를 읽었다.

큰일이다. 이러고 있는 사이에도 지방은 체내에 골고루 퍼지고 있다. 한 번 붙은 체지방을 없애기는 매우 힘들다. 가오루는 도저히 가만있을 수가 없었다. 자기도 모르게 자리를 박차고 일어섰다.

모두 놀라 가오루를 올려다보았다. "왜 그래요?" 연출가가 의아스럽다는 듯 물었다.

"저, 서서 해도 괜찮을까요?" 가오루가 말했다. 얼굴이 붉어졌지만 아무렇지 않은 척했다. "아무래도 읽는 것만으로는 감정이 안 잡혀서."

"응. 뭐 괜찮긴 한데……."

되도록 빨리 단 1칼로리라도 소비해야 한다. 앉아 있으면 살로 굳어질 뿐이다.

"당신이 그랬잖아요!" 배역에 몰입해 연습장을 걸으며 대사를 읽었다.

남자배우가 '허어' 하고 놀라는 표정을 짓더니 대사를 받아주었다. 다른 배우들도 하나둘 자리에서 일어섰다.

다행히도 땀이 배어나오기 시작했다. 연기에도 열정이 느껴졌다. 이걸로 100킬로칼로리는 소비해야 한다. 새우튀김 한 개는 안 먹은 걸로 만들자. 가오루는 마치 무대에 오른 것처럼 동작까지 해가며 대사를 읽었다.

대본을 다 읽고 나자 베테랑 배우들이 입을 모아, "역시 시로키 씨는 프로다워"라며 칭찬을 했다. 젊은이들은 존경의 시선을 보냈다.

"죄송합니다. 제가 아직 서툴러서 조절을 잘 못해요." 가오루는 살짝 아양을 떨며 둘러댔다. 의심받지 않고 끝내고 나니 그제야 안심이 되었다.

"이거 좋은 에피소드가 될 것 같은데요. 드라마 홍보에 써야겠습니다."

프로듀서가 홍조 띤 얼굴로 말했다.

부디 그렇게 해주길. 덧붙여 다른 사람들과 똑같이 도시락을 다 비웠다는 이야기도 마구마구 퍼뜨려주렴~.

이 업계에서는 사소한 것까지 소문이 된다. 곧바로 주간지에 실린다. 그래서 늘 긴장을 늦출 수가 없다.

스태프들에게 인사를 하고 연습장을 나왔다. 대기하고 있던 자동차에 올라탔다. 뒷좌석에서 컴퓨터를 두드리고 있던 미쓰요에게 매달렸다.

"사장님, 큰일 났어요. 허세 부리다가 배달시킨 도시락을 다 먹어치웠단 말이야~." 어린애처럼 우는소리를 했다.

"바보같이. 영양사가 만든 도시락까지 준비해줬잖아."

"그런데 가와무라 씨가 똑같은 걸 먹는 걸 보니 도저히 펼칠 수가 없더라고요."

"하는 수 없지." 미쓰요가 컴퓨터를 닫고 마주보며 말했다. "하긴 그러니까 여배우겠지. 허세를 못 부리면 주역에서 밀려날 때가 된 거니까."

가오루는 미쓰요의 위로에 다시금 용기를 얻었다. 최고를 향해 가는 인간에게 필요한 것은 모든 걸 긍정해주는 사람이다.

"저어, 지금 당장 그거 해야겠어요. 차에 실어놨죠? 트렁크에?"라고 묻는 가오루.

"실어놓긴 했는데 어디서 하겠다는 거야?" 미쓰요가 어두운 표정으로 물었다.

"어디든 좋아요. 주차장이든 빌딩 비상계단이든."

"또? 곤란해, 남들 보는 눈도 있는데. 사무실 도착할 때까지 참을 수 없겠어?"

지난번에 다마(多摩) 강변에서 했던 적이 있다. 미쓰요는 다른 사람이 볼까 봐 제정신이 아니었던 모양이다.

"롯폰기까지 빨라도 30분은 걸리잖아요. 막히면 더 걸리고. 그 사이에 지방으로 다 변해버린단 말이에요."

너무 걱정이 되어 안절부절못했다. 가오루는 차 안에 앉은 채로 양다리를 번갈아 올렸다.

"알았어. 호텔 방이라도 빌리지. 거기라면 아무도 못 볼 테니까." 미쓰요가 조수석에 앉은 구미에게 지시했다. "이 근처 호텔 좀 찾아봐."

"여기, 세다가야예요. 비즈니스호텔 같은 거 없어요." 구미가 뒤를 돌아보며 미간을 찡그렸다.

"그럼, 노래방은 어떨까?"

"정 그러시면 아까 제가 갔던 병원은 어때요? 바로 코앞인데. 간호사가 제 친구고, 의사가 원장 아들 같던데. 좀 이상하긴 했지만."

"장소는 빌릴 수 있겠어?"

"신경정신과 진찰실이 지하에 있어요. 게다가 무지 한가하던걸요."

"신경정신과라……." 미쓰요가 생각에 잠겼다. "거기 믿을 만한 곳인가?"

"원장이 일본의사협회 이사래요. 아들이 꽤나 잘난 척을 하더라고요."

"알았어. 그럼 그리로 가지. 내가 얘기해볼게. 시로키 씨, 금방 도착하니까 조금만 참아."

가오루는 두 사람이 대화를 나누는 중에도 끊임없이 다리를 흔들어댔다. 점점 숨이 차올랐다. 기분이 좋아졌다. 서서히 몸이 지방 연소 존으로 들어갔다.

2

도착한 곳은 '이라부 종합병원'이라는 간판이 붙은 큰 병원이었다. 구미가 차 트렁크에서 날개를 펼친 장수풍뎅이처럼 생긴 기구를 꺼내 짊어졌다. 스텝을 번갈아 밟는, 최근 유행하는 운동기구였다.

셋이 허둥지둥 뛰어 병원 현관을 통과했다. 접수대를 그대로 통과해 지하로 내려갔다. 태도가 너무 당당해서 그런지 사무를 보는 직원들도 멈춰 세우지 않았다. 지하는 어두침침하고 약품 냄새가 떠다녔다. 사람은 보이지 않았다. 구미가 "여기예요"라며 신경정신과라고 적힌 플레이트를 가리키더니 노크도 없이 문을 열었다.

"마유미. 부탁이 좀 있는데, 방 잠깐만 빌릴 수 있을까?"

구미가 한 손으로 합장하는 시늉을 했다. 가오루가 안을 들여다보니 마유미라고 불린 간호사는 벤치 의자에서 기타를 치고 있었다. 흰색 미니스커트 가운 아래로 넓적다리가 다 드러나 있었다. 간호사는 나른한 표정으로 고개를 들더니, "뭐?" 하고 낮게 중얼거렸다.

안쪽 책상에는 흰 가운을 입은 뚱뚱한 의사가 등을 돌린 채 뭔가를 게걸스럽게 먹고 있었다. 남자가 뒤를 돌아다봤다. 입언저리에 슈크림이 잔뜩 묻어 있었다.

"아하~, 오전에 왔던 구미짱이네. 주사 또 맞고 싶어 왔어?"

톤이 높은 이상야릇한 목소리였다. 언뜻 가슴에 달린 명찰로 시선이 갔다. '의학박사·이라부 이치로'라고 적혀 있었다.

"이라부 선생님이시죠!" 미쓰요가 앞으로 나갔다. "저는 이나타 프로덕션의 이나타라고 합니다. 실은 좀 부탁이⋯⋯."

멍하게 쳐다보는 의사 쪽으로 달려가더니 작은 목소리로 사정을 설명하기 시작했다. 그 와중에도 가오루는 제자리뛰기를 했다. 유산소운동을 도중에 끊고 싶지 않아서였다.

"마유미. 그쪽 구석이라도 좋으니까 이것 좀 하게 해줘."

구미가 운동기구를 옮기며 말했다.

"뭐? 너 뭐 잘못 먹기라도 한 거야?"라고 묻는 마유미.

"저기, 이 분은 내가 모시고 있는 시로키 가오루 씨야."

"알아. 저 사람 요즘 좀 이상하지 않니? 전에도 말했지만."

"야, 너 지금 나 잘리는 꼴 볼 삭성이야?"

구미는 마유미를 노려보더니, 커튼 안쪽의 주사대와 왜건 등이 놓인 장소를 서둘러 치우고 멋대로 기구를 옮겨놓았다.

"시로키 씨, 여기서 하시면 돼요. 아, 땀이 날 테니 여기 있는 환자용 가운으로 갈아입으세요. 선반에 있는 수건도 쓰시고요. 저희는 옆에서 대기할게요."

"너, 남의 직장에 와서 멋대로 무슨 짓이야?" 마유미가 따져 물었다.

"이 정도 가지고 뭘 그래? 지난번에 텔레비전 방송국 의상부에서 무대용 SM 본디지(bondage) 한 세트도 슬쩍해다 줬잖아"
라고 말을 받아치는 구미.

두 사람이 말싸움을 시작했다. 그때 이라부가 끼어들었다.

"뭐야, 뭐야? 이게 뭔데?"

장난감을 앞에 둔 어린애처럼 눈을 반짝이며 흥미를 보였다.

"선생님, 그러니까 드릴 말씀이 좀……." 미쓰요가 이라부의
팔을 잡아당겼다.

"앗, 나 이거 뭔지 알아. 심야 텔레비전 홈쇼핑에서 자주 봤
던 거다. 나도 조금만 해보면 안 될까, 응? 나도 시켜줘~."

이라부가 넉살 좋게 앞으로 나서더니 운동기구에 올라갔다.
그러나 밸런스가 무너져 곧바로 아래로 떨어지고 말았다.

"제기랄, 생각보다 어렵잖아." 여러 차례 시도를 하며 그만둘
생각을 안 했다.

"잠깐, 이봐요, 저리 비켜요!" 가오루는 엉겁결에 거친 목소
리로 쏘아붙였다. "난 지금 급해요. 긴급 사태란 말이에요." 이
라부를 끌어내려 밀쳐냈다.

"선생님, 죄송합니다. 제발 30분만이라도 쓸 수 있게……."
미쓰요가 고개를 숙였다.

"쳇, 나도 하고 싶은데." 이라부가 입을 삐죽 내밀며 말했다.

"야, 마유미 너희 보스 좀 이상한 거 아~냐?"

구미가 최근 유행하는 악센트로 말했다.

"너희도 다를 거 없네. 다른 병원 같았으면 벌써 경비원이 들

이닥쳤을 거다. 고마운 줄 알아."

마유미가 껌을 질겅질겅 씹으며 턱을 쓱 치켜들었다.

"아무튼 선생님, 저쪽에서 저와 얘기나 좀." 이마에 땀이 번질거리는 미쓰요가 이라부의 거구를 밀어내면서 말했다. 커튼이 닫혔다.

꽤나 어수선한 것 같긴 했지만, 가오루는 아무래도 상관없었다. 어찌 되었든 이제 아무 걱정 없이 지방을 태울 수 있는 것이다. 옷을 갈아입고 기구로 올라갔다.

근육을 펴고 일정한 리듬으로 페달을 밟아나갔다. 기구 본체에는 액정 디스플레이가 달려 있어서 회수와 소비 칼로리가 번갈아가며 표시되었다. 30분 동안 2,000회 정도는 해야 한다. 그러면 약 250킬로칼로리가 소비된다. 낮에 먹은 도시락의 4분의 1은 안 먹을 걸로 할 수 있다.

팔을 앞뒤로 흔들면서 봄 구석구석에 의식을 집중했다. 먼저 엉덩이. 동그랗고 위로 착 올라붙은 힙이야말로 젊음의 증거다. 이어서 허리둘레. 로우라이즈 청바지 사이로 살이 삐져나오는 건 여배우에겐 있을 수 없는 일이다.

하나둘, 하나둘! 모든 걸 잊고 운동에 집중했다. 몸이 기뻐하는 걸 느낄 수 있었다. 아름다움을 향해 모든 세포가 일치단결하는 것이다. 예정했던 30분은 눈 깜짝할 사이에 지나가고, 가오루의 몸은 땀범벅이 되었다. 환자복은 흠뻑 젖어 있었다. 숨이 가쁘고 심장이 쿵쾅거렸다. 그러나 조금도 고통스럽지 않았다. 충만감이 그 모든 걸 이겨내게 해주기 때문이다.

"구미짱. 샤워는?" 가오루가 커튼을 열고 물었다.

"마유미. 샤워실 좀 쓸게. 있지?"

"제정신이야? 뻔뻔스럽긴." 마유미가 얼굴을 찡그리며 쏘아붙였다.

"치사하게 굴지 마라. 필요 없는 주사까지 놓고 돈 좀 벌었을 거 아냐?" 구미가 말을 받아쳤다.

"끝났어? 끝? 그럼 이번엔 내 차례다." 이라부가 또다시 잔뜩 들뜬 표정으로 나타났다.

"선생님, 죄송합니다. 샤워실이 있으면 좀 빌리고 싶은데요." 미쓰요가 매달리듯 부탁했다.

"영안실 옆에 있는 건 맘대로 써도 돼. 꼭대기 층에 있는 디럭스룸 샤워실은 유료지만."

이라부가 태평한 말투로 대답했다. 당연히 디럭스룸으로 결정했다.

무서운 얼굴을 한 마유미를 앞세워 마치 호텔 스위트룸 같은 병실의 샤워실로 들어갔다. 땀을 씻어내고 나자, 겨우 제정신이 들었다. 뻐근하던 어깨가 그제야 부드러워졌다. 떼를 써서라도 운동을 하길 잘했다. 그렇지 않았으면 밤까지 안절부절못하는 심정으로 하루를 보냈을 것이다.

꽤나 비싸 보이는 감촉이 부드러운 목욕가운으로 몸을 감싸고, 병실 창가에 서서 거리를 내려다보았다. 멀리 보이는 도심의 고층 빌딩숲. 바로 아래 고급 주택가에는 멋진 집들이 늘어서 있었다. 장마철을 맞은 도쿄의 하늘은 두터운 구름으로 뒤덮여 있어 금방이라도 비를 뿌려댈 것 같았다.

바깥 경치를 바라보고 있자니 기분이 개운해졌다.

으음, 내가 지금 왜 여기 있는 거지…….

가오루는 미간을 찡그렸다.

조금 전까지 운동기구 페달을 밟았지, 그것도 처음 온 병원 진찰실에서……. 의사에게 난폭한 말씨를 썼던 것 같기도 하고…….

등으로 오한이 훑고 지나갔다.

나, 정말 이상한 건지도…….

가오루는 한동안 그 자리에서 움직일 수 없었다.

마음속 가득 우울한 기분을 안은 채 지하 진찰실로 돌아가자, 미쓰요가 눈썹을 여덟팔 자 모양을 한 채 기다리고 있었다.

"저어, 아무래도 제가 부끄러운 짓을 한 것 같아요." 가오루가 울상을 지으며 하소연했다.

"괜찮아. 선생님께 양해를 구했으니까." 미쓰요가 엄마처럼 끌어안고 토닥여주었다. 이라부는 방 한가운데서 기구를 가지고 노느라 정신이 팔려 있었다. 맘대로 잘 안 되는지 연신 뒤뚱뒤뚱 몸을 흔들어댔다. 운동신경이 꽤나 둔한 모양이었다.

"에이 뭐야. 재미 하나도 없네." 입을 삐죽거리며 내려왔다.

"자, 여기까지 온 김에 기분 맑아지는 걸로 한 방 놔줄까? 어~이, 마유미짱. 라지사이즈 부탁해~." 이라부가 팔을 빙글빙글 휘저으며 소리쳤다.

마유미가 뾰루퉁한 얼굴로 주사기 세트 한 벌을 트레이 위에 받쳐 들고 나타났다. 마유미가 특대 주사기를 쥐고 준비 태세를 갖췄다.

"저어, 저걸 저에게 놓으실 건가요?" 상황도 제대로 파악하지 못한 채 환자용 의자에 강제로 앉혀졌다.

"괜찮아요, 괜찮아." 이라부가 팔을 낚아챘다. 주사대에 고무줄로 묶이고 말았다. 어안이 벙벙해 있는 사이, 주사기가 푹 하고 살을 파고들었다.

"아야야야!" 가오루가 얼굴을 찡그렸다. 이라부가 몸을 앞으로 쭉 내밀더니 콧구멍을 벌렁거리며 주사 놓는 모습을 뚫어져라 쳐다봤다. 마유미는 옷을 아무렇게나 풀어헤치고 있어 가슴 계곡이 훤히 들여다보였다. 머릿속이 점점 더 혼란스러워졌다.

주사가 끝나자, 이라부가 1인용 소파에 몸을 파묻고 슈크림을 먹기 시작했다.

"이거, 제국호텔에서 배달시킨 건데 시로키 씨도 먹어볼래?"

"아 아니, 됐습니다." 갈피를 못 잡는 와중에도 허둥지둥 거절을 했다.

"단거 싫어해?"

"지금은 먹고 싶지 않아요."

"그래? 여자들, 단것이라면 언제든 오케이 아냐? 워리~ 워리~!"

먹이로 강아지를 유혹하듯 요상한 소리를 내며 슈크림을 들이밀었다. 아주 친한 사이처럼 구는 이라부의 행동에 발끈 화가 치밀었다. "그만하시죠!" 가오루가 정색을 하며 쏘아붙였다.

"여배우도 꽤나 힘들겠다. 먹고 싶은 것도 제대로 못 먹고." 이라부가 손가락에 묻은 커스터드 크림을 핥으며 말했다. "으흠, 그래서 시로키 씨는 미용에 관한 생각만 하면 제정신을 못 차린다는 거지?"

가오루가 미쓰요 쪽으로 시선을 돌렸다. 미쓰요가 어깨를 움츠리더니 한발 앞질러서 "시로키 씨가 요즘 신경이 너무 예민한 것 같아서 잠깐 상담한 것뿐이야" 하고 살짝 굳은 표정으로 말했다. "여기저기 전화할 데도 있고 하니까 차에서 기다릴게"라며 도망치듯 진찰실을 빠져나갔다. 구미는 이상야릇한 표정으로 마유미와 나란히 벤치에 앉아 있었다.

"뭐, 하긴, 이상하다면 이상하다고 할 수 있죠." 가오루가 순순히 인정했다. 이미 추태를 보인 후라 왠지 모르게 마음이 약해졌다. "마흔네 살이나 먹다 보니 아무것도 안 하면 점점 늙는 기분이 들어요. 그래서 도저히 가만있을 수가 없는 거죠."

"에이~ 거짓말. 시로키 씨, 정말 마흔네 살이야? 엄청 젊어 보이는데 나보다 일곱 살이나 많네."

이라부가 툭 튀어나온 배를 북북 긁어대며 말했다. 일곱 살 연상? 그렇다면…… 이 남자, 서른일곱이라는 소리? 말도 안 돼. 아무리 잘 봐줘도 마흔일곱은 돼 보이는데.

"하긴 나도 젊게 보긴 하더라."

"아 네, 그러세요." 귀찮아서 이를 악물고 장단을 맞춰주었다.

"어쨌든 자각하고 있으니 다행이지. 자각조차 못하는 사람도 많잖아. 그런 사람이야말로 세상에서 가장 이상한 거야."

그럼, 그럼, 그 말이 맞지. 바로 당신 같은 인간!

"그럼 시로키 씨는 젊음을 유지하기 위해 어떤 노력을 하지? 아까 같은 운동을 매일 하는 건가?"

"그렇죠……. 하지만 하드워크는 아니에요. 심하게 음식을 절제하는 것도 아니고."

"그럼, 이거 먹어볼래? 워리~ 워리~!"

이라부가 또다시 슈크림을 들이밀었다.

"지금은 먹고 싶지 않다고 했잖아요!" 자기도 모르게 말투가 거칠어졌다.

"텔레비전 같은 데서 보면 시로키 씨는 아주 내추럴하던데. 옛날이랑 변한 것도 없고. 다른 탤런트들처럼 젊어 보이려고 아등바등하는 것 같지도 않고."

그나마 제대로 알고 있긴 하군. 용기가 조금 되살아났다. 여성들에게 폭넓은 인기를 얻는 이유는 가오루가 무리를 하는 것처럼 보이지 않기 때문이다.

"저는 노력은 하지만, 일단 나이는 그대로 받아들이려고 해요. 자연스럽지 않으면 보는 분들 입장에서도 측은하잖아요."

"그럼, 그럼. 나도 고친 데 하나도 없어. 뭐니 뭐니 해도 자기 생긴 그대로가 제일이잖아."

"아 네, 그러시군요." 감히 똑같은 취급을 하다니, 온몸에서 힘이 빠져나갔다.

그때 마유미가 뒤에서 중얼거렸다. "자연 그대로라니 창피하지도 않나?"

"야, 말조심해. 저 분이 누군지 알기나 해!" 구미가 목소리를 낮추며 말을 받아쳤다. 소곤소곤 말다툼이 시작되었다.

"내가 뭐 틀린 말 했어? 너도 좀 솔직해져라."

"그게 무슨 뜻이야!"

"펑크록한다는 애가 연예인 시중이나 들고."

"남의 사생활에 참견하지 마."

"오~ 영혼을 파는 여자여, 싫다 싫어."

"마유미, 너 잠깐 나와!"

"조오치~!"

두 사람이 진찰실 밖으로 나갔다. 품위가 없어도 유분수지, 말문이 막혀버렸다. 저런 게 젊음이라는 걸까. 가오루는 한숨을 내쉬며 손바닥으로 뺨을 감쌌다. 어머머 세상에 이런 일이. 샤워를 하고 나서 크림을 안 발랐던 것이다. 다음 일도 남아 있었다.

"선생님, 그럼 이만 실례하겠습니다."

"응. 또 와요." 소파에 책상다리를 하고 앉은 이라부가 하품을 하며 말했다. "있지, 시로키 씨, 한번 살쪄보는 건 어때?"

가오루는 문 앞까지 가서 뒤를 돌아보았다.

"살쪄본 적 없지? 한번 경험해보면 하나도 안 무서워. 인간이란 미지의 세계를 두려워하기 마련이거든."

그 말을 마친 이라부는 마치 영화 속 렉터 박사처럼 섬뜩한 미소를 지었다.

가오루는 아무 대답 없이 진찰실을 나왔다. 계단을 올라가 병원을 빠져나왔다. 현관 앞에 기다리고 있던 자동차에 올랐다.

"어때? 좀 개운해졌어?"라고 묻는 사장.

"저어, 사장님, 혹시 살쪄본 적 있어요?"

"무슨 실례의 말씀을. 가오루랑 비교하면 지금도 뚱뚱하잖아." 사장이 얼굴을 찌푸렸다.

그렇다, 나는 살쪄본 적이 없다. 그래서 어떤 느낌인지도 모르고 두려워하고 있다. 한번 살쪄보는 건 어때? 이라부의 말이 다시금 귓전에 맴돌았다.

3

그날은 아침부터 텔레비전 방송국 스태프들이 달라붙었다. 일요일 밤의 인기 프로그램인 〈열혈 대륙〉에서 하루 종일 가오루를 밀착 취재하기 때문이다. "어머나, 맨얼굴까지 찍으면 어떡해요." 가오루는 썩 내키지 않는 척 행동했지만 속마음은 달랐다. 이 프로그램의 게스트가 되었다는 것은 '현재 최고의 인기인' 임을 인정받는 셈이기 때문이다.

미쓰요는 기운이 넘쳐났다. 탤런트의 상품 가치가 높아지는 일이니 당연하다. CM 스폰서 역시 기뻐했다. 미쓰요가 감독에게 달려가 어떤 장면들을 찍을지에 관해 면밀하게 상의를 했다.

먼저 도심 호텔의 스위트룸에서 촬영하는 포토에세이집 현장에 함께 가기로 했다. 스태프는 총 열 명이 넘었고, 그들은 모두 가오루를 위해 바쁘게 움직였다.

드레스를 걸치고 침대에 누웠다. 셔터 누르는 소리가 방 안 가득 울려 퍼지고, 그 뒤에서는 텔레비전 촬영 팀이 열심히 비디오를 돌리고 있었다.

이런 촬영을 닷새 정도 하고, 간단한 에세이나 포엠을 곁들이면 한 권의 책이 만들어지는 것이나. ㄱ 성노만으로 매번 베스트셀러가 되니, 세상은 어쨌거나 팔리는 놈이 승자다. 만약 자신이 이름 없는 평범한 주부였다면, 이런 불공평함을 어떻게 견뎠을까 하는 생각이 들 때도 가끔 있다.

"이 각도로는 시로키 씨의 장점을 살리기 힘들 거 같습니다. 음, 그리고 조명은 좀 더 강하게 하는 게 좋지 않을까요?"

카메라 파인더를 체크하면서 미쓰요가 세세한 주문을 했다.

"아이 참, 사장님. 다들 프로니까 그냥 맡겨두세요." 가오루는 대범한 척하며 무관심을 가장했다. "여러분, 미안해요, 호호호." 귀여운 몸짓으로 주위를 둘러보며 미소를 흩뿌렸다.

미쓰요가 나서서 악역을 맡아주니, 자신은 늘 착한 사람일 수 있다. 이 장면이 방영될 때는 분명 '시로키는 자신이 어떻게 보이든 개의치 않는다' 정도의 내레이션이 깔리겠지. 호호홋. 계획한 대로 잘 풀리는군.

휴식 시간이 되자, 출판사 임원이 보낸 케이크가 도착했다.

"어머. 나 케이크 너무 좋아하는데." 가오루가 비디오카메라를 의식하며 교태를 부렸다.

멍청한 녀석. 눈치 없이 이런 걸 보내면 어떡해. 속으로는 독설을 퍼부었다.

비디오는 계속 돌아가고 있었다. 가오루는 하는 수 없이 포크를 손에 들었다.

스태프들과 함께 테이블을 에워싸고 딸기 타르트를 한 입 베어 물었다. 케이크도 한 달 만인 것 같다.

"시로키 씨는 단 음식도 안 가리고 드시나 봐요?" 낯익은 헤어디자이너가 의외라는 듯 물었다.

"그럼요. 그런 거 일일이 따지고 참는 성격이 못 되거든."

며칠 전과 똑같은 상황이었다. 미쓰요와 구미는 한쪽 구석에서 어두운 표정으로 서 있었다.

"시로키 씨, 괜찮으시면 이것도 드세요. 전 단것 별로 안 좋아해서요." 카메라맨이 몽블랑을 가오루 쪽으로 밀었다.

야, 네 건 네가 해치워야 할 거 아냐…… "어머 정말? 고맙기도 해라~." 속마음과는 다르게 본능적으로 연기를 해버리고 말았다.

"안 돼, 잠깐!" 미쓰요가 무서운 표정으로 다가왔다. "시로키씨, 단 음식은 하루 한 개만 먹기로 약속했죠? 여러분, 시로키씨에게 더 이상 케이크 주지 마세요."

미쓰요가 케이크를 집어 들더니 상자 안에 다시 넣었다. 때마침 나서준 친절한 연기에 눈물이 날 만큼 고마웠다.

"정말 너무해~. 완전 동물원 원숭이 신세야. 여자들한테는 단 음식이 스태미나의 근원인데."

가오루는 비디오카메라를 의식하고, 뺨을 부풀리며 깜찍한 척 말했다.

좋았어, 이건 꽤 쓸 만한 장면이야. 내레이션은 '시로키는 음식에 신경 쓰지 않는다'로 결정한다. 그건 그렇고 기어이 먹고야 말았네. 이 설탕 덩어리를⋯⋯.

촬영이 다시 시작되어 의상을 갈아입고 창가에 섰다. 온화한 표정을 지으며 고층빌딩 창가에서 밖을 내다보았다. 뒤에서 비치는 조명 때문에 유리창에 자신의 모습이 비쳤다.

바로 눈앞에 자기 얼굴이 비치자, 눈 아래 주름이 눈에 띄었다. 세상에! 지난번에 발견한 그 주름이었다. 이따위 형편없는 메이크업을 해놓다니. 그늘이 지니까 한눈에 다 드러나잖아.

시선을 돌리자, 니트 소매 아래로 드러난 팔이 유난히 두꺼워 보였다. 의상이 젊은이들 취향이라 실루엣에 여유가 없는 것이다. 바지 역시 빵빵하게 끼었다.

마치 독한 술이라도 삼킨 것처럼 위 속이 확 달아올랐다. 당분이 서서히 몸속으로 스며들며 퍼지는 느낌이 들었다.

서서히 핏기가 가시기 시작했다. 안 돼. 이대로 있다간 좀 전에 먹은 케이크가 다 군살이 되어버린다. 어떻게든 해야 한다.

아니 그럴 리가 없어, 먹자마자 살이 찌다니 있을 수 없는 일이다. 지나치게 예민한 것이다.

필사적으로 자신을 타일렀다. 그런데도 가오루 마음속에서는 불안감이 눈덩이처럼 커져만 갔다.

"좋아, 아주 좋아. 서글픈 듯한 그 표정"이라며 칭찬하는 카메라맨.

대답할 여유도 없었다. 도저히 더는 가만있을 수가 없었다.

"있죠, 이제 좀 활기 넘치는 사진을 찍어보면 어떨까요?" 한 차례 셔터 세례가 끝난 후, 가오루가 밝은 목소리로 제안했다.

"활기 넘치는 사진이라뇨?"

"난생처음 일류 호텔 스위트룸에 묵게 된 열일곱 살 소녀가 한껏 들떠 있는 시추에이션."

"글쎄…… 그림 콘티에는 없는 건데……."

"그러니까 애드리브로 넣는 거죠. 얏호!"

가오루가 발을 굴러 도움닫기를 하더니 곧장 킹사이즈 침대로 다이빙했다. 의도를 알아챈 카메라맨이 카메라를 준비했다. 가오루는 침대 위에서 펄쩍펄쩍 뛰어오르기 시작했다.

베개를 집어 있는 힘껏 벽에 내던졌다. 침대 위로 뛰어오르며 허공에 발길질을 했다. 머리가 헝클어져도 개의치 않고 쉼 없이 몸을 움직였다. "야호!" "아자!" 괴성을 질러댔다.

눈치 빠른 스태프가 관내 BGM을 팝 채널에 맞췄다. 볼륨도 높였다. 가오루가 비트에 맞춰 점프를 했다.

"아 참, 나 탭댄스 좀 추는데, 한번 볼래요?"

"아, 아 네…… 그러죠."

카메라맨이 씁쓸한 미소를 지으며 말했다. 주위 스태프들도 미소를 지어 보였다. 예의상일지는 몰라도…….

펌프스로 갈아 신고 널찍한 욕실에서 스텝을 밟기 시작했다. 대리석 바닥에서 마른 소리가 울려 퍼졌다. 발놀림은 프로급이다. 가극단 시절에 배웠기 때문에 보통 연예인들의 장기 수준과는 차원이 달랐다.

"잘 히시네요."

"그죠?" 득의양양해져 계속해서 춤을 추었다.

텔레비전 촬영 팀도 함께 촬영을 했다. 예상치 못한 영상에 기뻐하는 눈치였다. 어떤 내레이션이 깔릴까. '시로키는 장난기 넘치는 여자다' 그쯤 써주면 좋으련만.

"오케이. 오늘은 이만 끝낼까요? 모두 수고 많았습니다."

카메라맨의 말에 다 같이 박수를 쳤다.

그런데도 가오루는 춤을 멈추지 않았다. 유산소 운동을 계속한 덕분에 이미 지방 연소 존에 들어섰기 때문이다. 여기서 멈추기엔 너무 아깝다.

"시로키 씨, 끝났어." 미쓰요가 욕실로 들어왔다.

"조금만 더 출게요."

"무슨 소리야. 지금 카메라 돌아가고 있는 거 몰라서 그래?" 작은 목소리로 속삭였다.

"밖에서 잠깐만 기다려 줄래요? 10분이면 끝나요."

가오루는 스텝을 멈추지 않았다. 넓적다리와 허리 언저리 근육이 팽팽하게 조여 오면서 탄력이 붙는 느낌이 들었다. 집중력도 점점 높아졌다.

"허허허. 여러분, 로비에서 잠시만 기다려주시겠습니까? 시로키 씨가 새로운 스텝 힌트를 얻은 모양입니다." 미쓰요가 만면에 미소를 띠고 구차한 핑계를 댔다. "이번 디너쇼에서 춤을 추기로 해서요."

사진 촬영 스태프와 텔레비전 촬영 팀이 아무 말 없이 서로의 얼굴을 쳐다보았다. 미쓰요가 떠밀다시피 그들을 몰아내고 문을 닫았다.

"시로키 씨. 제발 좀 그만하지." 붉게 상기된 얼굴로 신음했다. 그러나 가오루는 그 말을 무시하고 계속 춤을 추었다.

구슬땀이 흘러내렸다. 쾌감이 밀려들었다. 몸이 기뻐하고 있다. 아까 먹은 케이크의 칼로리 절반은 소비한 셈이다.

결국 20분이 넘게 춤을 더 추고, 내친김에 샤워까지 했다. 목욕가운으로 몸을 감싸고 욕실을 나왔다. 미쓰요와 구미가 어두운 표정으로 기다리고 있었다.

"모두 내보냈어." 미쓰요가 한숨을 내쉬며 말했다.

"내가 또?" 가오루는 가슴을 찔리는 것 같은 통증을 느꼈다.

방에는 소속팀의 스타일리스트만 남아 있었다. 고개를 숙인 채 가오루가 땀으로 적신 의상을 정리하고 있었다.

"미안해요." 가까이 다가가 사과했다.

"아뇨, 괜찮아요." 고개를 옆으로 흔들기는 했지만, 미소 띤 얼굴은 어색하기 그지없었다.

가오루는 힘없이 어깨를 늘어뜨렸다. 누가 부탁을 한 것도 아닌데 사람들 앞에서 미친 듯이 춤을 추고 말았다. 정신을 차리고 보니, 어처구니없는 이상 행동이었다.

"겨우 케이크 한 조각 가지고 왜 그렇게 정신을 못 차려? 그성노는 절대 살 안 쪄. 본래 날씬한 사람이니까 제발 안심 좀 하라고."

가오루는 말없이 입을 다물었다. 그 말이 맞는다면 다행이다. 그러나 두려움은 여전히 가시지 않았다.

"이라부 선생님에게 가봅시다."

"네에? 싫어요. 그 선생님 이상하단 말이에요." 물론 자신도 이상한 건 마찬가지지만.

"사람들한테 물어봤더니 이라부 선생님이 〈대일본신문〉의 다나베 전 회장님과 라이브퍼스트의 안포 사장님 주치의래. 그러니 나름 명의인 셈이지."

"이상한 사람끼리 유유상종이지 뭐. 서로 죽이 맞았을 뿐이에요."

"아무튼 가줘야겠어."

호텔 로비로 내려오자 〈열혈 대륙〉 촬영 팀이 기다리고 있었다. "아하, 아까는 덕분에 재미있는 영상을 찍었습니다." 이쪽도 표정이 어색하기는 마찬가지다.

"이제 잡지 취재하러 가실 거죠?"

"아니오. 그건 긴급 취소. 잘 아는 병원에 가서 의사선생님 브리핑을 듣기로 했습니다."

미쓰요가 시치미를 뗀 표정으로 말했다.

"의사 브리핑?"

"실은 최근에 시로키 씨한테 신경정신과 의사를 주인공으로 한 영화 오퍼가 들어왔어요. 시로키 씨가 오퍼 수락 전에 공부를 좀 해두고 싶다고 졸라대서. 허허허."

미쓰요는 천재적인 거짓말쟁이다. 그런데 촬영 팀 감독이 자기들도 따라가서 취재하고 싶다는 말을 꺼냈다.

"부탁드립니다. 지금 상태로는 소재가 부족합니다. 그리고 이번 기회에 보이지 않는 곳에서 노력하는 여배우의 모습도 보여주고 싶습니다."

이쪽에도 득이 되는 이야기라고 판단했는지 미쓰요가 흔쾌히 그 요구를 받아들였다.

"사장님, 진찰받는 모습까지 찍게 하실 생각이에요?"

"처음에 잠깐만 연기하면 돼. 곧바로 돌려보낼 거야."

그러더니 덮어놓고 차 안으로 밀어 넣었다. 미쓰요가 휴대전화로 이라부에게 연락을 했다.

불안한 마음으로 창밖을 내다보고 있자니, 학교를 마친 아이들이 즐겁게 거리를 걸어가고 있었다.

요즘 통 딸아이와 놀아주질 못했네. 저절로 한숨이 나왔다. 지난번 여성지 인터뷰에서는 아이 키우는 문제까지 한바탕 연설을 늘어놓았는데.

엄마라는 입장까지 팔아먹을 수 있으니 유명인이란 썩 괜찮은 장사다. 개중에는 미움을 받는 역할로 자기 포지션을 확보하는 사람까지 있다. 거의 특권이라 해도 좋을 정도다. 그렇기 때문에 모두들 그 자리를 빼앗기지 않으려고 격전을 벌인다. 연예계의 경생은 지열한 의자 뺏기 전투인 셈이다.

가오루가 인기를 얻기 시작한 것은 마흔이 지나서부터다. 물론 그 전에도 주연급 여배우로 지위를 쌓아오긴 했지만, 붐이라고 할 만큼 인기를 끈 것은 이번이 처음이다. 어느 날 갑자기 왕좌에 앉은 셈이었다. 정상에 앉을 기회가 찾아온 것은 중년인데도 젊어 보인다는 이유 단 하나뿐이었다. 30대까지 미모를 지켜오던 라이벌들이 일제히 낙오했기 때문이다. 그렇다고 가오루가 이 날을 내다보고 유별난 노력을 했던 것도 아니다. 젊은 시절부터 해온 춤 레슨이라는 축적이 지금에 와서야 빛을 발한 것이다. 별 기대도 안 했던 저금이 생각지도 못한 이자를 만들어 낸 것이다.

인생은 알 수 없다. 5년 전만 해도 지금 자신의 모습은 상상조차 할 수 없었다. 실력이 10이라면 100의 평가를 받고 있는 셈이다. 싫진 않지만, 가끔씩 두려웠다.

차 안에서 뺨 마사지를 했다. 처지지 마라, 처지지 마라, 주문을 외우면서…….

신경정신과 진찰실로 들어가자, 이라부가 젤을 발라 머리를 올백으로 넘긴 모습으로 앉아 있었다. 화려한 나비넥타이에 스트라이프 양복, 발에는 콤비를 맞춘 구두까지 신고 있었다. 무위도식하는 뚱뚱한 인형처럼 보였다.

"텔레비전 카메라는 어디 있어? 어디?" 한껏 들뜬 표정으로 달려들었다.

"나중에 올 겁니다. 선생님, 모쪼록 아까 전화로 말씀드린 요령으로 해주세요. 처음 10분 정도면 충분하니까요." 미쓰요가 허리를 굽히며 간곡하게 부탁했다.

"오케이~! 시로키 씨한테 정신과 의사의 마음가짐에 대해 설명하면 되는 거지? 우하, 신난다~. 〈열혈 대륙〉이라니. 나도 유명해지겠네~."

이라부는 어린애처럼 들떠 있었다. 마유미는 벤치에서 별 관심 없다는 듯 담배를 피우고 있었다. 구미가 옆에 앉으며 "너도

172

협조 좀 해라" 하고 팔꿈치로 쿡쿡 찔렀다.

"〈열혈 대륙〉이라니 창피하지도 않나?" 마유미가 나지막이 중얼거렸다. "역겨운 내레이션이나 깔아대는 일요일 밤 프로 맞지?"

"야, 너 말 좀 조심해!"

"그딴 데 나가는 게 좋은가?"

"마유미, 입 다물지 못해? 세상에는 너처럼 마이너 취미를 가진 인간만 득실대는 게 아니야."

"오호~ 구미 너도 결국은 상업주의로 나가신다?"

"너랑은 도저히 안 맞는 거 같다."

"이쪽도 동감이야. 밴드 해산할래?"

"못할 거 없지."

작은 목소리로 티격태격 말다툼을 벌였다.

텔레미진 촬영 딤이 도착하고, 조닝이 설치뇌었다. 이라부가 만면에 미소를 띠며 소파에서 짧은 다리를 꼬았다.

"선생님, 정신과 의사는 주로 어떤 일을 하나요?"

가오루가 카메라를 의식하며 세상사는 이야기를 나누듯 가볍게 말문을 열었다.

"으음, 우선 환자의 이야기를 잘 들어야 합니다. 그런 연후에 증상을 파악해서⋯⋯."

"커트!" 감독이 끼어들었다. "선생님, 조금 더 자연스럽게. 편안한 느낌으로 해도 괜찮습니다." 허리를 굽히며 주문했다.

"그래도 될까?"

"네에, 그냥 평상시 하는 대로 부탁드립니다."

"그럼, 주사부터 놔야 하는데. 크흐흐. 어~이, 마유미짱."

"참 나, 진짜야?" 마유미가 얼굴을 찡그리며 혼잣말을 했다. "눈가에 실리콘 주사라도 찔러줄까?"

"너, 지금 선전포고하는 거니?" 구미가 정색을 했다.

"아이 정말, 짱나게 하네. 대체 언제부터 이놈의 세상이 젊어 보이려 발버둥치는 아줌마들을 치켜세우게 된 거야!"

"마유미 진정해라, 너도 언젠가는 아줌마가 될 거다."

"걱정마라, 난 아줌마 같은 건 안 되니까."

"어허, 그쪽 좀 조용히 해요." 감독이 젊은 아가씨들에게 주의를 주었다. 그러고는 이라부 쪽을 보면서 말했다. "선생님, 주사는 됐고요. 되도록이면 평소처럼 자연스러운 대화를……."

"흠, 평소처럼 자연스럽게 해라……. 정신과 의사가 하는 일이란 결국 환자의 상대가 되어주는 것뿐이지."

"그렇죠, 그렇죠. 그렇게 하시면 됩니다."

"요즘에는 어떤 환자 분이 많은가요?" 가오루가 물었다.

"글쎄, 경향으로 보면 시로키 씨 같은 중년 여성이 많은 것 같은데. 안티에이징에 매달린 아줌마들이 나이 드는 공포를 못 견디고 달려오는 패턴. 하하하."

이라부가 태평스럽게 웃었다. 가오루도 웃으려고 했지만, 뺨에 경련이 일었다.

"옛날에는 다들 아무런 의문 없이 중년을 맞았잖아. 그런데 젊게 꾸민 연예인들이 브라운관을 장식하면서 강박관념에 시달리게 된 거지."

젊게 꾸민 연예인? 40대 여자를 눈앞에 앉혀두고 어떻게 그런 말을……

"그렇지만 시로키 씨는 자연 그대로잖아."

"아 네에, 그렇죠. 자연 그대로죠. 호호호."

어쩌자고 이런 화제를 꺼내는 거야. 가오루가 어색한 미소를 지었다.

"오호~ 또 나오셨네, 자연 그대로~. 아줌마 취향 여성지의 면죄부라고나 할까?" 뒤에서 마유미가 중얼거렸다.

"더는 못 참는다, 너랑은 절교야." 구미가 낮은 목소리로 중얼거리며 자리를 박차고 일어섰다.

"있는 그대로 말한 것뿐인데 웬 난리야." 마유미는 성가시다는 듯 머리를 긁적였다.

"그럼 넌 뚱보한테 대놓고 뚱보라고 말하니?"

"자기가 날씬하다고 착각하는 경우에는 말해주지. 이 세상에 만연한 착각을 바로잡는 게 펑크의 임무니까."

"미리 말해두지만, 네가 쓴 가사로는 메이저 데뷔 같은 건 꿈도 못 꿔. 방송금지 용어만 잔뜩 휘갈겨놓고."

"여기서 그 얘길 왜 꺼내는데?"

"아가씨들, 그만 좀 하지." 더 이상 봐줄 수가 없었는지 미쓰요가 눈썹을 치켜 올리며 야단을 쳤다. "지금 녹화중이야. 대체 생각이 있어, 없어?"

"야, 너 밖으로 나가." 마유미가 턱짓을 했다.

"너도 따라 나와!" 구미가 흘겨보며 말했다.

두 사람은 독이 잔뜩 오른 채 진찰실 밖으로 나갔다. 텔레비전 촬영 팀은 별나라에서 온 사람이라도 쳐다보는 눈빛으로 두 사람의 뒷모습을 바라보았다.

"으음, 선생님. 지금 무슨 얘기 하는 중이었죠?" 가오루가 땀을 흘리며 분위기를 바꿔보려 애썼다. 왜 내가 눈치를 봐야 하냐고.

"안티에이징에 대한 강박관념."

"아 참, 그렇지. 무슨 좋은 방법이 없을까요?"

"물구나무서기." 이라부가 가볍게 대답했다.

"물구나무서기?"

"예를 들자면, 볼이 처지는 것도 따지고 보면 중력 때문이거든. 그러니까 그걸 역이용하는 거야. 우리 병원에 오는 환자들에게는 물구나무서기를 적극 추천하고 있어."

"어머, 농담 아니고요?" 가오루가 미간을 찌푸리며 물었다.

"아냐. 진짜야." 이라부가 간발의 차이도 없이 말을 받았다. "혹시 물구나무서기를 못하면, 거꾸로 매달리기도 괜찮고."

가오루는 생각에 잠겼다. 분명 일리가 있는 말이었다. 무중력 공간에서 일생을 보낸다면 엉덩이가 처질 염려도 없을 테지.

지구의 중력이 오랜 시간에 걸쳐 여자의 육체를 잡아당기고, 끝내는 무너뜨리는 것이다.

그런 생각이 들자, 갑자기 두 팔 언저리에 무게감이 느껴졌다. 엉겁결에 팔을 번쩍 치켜들고 양 팔을 찬찬히 살펴보고야 말았다. 맞아, 지금 이 순간에도 아래로 처지고 있는 거야. 이어서 손을 뺨으로 옮겼다. 가볍게 치켜 올리는 것만으로도 피부가 올라갔다. 그렇다면 그 말은…… 평상시에는 줄곧 중력이 잡아당기는 대로 방치하고 있다는 뜻이다.

등줄기로 오한이 스치고 지나갔다. 이리도 당연한 이치를 왜 44년 동안이나 눈치 채지 못했단 말인가.

"물구나무서기는 하루 어느 정도나 하면 좋을까요?"

"1회 2분씩, 아침저녁으로 다섯 세트."

이라부가 마치 근거라도 있는 숫자인 양 자신만만하게 말했다. 어쩌면 실력 있는 훌륭한 의사라는 말이 사실일지도…….

가오루는 더 이상 가만있을 수가 없었다. 몸속의 모든 세포들이 물구나무서기를 간절히 원했다.

"선생님, 제가 한번 해볼 테니 다리 좀 잡아주시겠어요?"

"응, 물론."

자리에서 일어서자마자 이라부를 향해 물구나무서기를 했다. 이라부가 다리를 잡아주었다. 곧바로 뇌 안으로 피가 흘러들어갔다.

"잠깐, 시로키 씨, 지금 뭐하는 거예요?" 미쓰요가 허둥지둥 달려왔다. "카메라 돌아가잖아." 바닥에 손을 짚고 귀에 대고 속삭였다.

"이거 정말 효과 있을지도 몰라요." 가오루가 말했다. 힙도 바스트도 올라갔다.

"바보 같은 짓 당장 그만둬."

"사장님, 시끄러워요. 저리 비켜요."

"선생님, 여배우에게 대체 무슨 짓을 시킨 겁니까?" 이번에는 이라부를 향해 하소연했다.

"쳇, 평소처럼 하라면서. 시키는 대로 한 것뿐인데 왜 그래?" 이라부가 입을 실룩거리며 말했다.

미쓰요는 머리를 쥐어뜯으며 촬영 팀에게 달려갔다. "오늘 촬영은 이쯤에서 끝내주십시오. 시로키 씨는 배역에 몰입하면 제정신을 못 차릴 정도랍니다. 허허허."

"그런 대로 재미있는데요?" 감독이 씁쓸한 미소를 지으며 말했다.

"아니, 안 됩니다. 다음 촬영 일정은 다시 잡기로 하죠."

미쓰요가 두 팔을 벌리고 카메라맨을 가로막은 채 벋디뎠다. 촬영 팀은 투덜투덜 불평을 늘어놓으며 철수 준비를 했다.

물구나무서기 다섯 세트를 마치고 나자 몸이 후끈후끈 달아올랐다. 온몸의 살들이 탄력 있게 솟아오르고, 피의 흐름도 좋아진 걸 실감할 수 있었다. 한참 동안 다리를 뻗은 채 바닥에 주저앉아 있었다.

"시로키 씨, 또 걸려들었어." 미쓰요가 완전히 탈진한 모습으로 말했다.

"저도 왜 이러는지 모르겠어요. 그냥 될 대로 되라는 심정에……."

"어찌 되든 상관없으면 자연에 맡겨버리면 좋잖아."

가오루는 그 말에 대답하지 않고 바닥에 드러누워 버렸다. 분명 맞는 말이다. 안티에이징이 자연스러울 리 없다. 사람은 늙어가기 마련이다. 그렇지만 나는 여배우다. 사람들은 나에게 아름다움을 요구한다.

"만만치 않구나, 카리스마 직업도." 이라부가 혼잣말처럼 중얼거렸다.

음, 카리스마 직업이라. 동성(同性)에게 과대한 기대를 받고, 그들의 꿈을 대신해야 하는 직업, 대체 언제까지 시로키 가오루를 연기해야 되는 걸까?

"선생님, 시로키 씨에게 마음 좀 편하게 먹으라고 말해주세요." 미쓰요가 이라부에게 애원했다.

"일단 한번 살쪄보라니까. 크흐흐."

"아니, 그런 말이 아니죠."

살이나 쪄볼까? 마음속으로 중얼거렸다. 그러나 현실적인 방법일 리 없다. 이미 자신은 한 사람의 몸이 아니다. 스폰서도 수없이 붙어 있다.

가오루는 한참 동안 멍하니 천장을 올려다봤다.

4

프랑스 유명 브랜드의 긴자점 오픈 파티에 참석했다. 도쿄의 유명인사가 모두 참석하는 자리라 매장 앞에 레드카펫이 깔리고 매스컴이 몰려들었다.

이런 자리에서는 싫든 좋든 유명세의 수준이 시험대에 오른다. 플래시를 많이 받는 사람이 이기는 것이다.

가오루는 아이 엄마라는 구실로 파티에는 좀처럼 나가지 않지만, 핸드백과 의상을 제공받은 일이 있어서 의리상 참가하기로 했다.

그러나 이유야 어떻든 간에 일단 참석을 하기로 했으면 대충 나갈 수는 없다. 사람들 앞에 나가는 이상, 여배우로서의 이미지만은 유지해야 한다. 가오루는 스타일리스트와 면밀한 협의를 거쳐 액세서리가 반짝이는 검정색 새틴 드레스를 골랐다. 발은 맨발이다. 이 날을 위해 정성을 다해 손질해두었다.

레드카펫 위로 걸음을 내딛자, 어마어마할 정도로 플래시가 터졌다. 호호홋. 마음속으로 한껏 웃어젖혔다. 살며시 고개를 숙여 인사를 건네며 걸었다. "시로키 씨, 오늘밤 게스트 중에 최고야." 미쓰요가 흥분한 어조로 말했다. 가오루는 더 없이 만족스러웠다.

파티 장에서는 프랑스인 사장과 긴자 지점 매니저가 인사를 하러 다가왔다. 그때마다 미소 띤 얼굴을 맘껏 선사해주었다. 역시 여배우의 지위는 높다는 생각이 들었다. 와이드쇼나 시끌 벅적하게 만드는 버라이어티 탤런트들과는 급이 다르다.

잘 아는 디자이너와 담소를 나누고 있는데, 전에 함께 연기했던 선배 여배우가 인사말을 건넸다. "어머, 오랜만이다." 나이가 엇비슷해서 그렇겠지만, 친숙하게 손을 부여잡았다.

가오루는 자기도 모르게 그 여자의 얼굴에 시선이 고정되고 말았다. 헉! 또 성형이야? 부자연스럽게 팽팽하게 잡아당겨진 뺨은 동그랗게 부푼 찐빵처럼 보였다. 이 여배우는 전부터 턱이든 코든 마구잡이로 손을 댔다.

"시로키 씨, 여전히 아름답다."

"아이 무슨, 선배야말로."

하나 마나 한 대화를 몇 마디 나누고 자리를 옮겼다. 이번에는 다섯 살 성도 연하인 여배우가 인사를 하러 왔다. "시로키 선배님, 오랜만에 뵙네요." 가슴을 훤히 드러낸 드레스를 입고 고개를 숙였다.

어머머, 이쪽은 가슴 확대 수술이잖아. 쯧쯧, 너도 내일모레면 마흔일 텐데……. 남편이 아무 말도 안 하는 걸까.

"아이 정말, 언제 봐도 섹시하다니까." 가오루가 인사치레를 했다.

"에이 뭐가요. 선배님에게는 어림도 없죠." 혀 짧은 소리로 말을 받았다.

바로 앞에 가히 파티 명사라고 부를 만한 명물 자매가 낭창낭창 걸어가는 모습이 보였다. 드디어 납셨군. 가오루는 마음속으로 외쳤다. 거대한 바스트와 힙은 사이보그 냄새까지 풍겼다. 저 사람들, 10년 후엔 어떻게 될까.

그런 생각을 하고 있는데, 비정상적으로 바짝 마른 스무 살 안팎의 탤런트가 어두운 표정으로 와인을 마시는 모습이 눈에 띄었다. 보는 것만으로도 가련하고 측은한 생각이 들었다. 거식증인가? 내 일은 아니지만, 보고 있자니 걱정스러웠다.

"와, 가오루짱!" 잘생긴 외모를 파는 한물 간 트렌드의 남자배우가 어깨를 두드렸다. 아차차! 무심코 이마로 시선이 향하고 말았다. 쯧쯧, 이봐요, 당신 머리카락 심은 거 훤히 드러난다고.

연예계는 부자연스러움의 견본 시장이나 다름없다. 자신을 치장하기 위해서라면 뭐든 가리지 않는다. 일반인은 이들의 강렬한 자의식과 허영심을 이해하기 힘들 것이다. 평범한 사람은 낙오한다. 그런 착각이 없다면, 스타로 올라설 수 없는 것이다.

오길 잘했는지도 모른다. 자신은 무척 건전하다는 생각이 들었다.

파티 장 한가운데 모인 사람들 속으로 뚱뚱한 남자가 보였다. 이라부였다. 이럴 수가? 여긴 어떻게?

멍하니 쳐다보고 있다 눈이 마주쳤다. "아하, 시로키 씨. 물구나무서기는 열심히 해?" 이라부가 손을 흔들며 커다란 목소리로 말했다. 모두 뒤를 돌아보았다. 가오루가 허둥지둥 달려가

"여긴 어쩐 일이에요?" 하고 나지막이 물으며 노려보았다.

"전부터 단골이야. 우리 아빠가 주주이기도 하고."

"아, 그래요?" 힘이 쭉 빠졌다.

"이라부 선생님, 시로키 가오루 씨랑 아는 사이세요?" 한눈에 보기에도 돈깨나 있는 유한마담 같은 여자가 눈빛을 번뜩이며 물었다.

"응. 내가 시로키 씨 주치의야."

"아, 아니에요." 정색을 하며 부인했다.

"실은 저도 시로키 씨랑 동갑이에요. 어떻게 하면 그렇게 젊을 수 있죠? 제발 비결 좀 가르쳐주세요."

뭐, 동갑? 세간의 마흔네 살은 이런 모양이군. 목주름이 몇 겹이나 보였다.

"아니, 저도 따로 하는 건 없어요." 가오루가 미소를 띠며 고개를 저었다.

"으음, 시로키 씨는 늘 운동기구를 가지고 다니고, 물구나무서기도 하고……."

"어머머, 선생님 농담도 잘하셔. 호호호." 발을 밟으며 입을 막았다.

바로 그때 2시간짜리 드라마에 같이 출연하는 가와무라 고토미가 나타났다. "안녕하세요?" 유한마담에게 인사를 건넸다. 아무래도 패트런 같은 존재인 듯했다.

"너무 기뻐요. 인기 절정인 최고 미인 두 사람과 나란히 서 있다니." 마담은 마냥 들떠 있었다.

가와무라 고토미는 번개 같은 시선으로 가오루의 의상을 체크했다. 가오루 역시 시치미 뗀 표정으로 체크에 들어갔다.

나의 승리야. 망사 스타킹이라니, 맨다리에 자신이 없다는 증거지. 호호호.

인사말만 건네고 막 자리를 떠나려는 순간, 느끼해 보이는 중년 남자가 음식이 담긴 접시를 들고 다가왔다.

"자, 미녀들을 위한, 특상 로스트비프와 다랑어 대령이오."

"당신 바보예요? 여배우들은 그런 고 칼로리 음식은 입에도 안 대요." 마담이 남편을 나무랐다. "저 정도 프로포지션은 아무나 유지하는지 알아요…… 안 그래요?" 마담이 가오루와 고토미에게 시선을 돌리며 말했다.

"전 먹을래요." 가와무라 고토미가 미소를 지으며 말했다. "로스트비프랑 다랑어 둘 다 너무 좋아해요." 젓가락을 들더니 먹기 시작했다.

흥. 무리하긴. 샐러드와 주먹밥뿐이었던 지난번 점심은 어쩌시고.

"그것 봐. 여배우의 미모는 신이 내려주신다니까." 남편이 득의양양하게 말했다.

"저도 잘 먹겠습니다." 하는 수 없이 가오루도 인사를 했다. "으음, 맛있다." 진득한 소스가 발린 고기를 우적우적 씹었다.

가와무라 고토미와 눈이 마주쳤다. 상대의 눈에서 불꽃이 튀었다. 대체 왜 그래, 매번 경쟁할 태세만 취하고. 너 같은 건 상대할 마음도 없다고.

그 모습을 본 남자들이 여기저기에서 접시를 들고 다가왔다. 오, 제발 그만! 가오루는 생각에 잠겼다. 결국 자신은 서비스 정신이 도가 지나친 것이다. 어떤 상황에서든 남들의 기대에 부응하려고 애를 쓰고 만다.

이봐, 당신이 좀 해치워줘. 이라부에게 시선을 던지며 하소연을 했다. 텔레파시가 통한 걸까, 아니 그럴 필요조차 없었던 걸까, 이라부는 무심히 먹어댈 뿐이었다.

가까스로 접시를 다 비우고 자리를 떠났다. 사람들과 이야기를 나누는 것도 성가셔서 벽 쪽 의자에 앉았다.

아아. 너무 많이 먹었어. 남몰래 한숨을 내쉬었다. 이라부의 말처럼 차라리 이대로 살이나 쪄버릴까. 그러면 의외로 편안해질지도 모른다.

그런 말을 해준 이라부는 아직도 먹어대고 있었다. 마치 겨울잠에 들어가기 직전의 곰처럼. 스프링롤을 한꺼번에 세 개씩이나 입에 집어넣고, 여자들의 박수를 받고 있었다. 역시나 바보일까?

바로 앞으로 왕년에 한 시대를 주름잡던 여배우가 지나갔다. 인사라도 하려고 자리에서 일어나 고개를 숙였다. 원로 여배우는 가오루를 흘깃 쳐다보더니 홍, 하고 고개를 돌리며 멀어져 갔다.

이런 일도 있군. 그녀는 환갑이 지난 게 분명하다. 그런데도 자기 딸 또래의 메이크업을 하고 살갗을 다 드러낸 드레스를 입고 있었다.

여기에 모인 여자들은 모두 한도에 다다랐다. 시간을 멈추기 위해서라면 모든 걸 내던진다. 젊은 애들이 보기에는 틀림없이 나도⋯⋯.

이라부가 멜론을 들고 하모니카를 불듯 먹어치웠다. 그 모습을 보고 외국인까지 손을 치켜들며 재미있어 했다. 사람들이 점점 더 모여들며 이라부를 에워쌌다. 왠지 거리의 약장사 공연 같은 분위기였다. 이라부가 단숨에 샴페인을 들이키는 공연을 선보였다. '우와' 하는 떠들썩한 함성이 일었다. 이라부가 우쭐거리는 표정으로 가슴을 한껏 펼쳐 보였다.

바게트에 파스타를 올리더니 한입에 먹어치웠다. 박수가 쏟아졌다. 양손에 꼬치튀김을 몇 개씩 들고 한 번에 덥석 물어뜯었다. 모두가 웃어댔다. 그러더니 곧바로 그 자리에 고꾸라졌다.

말도 안 돼. 가오루는 엉겁결에 자리에서 박차고 일어나 허겁지겁 이라부 쪽으로 달려갔다.

"으으윽~ 죽을 거 같아." 흰자위를 드러내며 고통스러워했다. 목에 걸린 모양이다.

"바보예요! 몸에 안 좋은 게 뻔한데 왜 그런 짓을 해요?"

가오루가 힘 있어 보이는 남자들을 불러 모았다. 네 사람이 달려들어 복도로 데리고 나갔다. 벤치에 눕히고 등을 세게 두드렸다.

"선생님, 대체 생각이 있어요, 없어요?"

"사람들이 너무 좋아하니까 나도 모르게 그만……." 야단을 맞는 어린애처럼 입을 삐죽 내밀었다.

"아무리 그렇다고 해도 자기 몸인데 적당히 해야죠."

딱하고 가여운 마음에 물을 먹여주었다.

"주위에서 기대를 하면 자꾸 애를 쓰게 된단 말이야"라고 말하는 이라부.

"그건 나도 마찬가지에요." 가오루가 나지막이 말했다. "아무것도 안 한다면서 왜 그리 젊으냐는 말들을 하면, 그렇게 연기를 해줘야 할 거 같아서."

"카리스마, 그거 꽤나 힘든 거네."

"정말 그래요. 그러니까 선생님은 카리스마 같은 거 흉내도 내지 마세요."

"한번쯤은 해보고 싶긴 한데, 헤헤헤."

"하긴, 그렇긴 하죠."

왠지 모르게 어깨에서 힘이 빠져나갔다. 어차피 현재의 포지션은 앞으로 5년뿐이다. 자각하고 있다. 이 붐이 영원히 계속될 거라고 믿을 만큼 무사태평한 여자는 아니다.

앞으로 5년간은 최선을 다하자. 나는 여배우다. 꿈을 파는 장사다.

이라부가 기운을 되찾아서 가오루는 집으로 돌아가기로 했다. 밤늦게까지 잠을 안 자고 돌아다니는 건 미용의 최대 적이다. 돌아가서 에어로바이크를 타기로 마음먹었다. 로스트비프 양만큼의 칼로리는 어찌 되었든 소비해야 한다.

화장실에 들러 거울 앞에 서서 립스틱을 다시 발랐다. 그때 화장실 안에서 토하는 소리가 들렸다. 누군가가 먹은 음식을 토해내고 있는 것이다. "우엑~!" 불쾌한 소리가 화장실 안에 울려 퍼졌다. 무리하게 토하려는 느낌이 들었다.

가오루는 허둥지둥 그 자리를 떠났다. 그 사람이 누구인지 보고 싶지 않았기 때문이다. 혹시라도 그 여배우라면 자기까지 괴로워진다.

밖으로 나오자, 수많은 구경꾼들이 진을 치고 기다리고 있었다. "와, 시로키 가오루다." "예쁘다." "정말 젊네." 감탄의 말들이 들려왔다. 자연스레 등이 꼿꼿이 펴졌다. 보란 듯이 차까지 자랑스럽게 걸어갔다.

스케줄이 비어 있는 날, 구미가 활동하는 밴드의 라이브 공연이 있었다. 가오루는 요즘 젊은이들이 어떤 음악을 하는지 궁금해서 몰래 가보기로 했다. 하지만 혼자서 라이브 공연장에 들어갈 용기가 나질 않아 딸에게 함께 가자고 했다. 초등학교 1학년생인 나오는 무척이나 좋아했다.

도수 없는 안경에 모자까지 눌러쓰고 변장을 했다. 눈에 띄지 않으려고 평범한 티셔츠에 청바지로 코디했다. 화장도 하지 않았다. 그렇게 하고 나서니 마치 칼을 저당 잡힌 사무라이처럼 온몸이 서늘해졌다. 남의 눈에 띄지 않게 한쪽 구석에 조용히 앉아 있었다.

구미의 밴드는 여성으로만 구성된 4인조 그룹으로, 기타가 마유미, 베이스가 구미, 그리고 나머지 두 사람이 보컬과 드럼을 맡고 있었다.

무엇보다 간담을 서늘하게 한 것은 그녀들의 패션이다. 징을 박은 가죽 브래지어에 가죽 핫팬티 차림으로 무대에 나왔다. 구미가 배꼽에 피어스를 했다는 건 처음 알았다. 헤어스타일은 모두 거꾸로 치솟아 있었다. 어떤 면에서 보면 젊음은 흉악하고 포악한 것인지도 모른다. 가오루는 홀로 감상에 빠져들었다. 가극단 출신인 자신은 줄곧 여자들 세계 속에서만 살아왔다.

연주하는 음악은 펑크록이었다. 관객들이 격렬한 비트에 맞춰 발을 구르며 바닥을 흔들었다. 나오가 괴성을 지르며 함께 널뛰는 모습에는 조금 걱정스럽기까지 했다. 부모 심정으로는 커서도 저런 젊은이들과는 가까이 지내지 않기를 바랄 뿐이다.

보컬을 맡은 아가씨가 곡 소개를 했다.

"다음 곡은 마유미가 작사한 신곡입니다. 타이틀은 〈젊어지려 발버둥〉 오, 예쓰~!"

순간 가오루는 좋지 않은 예감이 들었다.

젊어지려 발버둥 아등바등 / 마흔이 넘어서도 사랑 타령

가슴은 처져도 꿈속을 헤맨다 / 어이, 거기 아줌마 거치적거린다고―

젊어지려 발버둥 아등바등 / 주름제거 수술하고 내추럴 타령
동글게 말린 머리, 동화책 주인공인가
어이, 거기 아줌마 착각은 이제 그만—

와우— 와우— 젊어지려 발버둥 / 헤이— 헤이— 한가롭기 그지없네—
달리 할 일이 그리도 없나—

가오루는 거의 졸도할 지경이었다. 이 무슨 인정사정없는 가
사란 말인가. 게다가 젊은 여자가 보란 듯이 넓적다리를 쩍 벌
리고 노래를 부르고 있었다.

"하하하!" 옆에서 나오가 천진난만하게 웃어댔다. 데리고 오
는 게 아닌데.

휴. 힘없이 고개를 떨어뜨렸다. 젊음은 잔혹하다. 무엇 하나
두려운 게 없다.

그러나 가오루도 곧 마음이 차분히 가라앉았다. 구미도 마유
미도 멋져 보였기 때문이다.

부럽다, 리플리카(replica)도 이미테이션도 아닌 진정한 젊음.

딸 나오와 함께 신나게 발을 굴렀다. 이마에서 땀방울이 흘러
내렸다.

면장 선거

1

컴퓨터 앞에 앉아 고령자 주민 명부를 작성하고 있는데, 토목과의 이소타 과장이 뒤에서 어깨를 두드렸다. 얼굴을 가까이 대더니 입 냄새를 풍기며 "오늘밤, 별일 없지?" 하고 귀에 속삭였다. 미야자키 료헤이(宮崎良平)는 순식간에 기분이 착잡해졌다.

"아니, 저어, 오늘밤은 좀……. 경로회 모임에 나와 달라는 요청이 있어서요."

함께 시간을 보내고 싶지 않아서 순간적으로 둘러댔다.

"모임은 무슨 놈의 모임. 어차피 노인네들이랑 가라오케나 갈 거 아냐. 그런 건 민생 담당 직원한테 맡겨버려. 알았지? '오타후쿠'에서 여섯 시니까 그리 알아. 후원회의 이와타 사장, 어협의 쓰카하라 씨노 자넬 만나고 싶어하니까."

이소타는 어깨를 주무르는 척하면서 있는 힘껏 움켜쥐었다. "아야야야." 료헤이가 한심스러운 비명을 질렀다.

"자네도 섬에 온 지 아홉 달째 아닌가. 슬슬 마음을 정할 때가 됐어."

입 꼬리를 치켜 올리며 도전적인 시선으로 노려보았다. 거무스름한 얼굴에 바짝 깎은 깍두기 머리라 면사무소 유니폼을 안 입을 때는 어부처럼 보였다.

"이도저도 아닌 애매한 태도는 위험해."

마지막으로 그렇게 말하며 뒷머리를 손가락으로 찔렀다.

이즈 반도 난바다에 외로이 떠 있는 이곳 센주시마(千壽島)는 행정구역상으로는 도쿄 도(都)에 포함되지만, 쓰는 말은 서일본 쪽에 가깝다. 듣자하니 에도시대에는 유형지였고, 태평양 벨트지대(태평양 쪽의 공업도시를 벨트 모양으로 연결하는 일본의 주요 공업지대 - 역주)의 죄인들도 몰래 이곳으로 보내졌던 것 같다. 그래서인지 섬 주민들의 기질은 거칠고 단순하다. 별 뜻 없이 미소를 지으면, "뭐야, 왜 실실거려!"라며 시비를 건다.

남몰래 한숨을 내쉬고 고개를 쳐들자, 건너편에서 총무과 상사인 무로이 과장이 눈을 가늘게 뜨고 이쪽을 노려보고 있었다. 말없이 턱짓을 했다. 이번엔 저쪽 차례군. 입속으로 중얼거리며 창가 자리로 다가가자, 무로이가 등을 기댄 채 의자를 삐꺽거리며 "이소타가 뭐래?" 하고 물었다.

"오늘밤 한잔하러 가자는데……." 솔직하게 대답했다.

"가면 곤란해. 잘 알고 있지?" 잔말 말고 자기 말에 따르라는 말투였다. 무로이는 펀치파마를 해서 유니폼을 벗으면 금융업자처럼 보였다.

"과장님이 못 가게 했다고 말해도 되나요?"

"멍청한 자식. 자기 뒤는 자기 손으로 닦아."

"자기 뒤라뇨?" 료헤이가 눈을 부릅뜨며 따지고 들었다. "전 아무 짓도 안 했어요."

"아무 짓도 안 하는 게 제일 나빠. 적어도 이 섬에서는 그래."

무로이가 싸늘한 미소를 지으며 담뱃불을 붙이더니 천장을 향해 연기를 뿜어냈다. 인구가 적은 섬에는 어울리지 않는 호화판 면사무소 청사는 아직까지 흡연 제약조차 정해지지 않았다. 골초들이 많은 탓에 흰 벽은 이미 누르스름하게 변하기 시작했다.

그 벽에는 방금 나온 새 포스터가 붙어 있었다. '깨끗한 선거는 여러분의 힘으로! 센주 면장 선거관리위원회'라는 문구가 쓰여 있었다. 포스터는 섣불리 낙서를 할 마음조차 생기지 않을 만큼 새하얬다. 4년에 한 번 하는 면장 선거가 오늘 고시된 것이다. 센주시마의 선거는 과도한 열기로 유명했다. 매번 섬이 둘로 갈라져, 전 면장과 현 면장이 치열한 다툼을 되풀이하는 것이다. 투표율은 95퍼센트 이상. 이 섬에서 방관자는 절대 용서받지 못한다.

"그건 그렇고, 새 의사가 내일 온다고 했나? 마중은 자네가 책임지고 잘 하라고."

"네에……."

"그 선생 투표권도 이쪽으로 당겨올 수 있겠지. 소중한 한 표가 될 거야."

"설마. 겨우 2개월 임기뿐인데요."

자리로 돌아오자 위가 따끔따끔 아프기 시작했다. 의사를 진찰실로 안내하고 나면, 제일 먼저 자기부터 진찰을 받아야 할 것 같았다. 요 며칠, 식욕도 없었다. 대립하는 양 진영에서 서로 자기 쪽 지지자가 되라고 다그치기 때문이다.

스물네 살인 료헤이는 도쿄 세다가야에서 태어나 건실한 인생을 살아왔다. 공립 고등학교와 대학을 높은 성적으로 졸업하고, 공무원 시험에 합격하여 도쿄 도청에 취직했다. 공무원을 선택한 이유는 자기에게 잘 맞는다고 생각했기 때문이다. 다른 사람을 밟고 올라서는 경쟁도, 화려하게 남들 눈에 띄는 일도 자기 취향에는 맞지 않았다. 무엇보다 돈에 걸신들린 것 같은 탐욕스러운 생활을 하고 싶지 않았다. 어릴 적, 사업에 실패한 아버지의 모습을 봤기 때문인지 모험을 하지 않고 착실하게 살아가는 것이 가장 좋다는 생각이 들었다. 한번은 대학 교수님에게 "자네는 젊은 사람이 왜 그리 야심이 없나"라는 말을 들은 적이 있다. 그러나 료헤이는 조금도 개의치 않았다. 이 세상 사람들이 모두 야심가라면 사회는 엉망진창이 될 것이다.

도청에서는 보건복지국에 배치되어, 주로 의료 정비나 제도 개혁에 관한 일을 했다. 제일 막내인 신참이라 대부분은 보조 업무였다. 의료 현장에 나가 의사나 환자들의 이야기를 듣는 일은 공부도 많이 되고 재미도 있었다. 절실한 진정이 들어올 때는 아직 무력하긴 했지만 나름대로 사명감에 불타올랐다. 여러모로 비판을 받는 일이 많은 공무원이지만, 일에는 자부심을 가지고 있었다. 야심은 없어도 양심은 있었다.

그리고 3년째를 맞는 올해 인사이동이 있었고, 외딴섬 연수 건에 대한 타진이 들어왔다. 본래 외딴섬은 총무국 관할이었지만, 젊은 층에게 폭넓은 경험을 시키고자 하는 상부의 의향에 따라 료헤이가 여럿 중에서 특별히 뽑힌 것이다. 근무처는 센주 면사무소 총무과. 임기는 2년. 처음 의향을 물었을 때는 망설였지만, 다음 날 곧바로 승낙했다. 지명을 했다는 것은 그만큼 기대를 한다는 뜻이기도 했다. 게다가 줄곧 부모님과 함께 생활했기 때문에 혼자 살아보고 싶은 마음도 있었다. 외딴 작은 섬이라는 점도 도시에서 자란 료헤이에게는 동경하는 마음이 없지 않았다.

인구가 약 2,500명가량인 센주시마는 어업과 농업을 주로 하는 조용하고 한가로운 지역이었다. 공항은 없고, 이즈의 큰 섬들에서 정기선이 오간다. 면사무소는 직원이 40명인 작은 규모였고, 료헤이는 제일 어려서 시키는 건 뭐든 해야 하는 입장이었다.

섬에 도착해 보니 인구가 적은 데 비해 인프라가 잘 갖춰져 있다는 점에 놀랐다. 도로는 깨끗하게 포장되어 있고, 인도와 가로수 정비도 잘 되어 있었다. 도서관이나 스포츠 시설도 새로 지어 꽤 훌륭했다.

그렇지만 이용자가 적어서 유지하는 데 비용이 들었다. 모든 시설에서 적자를 내는 상황이었다.

"자네도 잘 알지. 여긴 지방 교부세 특별구야. 예산이 있는데 안 쓰는 멍청이가 어디 있겠나." 무로이는 그렇게 말하며 혼자 빙그레 웃었다.

면사무소는 너 나 할 것 없이 예산 계상(計上)에 열심이었고,

개혁의 공기라곤 눈 씻고 찾아봐도 없었다. 요컨대 원가 개념이 없는 것이다.

당연히 이상하다고 생각했지만, 료헤이는 섬에서 하는 대로 따르기로 했다. 아무리 애써본들 혼자 힘으로는 소용이 없는 일이다. 어쩌면 의외로 대부분의 지방이 이런 식인지도 모른다는 생각이 들었다. 중앙 감각으로 지방을 논하는 것은 도시 사람의 오만일지도 모른다. 그러나 업무만큼은 확실히 처리하겠다고 다짐했다. 개혁이 필요하다는 판단이 서면, 자발적으로 플랜을 짜보았다.

그렇게 한참을 생활하던 어느 날, 료헤이는 묘한 낌새를 알아채게 되었다. 면사무소의 인간관계가 확연하게 양분되어 있었던 것이다. 파벌이야 어디에나 있지만, 그 정도가 달랐다. 마치 생물의 종 자체가 다른 것처럼, 일체 섞이는 일이 없었다. 토목과의 이소타와 총무과의 무로이는 서로 말도 하지 않았다. 무로이는 아무 거리낌 없이 면장의 험담을 늘어놓고, 면장은 무로이를 완전히 무시하기로 결정한 듯 보였다. 마치 직장 안에 꼬마 대장 두 그룹이 있는 분위기였다.

"이 섬은 아직도 전쟁 중이잖아. 오쿠라(小倉)와 야기(八木) 양 진영의 전쟁." 그렇게 귀띔을 해준 사람은 식당에서 파트타임으로 일하는 아주머니였다. 매제가 토건업을 경영하는 오쿠라 다케시가 현 면장이고, 마찬가지로 사위가 토건업을 경영하는 야기 이사무는 전 면장이다.

"60년 동안이나 계속되는 전쟁이지. 쉽게 말하면, 토건업자끼리 공공 공사를 서로 갖겠다고 싸워대는 거라고." 아주머니는 재미있다는 표정으로 그렇게 말하더니, 만화영화에 나오는 개처럼 "크크크크" 어깨를 흔들어대며 웃었다.

아주머니의 말에 의하면, 전후 섬의 면장은 줄곧 두 개 파 중 어느 한쪽에서 맡아왔고, 교체가 일어날 때마다 모든 주종 관계가 역전되는 모양이었다. 야기가 면장이었을 때, 무로이는 토목 과장이었고, 이소타는 급식 센터로 좌천되었다고 한다. 예전에는 부면장에서 청소과 평직원으로까지 떨어진 예도 있는 듯했다. 공공 공사 발주는 당연히 혈육에게 맡기고, 반대 측은 하청의 하청이라도 달게 받아야 하는 입장에 처한다. 그리고 양쪽의 보복 전투는 끝날 줄을 몰랐다.

"그래도 괜찮으세요?" 료헤이가 눈썹을 찡그리며 묻자, 아주머니는 "괜찮고 밀고가 어디 있어. 이미 선통이 되어버렸으니 하는 수 없지"라며 조금도 개의치 않는다는 듯 대답했다.

덧붙여 말하자면, 그 아주머니는 오쿠라 파다. 이유는 남편이 어부인데 오쿠라가 어협에 보조금 선심을 쓰기 때문이라고 한 치의 망설임도 없이 당당히 밝혔다.

섬에 또다시 그런 전쟁 같은 선거가 시작된 것이다.

"야, 미야자키. 도쿄에서 파견 왔다고 제삼자 입장으로 방관하면 절대 용서 못한다."

'오타후쿠'에서 술이 거나하게 취한 이소타가 료헤이의 귓불을 잡아당겼다. 결국 일을 마치고 돌아가는 길에 주차장에서 납치당한 것이다.

"암, 그렇고말고. 도쿄 치들이 과소(過疎) 지역 선거에 대해 뭘 알겠어. 기권이야말로 가장 비겁한 행동이지."

어협의 쓰카하라가 벌겋게 충혈된 눈으로 노려보았다. 이곳 섬사람들은 센주시마 역시 도쿄 도에 포함되는데도, 혼슈(本州)에 있는 도를 도쿄라고 부른다. 바다로 인해 멀리 떨어져 있다 보니 도민 의식이 없는 것이다.

"기권 같은 말은 꺼낸 적도 없잖아요." 료헤이가 엉거주춤한 태도로 대답했다. 벌써 한 시간 넘게 질책을 당하고 있었다.

"그럼 어느 쪽으로 갈래? 오쿠라 선생님이야, 빌어먹을 야기 영감탱이야?"

"그야 양쪽의 정책을 들어보고 납득이 가는 쪽으로……."

"이런 천치를 봤나!" 이번에는 후원협회 회장이며 토건회사를 경영하는 이와타 사장이 머리를 후려쳤다. "정책은 무슨 개 풀 뜯어먹는 정책."

"정책이 없나요……?"

"잘 들어! 오쿠라 선생님이 항만 정비를 한다, 얼간이 야기는 농업시험장을 건설한다. 그 정도 차이뿐이야. 무슨 젖비린내 나는 소릴 지껄이고 있어."

"그게 아니라……. 그렇다면 2년 임기뿐인 저와는 아무 상관도 없는 일 아닙니까?"

"그럴 수야 없지. 어쨌든 한 표는 한 표니까."

"그럼, 그럼."

두 사람이 무서운 표정으로 고개를 끄덕였다.

료헤이는 땅이 꺼져라 한숨을 내쉬었다. 젓가락으로 접시에 담긴 안주를 집었다. 바다에 둘러싸여 있다는 이유만으로도 생선은 신선하기 그지없었다. 그 사이에도 계속 술을 따르며 강제로 마시게 했다.

"그래봤자 제 한 표 같은 건 대수롭지도 않을 텐데요." 료헤이가 조심스럽게 입을 열었다.

"전에도 말했지. 지난번 투표에서 다섯 표 차이로 간신히 이겼다고. 정말 간담이 서늘했어. 하마터면 얼간이 야기에게 연달아 천하를 빼앗길 뻔했지." 이소타가 술병을 집어 들더니 주방을 향해 흔들었다. "여기 술 추가!"

"이소타 이 자식은 말이야, 야기가 면장이었던 4년 내내 급식센터에서 주걱질을 했어. 뭔 말인지 알아들어? 쉰 살이나 먹은 사내놈이 초등학생들 점심을 만들었단 말이지."

쓰카하라가 몸을 앞으로 내밀며 벌겋게 달아오른 얼굴로 말했다.

"어이, 풋내기! 내가 하는 말 잘 들어라." 이와타 사장이 끼어들었다. "나는 야기 시절 4년 내내 하청의 하청 따위나 받아서 쓰레기 같은 일만 했어. 매출은 절반도 못 미치고, 토목 장비들까지 저당 잡히며 빚더미 속에서 생활했단 말이야!"

이와타 사장은 당시 기억을 떠올리자 분을 참을 수 없었는지 버럭 소리를 질렀다. 이 남자의 아내가 오쿠라의 여동생인 모양이었다. 즉 같은 집안인 것이다.

"그렇다고 한다면 야기 진영도 현재 그런 처지에 놓여 있다는 얘기 아닌가요? 이쪽이든 저쪽이든 슬슬 화해할 방법을 찾아보는 게 좋지 않을까……."

"시건방진 소리 지껄이지 마. 전쟁은 이기거나 지거나 둘 중 하나야."

"야기 나부랭이에겐 인정을 베풀 필요도 없어."

"당치 않은 소리지. 빌어먹을 야기 놈들……."

셋이 입을 모아 경쟁 후보인 야기 파에 욕설을 퍼부었다.

들자하니, 전에 양 파벌의 항쟁에 혐오감을 품은 젊은이가 입후보를 한 적이 있다고 한다. 그러나 100표도 얻지 못했고, 게다가 섬사람들에게 따돌림을 당해 끝내 섬을 떠나야 했던 모양이다. 결국 이 섬의 선거 결전은 섬 주민의 공통된 의견인 셈이다.

"말 나온 김에 여쭤보겠는데요, 제가 어느 한쪽 진영에 붙는다고 가정했을 때, 그쪽이 지면 어떻게 되나요?"

료헤이가 쭈뼛거리며 조심스레 물었다.

"남은 임기가 고달파질 테지."

"그럼, 그럼. 센주산 등산로 정비라든가."

"저는 파견 직원인데요." 곤혹스러운 나머지 목소리까지 갈라졌다.

"그게 뭔 상관이야. 센주는 치외법권 지역인데."

테이블에 새 술이 나오자, 또다시 무리하게 술을 강요했다. 정신이 차츰 혼미해져 갔다.

치외법권이라……. 료헤이는 속으로 중얼거렸다. 어제 도청에 근무하는 예전 상사에게 전화를 걸어 현재 처한 고통을 하소연했지만, "흠, 또 시작됐군" 하며 웃을 뿐 상대도 해주지 않았다. 선거 부정은 당연한 일. 오쿠라도 야기도 뇌물 수수로 체포된 경력이 한 번씩 있었다. 도쿄 도는 이들에게 두 손 두 발을 다 든 셈이다.

"미야자키, 그건 그렇고 내일 오는 의사한테도 주민표가 있나?"라고 묻는 이소타.

"무로이 과장님도 똑같은 질문을 하셨습니다. 고작 2개월 임기니까 없을 것 같은데요."

"늘 하던 대로 자치의대에서 파견 나오나?"

"아니오, 이번에는 일반병원입니다. 이라부 종합병원이라는 곳에서 간호사와 함께 온다고 들었습니다."

"허어, 그래. 아직 기특한 인간들이 남아 있는 모양이지? 곧바로 환영회라도 열어줘야겠군."

틀림없이 오쿠라 파와 야기 파, 두 번에 걸친 환영회를 열게 되겠지.

"저는 이만 가봐야 할 것 같습니다." 료헤이가 자리에서 일어서며 말했다.

"어허~ 누구 맘대로. 이거 다 비울 때까지는 꼼짝 못해."

이와타 사장이 팔을 낚아챘다. 대접이 찰랑찰랑 넘쳐흐를 정도로 술을 따랐다. 보는 것만으로도 속이 울렁거렸다.

"자 자, 쭉 들이켜."

오로지 그곳을 벗어나야겠다는 마음으로 대접에 입을 댔다. 반 정도 마셨을 때, 갑자기 몸이 축 늘어지더니 그대로 바닥에 나뒹굴고 말았다.

"요즘 젊은 것들은 왜 이 모양이야." 마지막에 들린 것은 이소타의 목소리였다.

2

다음 날은 쾌청한 날씨였다. 바람도 없고 파도도 높지 않았다. 센주항 상공에는 바닷새들이 무리를 지어 춤을 추고 있었다. 끼룩끼룩, 시끄럽게 울어댔다. 아직 술이 덜 깬 머릿속 가득 새들의 울음소리가 울려 퍼졌다. 속도 쓰렸다. 료헤이는 어젯밤에 어떻게 집으로 돌아갔는지 기억이 나지 않았다.

저 먼 바다 위로 빨간색과 흰색으로 칠한 고속정이 보였다. 하얀 물보라를 일으키며 힘차게 다가왔다. 도쿄 다케시바 잔교

(桟橋)를 출항하여, 이즈의 섬 여러 개를 경유해 센주시마까지 오는 약 3시간짜리 행로였다. 정기편은 하루 네 편 있었지만, 파도가 높으면 곧바로 결항되곤 한다. 태풍이라도 올라치면 말 그대로 며칠간은 고도(孤島)가 된다.

센주시마에는 면에서 경영하는 진료소가 하나 있는데, 의사는 대부분 자치의대 병원에서 단기로 파견하고 있다. 섬 입장에서 보면 섬에서 함께 사는 의사가 필요하지만, 외따로 떨어진 지역에서 의료 활동에 전념해줄 강골한(强骨漢)은 나타나질 않았다. 그래서 의사들이 몇 개월에 한 번씩 바통 터치를 하는 일이 최근 몇 년간 관례처럼 되어 있었다.

'부디 좋은 사람이 와주기를……. 료헤이는 파견 처에서 보낸 파일을 보면서 생각했다. 이름은 이라부 이치로. 연령은 37세. 전문은 내과라고 씌어 있었다.

근무처는 이라부 종합병원. 도쿄에서는 꽤 이름이 알려진 큰 병원이었다. 의사의 이름으로 추측해보건대 경영자의 친족일지도 모른다. 그렇다면 봉사 정신에서 섬 근무를 자원했을 가능성이 높다.

고속정이 기적을 울리며 항으로 들어왔다. 잔교에 선체를 가까이 대고 로프를 던졌다. 료헤이도 배에서 승강용 트랩을 내리는 일을 도왔다.

도쿄에서 볼일을 마치고 돌아오는 섬 주민들이 차례차례 배에서 내렸다. 요즘 시기에는 찾아오는 관광객도 없다. 대부분은 아는 얼굴들이었다. 그 사이로 다운재킷을 껴입은 뚱뚱한 낯선 남자가 내려왔다. 그 뒤로 기타케이스를 짊어진 젊은 여자가 따라오고 있었다.

남자는 샤넬 마크가 두드러지는 화려한 선글라스를 끼고 있었다. 여자 역시 표범무늬 모피 코트 차림으로 질겅질겅 껌을 씹고 있었다. "이게 뭐야, 깡 시골 아냐?" 남자가 주위를 둘러보며 불만이 가득 담긴 표정으로 내뱉었다.

승객은 열 명 남짓이었다. 섬 주민들은 주차해둔 차에 타고 하나둘 사라졌다. 항구에 남은 사람은 그 자리에 어울리지 않는 차림새를 한, 두 사람뿐이었다. 자, 그렇다면⋯⋯.

"저어, 혹시 이라부 선생님이십니까?" 료헤이가 얼굴을 들여다보며 물었다.

찬찬히 살펴보니 새로 온 의사는 머리가 부스스한 게 덩치 큰 곰 같은 모습이었다.

"센주 면사무소에 근무하는 미야자키입니다. 2개월간 잘 부탁드리겠습니다." 료헤이가 명함을 건네며 정중하게 고개를 숙였다.

"역시 2개월 다 채워야 되는 거야?"라고 묻는 이라부.

"네에?"

"2주 정도로 줄여주면 정말 고맙겠다." 이라부가 잇몸을 드러내며 히죽 웃었다. "우리 아빠가 의사협회에 체면 세우고 싶어서 아들을 외딴섬으로 몰아넣은 거거든. 에이 정말, 속 빤히 들여다보이는 퍼포먼스나 하고……. 내 입장에선 너무 성가시단 말이야."

머리를 긁적이며 투덜거렸다. 아무래도 자원봉사 정신은 아닌 듯했다. 잔뜩 부풀어 있던 기대가 순식간에 사그라졌다.

"저기, 미야자키 씨. 이 섬에 비디오 대여점 있어?"

"아니오, 없는데요."

"그럼 프라모델 가게는?"

"없습니다."

"쳇, 할 수 없이 도쿄에서 보내달라고 해야겠군."

"선생님, 그만 체념하시는 게 어떨지." 여자가 나른한 말투로 입을 열었다. "돌아가면 포르쉐 새로 바꿔준다면서요." 그다지 존경심이 느껴지지 않는 태도였다.

"저어, 혹시 간호사 분이십니까?" 료헤이가 물었다.

"응. 이쪽은 마유미짱. 혼자는 외로울 것 같아서 데리고 온 거야." 이라부가 대답했다.

"일당 3만 엔 조건으로." 마유미라는 여자가 아무렇게나 말을 내뱉었다.

마유미는 인사도 없이 매서운 눈초리로 료헤이를 훑어 내렸다. 느낌이 몹시 안 좋았다. 하지만 예쁘게 생겨서 마음이 설렜다. 섬에서는 여자 사귈 기회가 전혀 없기 때문이다.

두 사람을 차에 태우고 먼저 진료소로 안내했다. 바닷가 언덕 위에 지은 건물이라 전망은 최고였다. 도시에서 오는 의사에 대한 나름의 배려라고 말하고 싶지만, 실제 사정은 달랐다. 바람이 너무 강해서 마땅히 쓸 수가 없던 땅을 땅주인이던 오쿠라가 면에서 매입하게 만든 후, 친지가 하는 건설회사에 건축을 의뢰한 것에 불과하다. 야기 시대였다면 야기의 땅에 지어졌을 게 뻔하다.

도착하자마자 어디에서 나타났는지 도둑고양이들이 몰려들었다. 평소에는 사람을 경계하여 근처에도 안 오는데 웬일인지 마유미 주위에 찰싹 달라붙었다. 마유미는 자그마한 동물들을 귀여워하기는커녕, 발길질을 해가며 쫓아버렸다.

"우와~ 멋진 곳이네." 이라부가 건물을 올려다보며 말했다. 마음에 들어하는 것 같아 안심이었다. 안으로 들어가서 시설을 보여주었다.

"선생님은 내과 전문의시죠?" 하고 료헤이가 묻자, "내과? 아니야"라며 이라부가 고개를 옆으로 저었다. 턱살이 덜렁덜렁 흔들렸다.

"난 신경정신과야. 미야자키 씨, 혹시 무슨 고민 같은 거 있어? 주사 한 방으로 고쳐줄 수 있는데. 크흐흐." 기분 나쁜 소리를 내며 연신 웃어댔다.

"신경정신과? 서류에는 내과라고 되어 있었는데……."

"틀림없이 우리 아빠가 적당히 써 넣었을 거야."

"우리 아빠……?"

"괜찮아. 신경 쓸 거 없어. 심료내과(心療內科, 내과적 증상과 관련되어 나타나는 신경증이나 심신증을 치료 대상으로 하는 진료 과목. 내과적 치료와 함께 심리 요법을 병행함 – 역주)라는 것도 있으니까."

"저어, 저는 치료에 관한 건 잘 모릅니다만, 혹시 감기에 걸리 거나 상처를 입은 경우에는⋯⋯."

"아이 글쎄, 괜찮대도 그러네. 뭐든 치료해준다고. 하하하."

이라부가 큰북 같은 배를 펑펑 두드렸다. 료헤이는 왠지 모르 게 불안해졌다.

이번에는 인수인계에 착오가 생기는 바람에 사흘간이나 의 사가 없는 상태를 초래하고 말았다. 허겁지겁 당국과 연락을 취 해서 결정한 사람이 이라부였던 것이다.

"그럼 이어서 숙소로 쓰실, 면에서 운영하는 아파트로 안내 하겠습니다. 실은 저도 그곳에 살고 있습니다."

면에서 운영하는 아파트는 야기가 면장이넌 시설, 육지에서 오는 체류자들을 위해 자기 토지를 사들여 지은 것이다.

"아아, 거긴 마유미짱만. 난 센주산 온천호텔에 묵을 거야. 이미 예약해뒀어. 제일 좋은 방으로"라고 말하는 이라부.

제일 좋은 방이라면 2년 전, 이시하라 도지사가 온다고 해서 개장한 하룻밤에 무려 10만 엔이나 하는 스위트룸을 말한다. 그 후로 그 방에서 다른 사람이 숙박했다는 이야기는 듣지 못했다.

"자비로 그 방에서 2개월이나 지내신다고요?"

"응, 물론." 이라부가 대수롭지 않다는 태도로 말했다. 료헤이는 혼란스러울 뿐이었다.

"그건 그렇고, 미야자키 씨. 눈이 빨개."

"아, 죄송합니다. 어젯밤에 과음을 하는 바람에……."

"크흐흐. 정신 바짝 들게 한 방 맞아볼래. 어~이, 마유미짱."

"벌써 시작이에요?" 창가에서 담배를 피우고 있던 마유미가 성가시다는 듯 얼굴을 찡그렸다.

"뭐가 어때서 그래? 선반에 포도당 앰풀도 남아 있는 거 같던데."

료헤이가 어안이 벙벙해 있는 사이, 눈앞에서 주사대가 세트되고 팔뚝을 낚아채였다. 셔츠 소매를 말아 올리더니 고무밴드로 주사대에 고정시켰다.

"저 저어, 선생님, 이게 무슨……."

"서비스야, 서비스." 이라부가 애교가 철철 넘치는 표정으로 눈웃음을 쳤다.

"아니, 그러니까 제 말은……."

바로 그 순간 마유미가 코트 앞자락을 풀어헤쳤다. 순백의 미니스커트와 그 아래로 곧게 뻗은 맨다리가 눈을 파고들었다. 엉겁결에 뚫어져라 쳐다보며 넋을 잃고 말았다.

"아야야야."

그 순간, 주사바늘이 살을 찌르는 통증이 느껴졌다.

검은 그림자가 옆에 드리워졌다. 뒤를 돌아보니 이라부가 홍분한 표정으로 바늘이 찔린 팔뚝을 들여다보고 있었다.

대체 이 두 사람은 뭐지? 료헤이는 꿈이라도 꾸는 심정이었다.

"그건 그렇고, 진짜 시골이다." 이라부가 창밖을 내다보며 말했다.

"아, 네에. 인구가 2,500명밖에 안 되는 섬이니까요."

"혹시 하루에 환자 한 사람만 오는 거 아냐?"

"아닙니다. 고령자가 많아서 오전 중에는 대합실이 가득 찹니다. 현재 이 섬 인구의 20퍼센트가 65세 이상이거든요."

"흐음. 노인이라. 쭈글쭈글한 살에다 주사 놔봤자 별로 흥분이 안 될 텐데."

입이 찢어져라 하품을 하며 손으로 뒷목을 주물렀다.

그때, 차도 쪽에서 귀청을 찢을 듯 쩌렁쩌렁한 스피커 소리가 들려왔다. "오쿠라 다케시! 부탁드립니다, 여러분~! 오쿠라 다케시!" 꾀꼬리양(꾀꼬리처럼 간드러진 목소리를 가진 여자 아나운서를 가리키는 말 ― 역주)이 아니라, 동네 아주머니들이 서친 목소리로 절규하고 있었다. 오늘부터 선거전이 시작된 것이다. "저어 선생님, 한동안은 좀 소란스러울 겁니다" 하고 이라부에게 넌지시 암시를 했다.

"아 참, 학교 예방주사가 있지." 이라부는 남이 하는 말은 들은 척도 않고, 손가락을 딱 소리가 나게 퉁겼다.

마유미는 창으로 침입한 도둑고양이들을 붙잡아 주사바늘을 들이대며 "에비, 에비!" 하고 위협하고 있었다. 두 사람의 나 몰라라 하는 태도를 보며 료헤이는 점점 더 불안해졌다.

뭐 별일은 없을 테지, 고작 2개월뿐인데. 료헤이는 그렇게 생각하기로 마음먹었다. 어차피 노인들은 면에서 나오는 보조금으로 빈번히 도쿄 큰 병원에 다니고 있다. 섬의 진료소는 사교장에 불과하다.

이라부와 마유미가 고양이에게 주사를 놓기 시작했다. 두 사람 모두 입술을 핥으며 잔뜩 빠져들어 있었다.

"선생님, 좀 제대로 잡으란 말이죠!"

"아얏, 고양이 주제에 감히 날 할퀴다니. 빌어먹을!"

어느새 방 안에는 고양이들이 잔뜩 들어와 있었고, 일제히 소리를 지르며 울어댔다.

오후에 면사무소로 돌아가 업무를 하고 있는데 무로이가 복도로 불러냈다.

"잠깐 스포츠센터에 가야 하는데. 자네도 함께."

잔말 말고 따라오라는 말투였다. 용건은 상상이 갔다. 스포츠센터에는 면의 레크리에이션 협회가 있는데, 전 면장인 야기가 회장 자리를 맡고 있다. 그곳에 가면 자기들 쪽을 지지하라는 강요를 할 게 뻔했다.

저항할 틈도 없이 무로이의 차까지 끌려갔다. 뒷좌석에 청소과 고바야시 과장도 동승해 있었다.

"얍삽한 오쿠라 놈이 펜션 마을 사람들을 구워삶으려는 모양이야. 숲으로 가는 길가에 가로등을 달아주겠다고 약속했다더군." 고바야시가 앞으로 몸을 내밀며 말했다. "부부 다섯 쌍이 사니 열 표나 되잖아. 손실이 크겠어."

"겁을 좀 줘보면 어떨까? 야기 선생님에게 안 붙으면 다이버 손님들에게 환경보호비 거둬들이겠다고."

"그건 안 되지. 여관 조합을 적으로 돌릴 위험이 있어."

"그치들도 웃기는군. 면 소유 농지를 지들 남새밭처럼 쓰는 주제에."

둘이서 유권자에게 욕을 퍼부었다. 말없이 조용히 앉아 있자, 같은 편도 아닌 료헤이에게 "너도 지혜 좀 짜내봐"라고 호통을 쳤다.

스포츠센터에 도착하자, 차에서 끌어내렸다. 젊은 여자가 화단에서 풀을 베고 있었다. 무로이를 보더니 밝은 표정으로 손을 흔들었다.

"저 애는 내 조카딸이야. 야기 선생님 시절에 100만 엔이나 들여서 면사무소에 취직시켰는데, 1년도 안 돼 정권 교체가 되는 바람에 저 모양이 됐지. 친척들에게도 고개를 들 수가 없군." 무로이가 입술을 깨물며 말했다.

"100만 엔을 들이다뇨, 그거 인사 청탁 비리 아닙니까!"라고 따지는 료헤이.

"넌 왜 재수 없게 매번 도쿄 식으로 지껄여!" 뒤에서 고바야시가 머리를 쥐어박았다. "로마에 가면 로마법에 따라야지. 그런 말 함부로 지껄이다간 목숨 부지하기도 힘들다."

현관을 지나는데 야기의 흉상이 마중을 했다. 세금을 맘껏 사용한 스포츠센터는 야기가 면장이던 시절에 세운 것이다. 선거에 떨어진 후 이곳에서 한가로운 생활을 보내고 있는 것이다. 하긴 오쿠라도 면장 자리를 빼앗기면 자기가 세운 어협회관에서 물산 센터 회장으로 살아가게 될 것이다. 이쪽이든 저쪽이든 매한가지다.

회장실로 끌려들어간 료헤이는 야기 앞에 앉혀졌다. "어허, 자네가 도청에서 파견 온 미야자키 군이로군. 안면은 있지만 이야기를 나누는 건 처음이지. 헛헛허." 마치 정수리에서 빠져나오는 것처럼 톤이 높은 목소리로 말했다. 료헤이는 가면 같은 야기의 웃는 얼굴에 압도당하고 말았다. 아마도 반세기에 걸쳐 저런 웃음을 만들어왔을 것이다. 비쩍 말라서 닭 뼈를 연상시키는 외모였다.

"자네가 협력을 해주겠다고 하니 내가 얼마나 든든한지 몰라. 헛헛허."

"네에? 아 아니, 저는……."

깜짝 놀라 부인하려 하자, 무로이가 등을 꼬집었다. 통증 때문에 얼굴이 일그러졌다.

"미야자키 군은 틀림없습니다. 농업을 이해하는 사람이라, 야기 선생님의 농업시험장 건설에도 대찬성입니다."

"아 그래, 그렇군. 헛헛허." 자리에서 일어나 악수를 청하는 바람에 엉겁결에 악수에 응하고 말았다. "그럼 난 선거 연설이 있어서 이만 실례하지, 후원회 회장과 좀 더 얘기 나누게."

야기가 비서를 따라 방을 나갔다. "아니, 저어……." 앞으로 뻗은 손은 허공을 헤맬 뿐이었다. 토건회사를 경영하는 후원회 회장 도쿠모토 사장이 앞을 가로막고 섰다. 흐릿한 눈썹에 매서운 눈초리. 금방이라도 울음을 터트릴 듯한 아기 같은 인상을 가진 사람이었다.

"미야자키 군. 얘기는 들었어. 아직도 태도를 분명히 정하지 않았다면서?"

애써 표정을 풀었지만, 말투는 위협적이었다. 어깨를 짓눌리는 바람에 다시금 응접세트에 마주하고 앉았다. 무로이와 고바야시가 료헤이를 에워쌌다.

"자네의 한 표도 물론 중요하지만, 그보다 도움을 좀 받았으면 싶은 일이 있는데." 도쿠모토 사장이 입을 열었다.

"무슨 일이신지……. 아, 아니 붙본 받아들이겠다는 뜻은 아닙니다."

"잔말 말고 받아들여!" 무로이가 말을 잘랐다.

"자네, 경로 센터에 드나들지? 노인들 반응도 좋다고 들었어. 거기서 말이야……." 도쿠모토 사장이 헛기침을 했다. "표를 좀 모아줬으면 하네. 할아버지 할머니들 표는 결코 무시할 수가 없거든. 게다가 대부분이 부동표 아닌가. 미끼를 뿌리면 반드시 모여들게 돼 있지."

"아니, 그건……." 료헤이가 잔뜩 겁을 집어먹은 표정으로 고개를 흔들었다. "공직자 몸으로 어떻게 그런 일을……."

"아하 글쎄, 다들 그렇게 하니까 염려할 거 없어. 오쿠라 쪽에서도 교육 과장을 내세워 작전을 펴는 중이야. 학교 시청각실에 홈시어터 시설을 해주겠다면서 부임 교사들을 끌어들이는 중이라고." 고바야시가 낯빛을 바꾸며 말했다.

"그런 일은 이제 그만두죠. 세금 낭비일 뿐입니다."

"어허, 또 그딴 소리나 지껄이면서 착한 척한다! 적들이 핵미사일을 준비한다는데, 죽창으로 맞설 바보가 이 세상에 어디 있어!"라고 소리치는 무로이.

언뜻 테이블에 놓인 갈색 봉투가 눈에 들어왔다. 안 좋은 예감이 스쳤다.

"자, 넣어둬, 군자금이야." 도쿠모토 사장이 봉투를 집더니 이쪽으로 쓰윽 밀었다. "받지 않으면 적으로 간주한다!"

"아니, 그런 법이 어디 있습니까? 제발 이해해주십시오." 료헤이가 퍼렇게 질린 얼굴로 애원했다.

"적이 된 이상, 용서는 없다. 야기 선생님이 당선되는 날부터 넌 곧바로 찬밥 신세야."

"저는 파견 직원입니다. 도청에 보고할 겁니다." 가는 목소리로 항의를 해봤다.

"흥, 그래봤자 소용없어. 도쿄는 도립 고등학교를 폐교하고, 공항 건설 계획을 철회했을 때부터 이 섬에 빚을 진 셈이야. 쉽게 말하면 아예 가지를 잘라버린 거지. 이제는 조심스러워서 말도 제대로 못해."

도쿠모토 사장이 자리에서 일어서더니 테이블을 옆으로 밀었다. 대체 무슨 일인가 싶어 어리둥절해 있는데, 느닷없이 바닥에 무릎을 꿇었다. 그 모습을 본 무로이와 고바야시도 곧바로 뒤를 따라 무릎을 꿇었다. "부탁하네. 미야자키 군. 제발 좀 도와주게." 셋이서 바닥에 머리를 조아렸다.

료헤이는 간담이 서늘해졌다. "아니, 이러시면 곤란합니다." 엉겁결에 자기도 바닥에 내려앉아 고개를 숙였다. 얼굴이 온통 땀으로 번질거렸다.

"자네가 우리 편이 되어주지 않으면, 우리는 또다시 4년간이나 하인 신분을 면할 수가 없네"라고 호소하는 무로이.

"부탁입니다. 용서해주십시오."

"후배, 제발 우리를 좀 도와줘"라고 애원하는 고바야시.

10분 가까이 바닥에 꿇어앉은 채 맞섰다. 머리로 피가 솟구쳐 오르며 몸 상태가 급격히 나빠졌다.

"정 그렇다면 하는 수 없지." 급기야는 세 사람이 어깨를 결박하더니 강제로 봉투를 주머니 속에 밀어 넣었다.

핏발이 선 중년 사내들의 눈을 쳐다보고 있자니, 두려워서 저항조차 할 수 없었다. 생활이 걸린 문제라는 건 분명 이런 것인가 보다. 인간이 룰을 지키는 것은 자기에게 해가 미치지 않을 때뿐이다.

또다시 위가 아팠다. 내일은 이라부에게 가서 약 처방을 받아

야겠다고 생각했다. 밖으로 나오자, 솔개가 파랗게 갠 하늘에
원을 그리며 우아하게 날고 있었다.

3

바다가 보이는 언덕에 자리한 진료소는 첫날부터 대성황을
이루고 있었다. 섬 노인들이 기다리고 있었다는 듯 통원을 시작
한 것이다. 무슨 까닭인지 도둑고양이들까지 현관에 우글거렸
다. 안으로 들어가자, "어어, 미야자키 씨. 어서 와"라며 이라부
가 태평한 목소리로 맞아주었다. 흰 가운을 입은 뚱보가 커다란
1인용 소파에 앉아 있었다. 예전의 어느 사이비 교단의 교주가
떠올랐다.

"선생님, 그 소파는?"

"호텔에서 빌려왔지. 사무 의자는 영 취향에 안 맞아서."

"아 네……."

간호사 마유미는 미니 가운을 입고, 외래 환자인 할머니에게
주사를 놓고 있었다. 가슴 계곡이 들여다보여 자기도 모르게 마
른침을 삼키고 말았다.

"이게 뭔 주사여?" 할머니가 묻자, "신경 쓸 거 없어요, 괜찮
아요"라며 아무렇게나 대했다.

"선상님, 신경통이 더 심해진 것 같은디."

"툇마루에 앉아 햇볕이라도 쬐어보면 어떨까요?" 이라부가 코털을 뽑으며 말했다.

"그렇게 허믄 참말로 나아질라나?"

"그럼, 그럼."

대수롭지 않다는 듯 대충 대답해버리자, 할머니가 눈썹을 찡 그리며 진찰실 밖으로 나갔다.

"선생님, 혹 불편한 점이라도 있으십니까?" 료헤이가 물었다.

"밤이 너무 깜깜하다, 편의점이 없다, 텔레비전 화질이 나쁘 다." 입을 삐죽 내밀며 말했다.

"아니, 진료소에 관련해서."

"흐흠 글쎄……." 이라부가 굵은 목을 벅벅 긁으며 대답했 다. "CT 스캐너가 있음 좋겠는데. 그거 있으면 그럴 듯해 보이 잖아."

"농담도 잘하시네요. 작은 섬에 그럴 만한 예산이 어디 있겠 습니까? 그리고 사용하려면 따로 인력이 필요한 거 아닌가요?"

"그럼 업자에게 제공해달라고 하면 돼. 최신 모니터가 달린 걸로."

"그럼 그렇게 하시죠." 진지하게 대하는 게 바보스럽게 느껴 져 농담 삼아 아무렇게나 넘겼다.

다음 환자가 들어오자, 증상도 묻지 않고 주사부터 놓았다. 섬 노인들은 남을 잘 의심하지 않아서 이라부가 시키는 대로 군말 없이 따랐다.

"또 시끄러워졌구먼." 할머니가 딱히 누구에게 하는 말도 아닌 듯 입을 열었다. "이번엔 오쿠라가 이길라나, 야기가 이길라나. 히히히." 면장 선거를 재미있어 하는 말투였다.

사정을 잘 모르는 이라부에게 료헤이가 설명을 해주었다. "흐음" 하고 마는 이라부. 전혀 관심이 없는 듯했다.

"그런데 경로회 여러분은 어느 쪽을 지지하십니까?"

료헤이가 할머니에게 물었다. 무로이 쪽의 말에 따르면 매번 부동표라는 것이다.

"그거야 마지막에 결정허지." 할머니가 예상 외로 단호하게 대답했다. "우리는 늘 그렇게 혀." 의미심장하게 웃어댔다.

"다들 밖에 좀 나가 보라니께. 도쿄에서 젊은 것들이 엄청 몰려왔더라고. 아이고, 때마침 선거 차가 지나가는구먼."

길 쪽에서 가두선전을 하는 소리가 들려왔다. 오쿠라와 야기 두 사람의 이름이 뒤섞여 들렸다. 아무래도 양쪽 진영 차가 동시에 들이닥친 듯했다.

대합실에 있던 노인들이 떼를 지어 밖으로 나갔다. 막 주사를 맞은 할머니도 굽은 허리로 허둥지둥 달려 나갔다. "아이고, 선상님, 간호사, 미야자키 씨! 얼른 좀 나와 보란 말이여." 할머니의 손짓에 셋이서 뒤를 따라 나갔다.

노인들이 현관 앞 잔디 위에서 차가 오기를 기다리고 있었다. 소리가 들려오는 방향을 구분할 수 있었다. 오른쪽에서 다가오는 것이 오쿠라 진영, 왼쪽에서 오는 게 야기 진영이다. 양쪽에서 이름을 외쳐대고 있었다. 그런데 통상 보는 선거용 자동차와는 분위기가 많이 달랐다. 마치 마쓰리(일본의 전통적인 축제 – 역주) 때 행진하는 호화로운 수레처럼 목소리도 음악소리도 엄청나게 컸다. 아무래도 양쪽 모두 차가 한 대가 아니고 여러 대인 모양이었다.

노인들이 고개를 빼고 쳐다보았다. "야마 씨는 오쿠라, 오쿄 씨는 야기 쪽을 세어보슈." 누군가가 지시를 내렸다. 바로 그때 양 진영의 선거 차가 모습을 드러냈다. "오쿠라 다케시! 오쿠라 다케시!" "야기 이사무! 야기 이사무!" 귀청을 찢을 듯한 볼륨으로 떠들어댔다. 소음의 회오리 속으로 주위가 온통 빨려들고 말았다.

양 진영의 선두 차 뒤로는 마치 퍼레이드를 하듯 여러 대의 자동차가 따르고 있었다. 그 안에 타고 있는 사람은 섬 주민들이었다. 차 행렬이 진료소 앞에서 서로 엇갈렸다. "하나, 둘." 노인들이 차가 몇 대인지 세기 시작했다.

"이봐. 오쿠라 하수인들. 죽는 패만 집어 들다니 불쌍해서 못 봐주겠다!" 야기 진영에서 고함을 쳤다.

"터진 입이라고 잘도 지껄이는구나. 야기 멍청이들아, 원수 갚겠다고 까부는데 이번에도 된통 당할 거다!" 오쿠라 진영이 지지 않고 소리를 질렀다.

료헤이는 할 말을 잃었다. 보통은 서로 성원을 주고받는 것이

매너다. 일본 전국 어디에서나 그렇다. 그런데 이곳 센주시마에서는 서로 욕설을 퍼부었다. 단순한 비유가 아니라, 정말로 전쟁인 것이다.

야기 진영 행렬 마지막 차에 청소과 고바야시가 타고 있었다. "미야자키, 부탁한다!"라고 큰 소리로 외쳤다. 료헤이는 반사적으로 인사를 했다. 그 순간, 반대편에서 온 오쿠라 파의 이소타와 시선이 마주쳤다. 험악한 눈초리로 노려보았다. 공무원이 근무 시간 중에 왜 이런 데 나와 있나 하는 생각은 들지 않았다. 이미 익숙해진 것이다.

이소타에게 또 질책을 당하겠지. 료헤이는 마음이 무거워졌다. 어제 강제로 밀어 넣은 봉투에는 30만 엔이나 들어 있었고, 그 봉투는 아직도 업무용 가방 안에 들어 있다.

"오쿠라는 일곱 대."

"야기도 일곱 대."

"이게 뭔 조화여. 또 호각(互角)이구먼."

노인들이 모여서 이야기를 나누고 있었다.

"무슨 얘기예요?" 이라부가 물었다.

"쌍방의 자동차 숫자지 뭐긴 뭐여. 이 섬 선거는 말이여, 지지자가 후보자의 차 뒤를 따라 돌게 돼 있는겨. 그걸루다 세를 과시하는 게 예전부터 내려오는 관례여."

할아버지 한 분이 대답해주었다. 조금 전의 할머니가 말을 이었다.

"우린 마지막의 마지막까지 기다렸다가 이기는 말 등에 올라타는거. 지난번에는 정기선 무료패스를 조건으로 내건 오쿠라에게 붙었지. 히히히."

료헤이는 온몸에 힘이 빠졌다. 이 섬의 선거에서는 정의가 통하지 않는다.

"와하, 재미있겠다." 구경하던 이라부가 말했다.

"선생님은 주민표가 없으니 얼마나 다행입니까? 전 막 전입을 했는데……. 아 참, 저 위장약 처방 좀 해주세요."

"응. 알았어. 말 나온 김에 주사도 놔줄게."

그때 다시 자동차가 나타났다. 이번에는 한 대였지만, 웅장한 엔진소리를 울리며 다가왔다. 섬에서는 구경도 못했던 황록색 포르쉐가 진료소 안으로 들어왔다. 양복을 차려입은 젊은 남자가 차에서 내렸다. "이라부 선생님, 배달하러 왔습니다." 씩씩하고 힘이 넘치는 목소리로 말했다. 겉모습으로 판단하기에는 일류기업의 영업사원 같은 분위기였다.

"수고했어. 거기 놔둬."

이라부가 의아해하는 료헤이를 쳐다보며 "이건 내가 아끼는 차야. 페리로 실어왔지" 하고 설명했다.

이어서 다른 차가 들어왔다. 이번에는 렌터카인 경자동차였다. 또다시 남자가 차에서 내리더니 이라부에게 고개를 꾸벅 숙이며 인사를 했다.

"이라부 선생님, 전화로 말씀하신 건담 DVD 세트 가지고 왔습니다."

세 대째 차가 도착했다.

"선생님. 주문하신 무라카미 가이신토(村上開新党, 130여 년의 오래 역사를 자랑하는 일본의 유명 쿠키 가게 – 역주)의 쿠키, 구해왔습니다."

료헤이가 놀라서 멍해 있는데 이라부가 별반 우쭐거리지도 않는 태도로 말했다.

"이 사람들 제약회사 영업사원이야. 이른바 MR이라 부르는 사람들이지. 내가 이 섬에 파견됐다는 소리 듣고 약 팔려고 쫓아온 거야."

"아 네, 그렇군요."

그건 그렇다 치고, 건담이니 쿠키는 다 뭐야……. 노인들은 포르쉐가 신기한 듯, 차를 에워싸고 안을 들여다보고 있었다.

"여기까지 왔으니 차라도 한잔하지. 어~이 마유미짱. 커피 왕창."

"저 사람들한테 타 마시라고 하면 안 되나?" 성가셔 죽겠다는 말투였다. 마유미는 늘 그렇듯 기분이 안 좋아 보였다.

"앗 네, 제가 하겠습니다." 남자 하나가 쏜살같이 진료소 안으로 뛰어들어갔다.

"우리도 좀 마시자고." "그려, 그려" 하며 노인들까지 움직였다. 뒤따라 도둑고양이들이 떼를 지어 안으로 들어갔다.

그때 휴대전화가 울렸다. 전화를 받으니 토목과의 이소타였다. 곧바로 어협으로 오라는 명령이었다. 야기 파 고바야시에게 고개를 숙인 건으로 힐책을 당할 게 뻔했다. 위가 따끔따끔 쑤시기 시작했다. 토할 것처럼 속까지 울렁거렸다.

"너, 무로이, 고바야시 놈들이랑 뭔 일 있었던 거야?"

어협 물산 센터로 출두하자마자 이소타가 다짜고짜 멱살을 움켜잡았다. 오쿠라 파 면면이 에워싸며 야쿠자처럼 위협을 했다. 회장실에는 현 면장인 오쿠라가 앉아 있었다. 야기와는 대조적으로 동글동글하고 통통해서 포대 자루를 연상시키는 외모였다. 그러나 틀에 박힌 미소만은 공통적이었다. 그 자리에 있기가 거북했는지 "미야자키 군, 부탁하네, 효효효." 해괴하기 짝이 없는 웃음소리를 내며 방을 나갔다.

"저어, 여러분. 업무는 어떻게 하시고?"라고 묻는 료헤이.

"어렵소, 이 자식이 말까지 돌려! 청소과 고바야시가 '미야사키, 부탁해'라고 하니까 네가 고개를 끄덕였잖아."

"그건 그저 예의상 인사일 뿐이죠……."

"어디서 거짓말이야. 너 우릴 배신했지?"

어협의 쓰카하라가 멋대로 료헤이의 가방을 뒤지기 시작했다. 봉투를 들키고 말았다. "아, 그건." 손을 뻗었지만, 세차게 뿌리치며 봉투 안에 든 30만 엔을 찾아냈다.

"뭐야 이게!" 돈을 본 이소타가 시뻘게진 얼굴로 소리쳤다. "고작 돈 때문에 영혼을 팔아먹는 놈이었나!" 사정없이 머리를 잡고 흔들어댔다.

"자, 자, 잠깐만요. 그건 강제로 집어넣은 거라 적당한 때를
봐서 돌려주려고……."

"제대로 설명해!"

하는 수 없이 처음부터 설명을 했다. 경로회를 매수하라고 준
자금이라는 것까지 자백하고 말았다.

"됐어, 그렇게 된 거라면 좋다. 후원회 도쿠모토 놈이 무릎까
지 꿇었다는 말이잖아. 그 놈은 걸핏하면 무릎을 꿇어대니 머잖
아 무릎에 딱지가 앉겠군. 이 돈은 우리가 책임을 지고 돌려줄
테니 그리 알아."

이소타가 봉투를 소파에 휙 집어던졌다. 불안감이 스멀스멀
기어올라왔다.

"정말 돌려주시는 거죠?"

"누가 가로채기라도 할까 봐 그래? 당장 오늘밤에라도 도쿠
모토 집 우편함에 던져주지. 그것보다 미야자키 자네 말이야."
갑자기 말투가 부드러워졌다. "실은 경로회 건은 우리도 자네
에게 부탁할 생각이었어." 어색하게 눈 꼬리를 내리며 온화한
표정을 지었다.

옆에 있던 사내가 책상 서랍에서 갈색 봉투를 꺼냈다. 이소타
가 그 봉투를 받아들더니 료헤이의 눈앞에 내려놓았다. 전보다
훨씬 두툼했다.

"고작 30으로 자네 수고를 사겠다니, 구두쇠 같은 야기 놈.

우린 50이야. 온천호텔에서 연회라도 열어서 경로회의 요구사항 좀 알아봐."

"어떻게 그런 일을…… 직접 하면 될 거 아닙니까?" 료헤이가 얼굴을 찡그리며 뒷걸음질을 쳤다.

"이 섬의 할아버지 할머니들은 이미 약을 대로 약았어. 우리가 하는 말은 쉽사리 들어주질 않아. 자네처럼 타지에서 온 사람이 낫지."

아무 말도 않고 입을 다물고 있자, 어협 사람들이 양쪽에서 몸을 짓눌렀다.

"뭐하시는 겁니까?"

"다 알면서 왜 이래. 저쪽에서도 똑같은 말을 들었을 텐데. 받아들이지 않으면 적으로 간주하는 수밖에."

강제로 웃옷 안주머니에 봉투를 밀어 넣었다. 그러더니 그대로 들어 건물 밖으로 쫓아냈다. 일련의 사내 추이를 도서히 빌을 수가 없었다.

"미야자키, 오쿠라 쪽에 붙어. 절대 손해는 없을 거다."

"부탁한다. 최소한 30표만 모아다오."

급기야 사내들은 두 손을 모아 절까지 했다. 야기 진영과 마찬가지로 필사적인 모습들이었다.

불현듯 자신은 세상을 너무 모르는 풋내기일지도 모른다는 생각이 들었다. 세상에 이런 어리석은 생각을 하다니. 아니다, 절대 잘못되지 않았다.

어떻게 보이든 전혀 개의치 않는 사내들의 행동에 료헤이는 그저 당혹스러울 뿐이었다.

4

뱃속 상태가 본격적으로 나빠지기 시작했다. 위만 아픈 게 아니라 설사까지 병행했다. 원인이 뭔지는 알고 있다. 가방 속에 든 50만 엔이다.

면사무소에서는 무로이도 이소타도 시치미를 뗀 표정으로 스쳐 지났다. 하지만 이소타가 어젯밤 야기 진영에 30만 엔을 돌려줬을 테니, 무로이가 입을 다물고 있을 리 만무했다.

겁이 난 료헤이는 점심시간이 되자마자 면사무소를 빠져나와 자동차를 몰고 진료소로 향했다. 그곳 말고는 달리 피난처가 떠오르지 않았다.

도착해보니 대형 트럭이 정차해 있고, 커다란 허연 기계가 안으로 옮겨지고 있었다. CT 스캐너였다.

"선생님, 이게 무슨 일입니까?"

"메이커에 전화로 부탁했어. 잠깐만 빌려달라고." 이라부가 천연덕스럽게 대답했다. "우리가 여러 가지로 편리를 봐주거든. 계열 병원에 납품 주선도 해주고."

"아 네에⋯⋯."

이라부 종합병원의 이름은 도청 시절부터 익히 들어 알고 있다. 전쟁 전부터 이름을 이어온 명문으로, 정치가들도 상황이 안 좋아지면 그곳에 자주 몸을 숨기곤 했다.

"선생님. 설치 끝났습니다." 업자로 보이는 사내가 달려왔다. "저어, 한 가지만⋯⋯ 대학부속병원 새 병동 건설 때에는 부디 원장 선생님의 힘으로⋯⋯." 연신 고개를 꾸벅거리며 말했다.

"응. 아빠한테 얘기해둘게." 이라부가 만족스러운 표정으로 말했다.

아무리 봐도 정체불명이었다. 눈앞에 있는 사내가 마피아처럼 보이기도 했다.

CT 스캐너는 빈 병실에 설치되었고, 순식간에 노인들이 떼를 지어 몰려들었다. "이게 수술대여?" "그게 아니고, 몸을 잘라서 찍는 엑스레이 사진이잖여." "오내~ 몸을 어찌케 자른다는 거여?" 저마다 한마디씩 소란스레 떠들었다.

마유미가 발 언저리에 어슬렁거리는 고양이를 집어 들더니 CT 침대 위에 올려놓았다. 침대 부분이 전동으로 움직였다. "아이고 시상에~." 노인들이 놀라 감탄을 내뱉었다. 그리고 5분 후, 뢴트겐 필름이 인화되었다. 모니터 앞으로 노인들이 몰려들었다.

순식간에 자기 차례를 기다리는 줄이 만들어졌다. 이라부가 "공짜로 해줄게요"라고 말했기 때문이다.

"선상님, 참말로 공짜여?"

"물론, 물론. 모니터인걸 뭐."

노인들은 무척 기뻐했다. 마쓰리 구경이라도 나온 양 한껏 신이 나 있었다.

"이라부 선상님은 참말 좋은 의사구먼."

"차도 내주지, 과자도 주지."

멋대로 차를 마시고, 쿠키 캔을 따서 과자를 꺼내 먹었다. 진료소는 거의 살롱화되어 가고 있었다.

"저어, 선생님. 뱃속 상태가 아주 안 좋아요." 료헤이가 하소연을 했다.

"그러고 보니 어제도 아프다고 했지? 어디서 병든 닭이라도 먹은 거야?"

"그런 걸 왜 먹어요. 아무튼 진찰 좀 해주세요."

CT 스캐너에서 노는 노인들을 내버려두고 진찰실을 향해 걸어갔다. 바로 그 순간 이라부가 신경정신과 의사라는 사실이 퍼뜩 떠올랐다. 가는 날이 장날이라더니 바로 이런 상황을 가리키는 말인 것 같다. 료헤이가 물었다.

"아무래도 원인은 인간관계에서 오는 스트레스인 것 같은데, 이럴 때는 어떻게 하면 좋을까요?"

"혼자 있으면 되지. 아파트에 숨어버린다거나."

이라부가 코를 후비며 대답했다. 소파에서 책상다리를 하고 앉아 있었다.

"참 나, 전 매일 출근해야 하는 사람이라고요."

"그럼 일을 그만둬."

료헤이는 눈썹을 찡그렸다. 이거 농담? 아님 카운슬링?

"어쨌든 스트레스를 안고 열심히 일한다는 것 자체가 난센스야. 흐르는 대로 살아, 그게 최고야. 어~이 마유미짱, 점심 배달 시킨 거 아직?"

마유미에게 점심을 재촉했다.

"흐르는 대로 살아라……."

료헤이는 허를 찔린 기분이었다. 생각해본 적도 없었다. 그것은 다시 말해 어느 쪽 진영에 매수되든 상관없다는 얘기 아닌가. 분명 자신은 융통성이 없고 고지식한 구석이 있긴 하다. 아무리 섬의 관습이라고는 하지만, 도무지 납득할 수 없어 줄곧 저항해왔다. 아니, 그렇지만…….

그때 호텔에서 보낸 도시락이 도착했다. 특별히 따로 만들게 한 모양이다. 도시락 안을 들여다보니 생선회와 각종 조림이 먹음직스럽게 담겨 있었다. 5,000엔은 할 것 같았다.

"에이, 햄버그가 좋은데. 내일은 햄버그로 부탁해. 달걀프라이 위에 올려서."

종업원이 주문을 받아 적었다. 엄청난 부자인 모양이다.

"그런데 선생님, 혹시 센주시마 선거 운동에 관해서 들은 말이라도 있으세요?"

료헤이는 각오하고 선거 화제를 꺼냈다. 섬 주민을 상대로 하기는 곤란한 말이라 누군가에게 털어놓고 싶었던 것이다.

"아니. 자세한 건 몰라." 이라부가 도시락을 먹으며 고개를 저었다.

"아 네……. 실은 매번 선거 때마다 후보 두 사람이 나오는데요. 그때마다 섬은 두 편으로 갈려 치열한 싸움을 벌이거든요. 그런데 그 싸움이 영 심상치가 않아요."

"음, 미야자키 씨, 당근 먹을래?" 젓가락으로 당근을 집어 뚜껑에 올려놓았다.

"아니 됐습니다."

료헤이는 온몸에 힘이 빠져 고개를 푹 숙였다.

"그럼, 현금이라도 왔다 갔다 한다는 거야?"

"아 네, 실은 그렇습니다만……."

"한 표에 얼마? 15만 엔 정도?" 우엉도 골라 뚜껑에 내놓으며 말했다.

"설마요. 그렇게는 못 주죠. 그게 아니라, 표를 모아주면 나름의 사례가 있는 것 같아요. 예를 들어 경로회를 자기 쪽 지지자로 만들어주면 50만 엔을 준다거나……."

구체적인 이야기까지 털어놓고 말았다. 그만큼 속마음을 토해내고 싶은 욕구가 간절했기 때문이다.

순간 이라부가 젓가락질을 멈췄다. "그럼, 만약 내가 환자들 표 몇 십 개를 모아주면 50만 엔이나 받을 수 있다는 얘기네." 흥미진진한 눈빛으로 말했다.

"그거야 그럴지도 모르지만……. 선생님은 부자잖아요."

"아니야. 섬에서 쓰는 돈은 우리 병원으로 청구서를 보낼 뿐이지. 요즘 지출이 너무 심해서 용돈은 우리 엄마가 관리해."

"우리 엄마……?"

"오호~ 50만 엔이라." 이라부가 입 안 가득 밥을 우겨넣은 채 말했다. "어~이 마유미짱. 대합실에 계신 분들에게 차라도 대접해드려." 밥알이 이리저리 튀며 바닥에 뚝뚝 떨어졌다.

"자기들끼리 알아서 마시니까 신경 끊으세요. 쿠키도 텅텅 비어간다고요."

마유미는 창가 의자에 앉아 나른해 보이는 얼굴로 샌드위치를 베어 먹고 있었다. 고양이 여러 마리가 무릎과 어깨 위에 올라앉아 있었다.

"그럼 선생님은 어느 쪽 후보든 돈을 주면 받으실 생각인 거예요?"

"당연하지."

"그건 법률에 위반되는 행위인데요."

"발각 나면 그렇겠지? 에이 뭐야, 미야자키 씨는 거절한다는 뜻?"

"전 공무원입니다."

"믿을 수가 없군." 마치 우주인을 쳐다보는 시선이었다.

료헤이는 이라부의 확신에 찬 발언을 듣고 곰곰이 생각에 잠겼다. 내가 너무 고지식한 걸까.

이라부가 도시락을 다 먹고 이쑤시개로 이를 쑤셨다.

"선생님, 그건 그렇고 진찰 좀……."

"아하, 위장 말이지. 자, 주사. 그리고 약도 줄게."

마유미에게 주사를 맞았다. 가슴 계곡 쪽으로 시선이 빨려들고 말았다. 발을 밟히고서야 정신을 차리고 고개를 들자, 마유미가 "흥!" 하며 코웃음을 쳤다. 이쪽도 이해하기 어려운 여자이긴 마찬가지다.

"미야자키 씨는 도쿄에서 온 파견 직원이잖아. 앞으로 몇 년?" 이라부가 물었다.

"앞으로 1년 3개월 남았습니다."

"그런데 인간관계 때문에 고민해? 좀 모자란 사람이네." 태평스럽게 웃으며 말했다. "무슨 일이 벌어지든 1년 남짓이면 완전 타인이잖아. 나 같으면 모히칸 헤어스타일로 출근하겠다."

"어떻게 그런 무모한 일을……."

"한번 해보고 싶었던 일은 해보는 게 좋아. '파견지에서의 수치는 사서도 한다'는 말도 있잖아."

"그런 말 없는데요." 료헤이는 끝도 모를 허망함을 느꼈다.

진찰실을 나오자, 노인들이 CT 스캐너 업자를 붙들고 차례대로 CT 촬영을 하고 있었다. 노인들에게는 더할 나위 없는 노리개였다. 틀림없이 내일이면 소문이 쫙 퍼져서 사람들이 구름처럼 몰려올 것이다.

손에 든 가방을 내려다보았다. 50만 엔이라. 한숨이 흘러나왔다. 이라부라면 아무렇지도 않게 받아 챙길 테지. 그리고 섬 사람들 역시 나쁜 일이라고 생각하지 않는다. 이곳에서는 자기 혼자만 이질적인 존재인 것이다.

차로 면사무소에 가는 도중 야기 선거 차와 엇갈렸다. 어제보다 행렬이 더 길었다. 앞치마를 두른 아주머니들이 창에서 몸을 내밀 정도로 빽빽이 들어차 있었다. 경찰 초소 앞을 아무렇지 않게 통과했다. 선거 기간 중에는 경찰들도 못 본 체하는 것 같았다.

그날 밤, 면에서 운영하는 아파트로 돌아오자, 학교 교직원을 비롯한 섬 외부에서 온 독신자들이 한 방에 모여 있었다. 야기파인 도쿠모토 사장과 여러 사람이 술과 회를 차려놓고 떠들썩하게 향응을 벌이고 있었다. 문이 열려 있어서 복도를 지나다 무심코 안을 늘여다보았다. 당연히 강제로 끌려들어갔다.

"이봐, 미야자키 군. 자네도 힘 좀 써주게. 누가 뭐래도 다음 면장은 야기 선생님이 확실하니까."

"아니, 그게……." 도쿠모토 사장의 말에 식은땀이 흘렀다. 틀림없이 이소타가 30만 엔을 되돌려주었을 텐데.

"여러분, 미야자키 군도 야기 선생님의 정책에 전적으로 찬성을 표명했습니다."

술이 거나하게 취한 도쿠모토 사장은 기분이 꽤 좋아 보였다.

료헤이는 미간을 찌푸렸다. 찬성……? 설마 아직 돈을 안 돌려줬다는 건가? 그렇지 않다면 저런 반응이 나올 리가 없다.

이소타의 얼굴을 떠올리자 부아가 치밀었다. "누가 가로채기라도 할까봐 그래!"라며 소리까지 질러놓고……. 이 섬에서는 누구 한 사람 신용할 수가 없다.

"어떤가? 미야자키 군도 해외시찰 때 같이 갈 생각 없나? 봄에 뉴질랜드 여행이야. 현지 관청을 시찰 방문하고, 교육 현장도 둘러보고, 자유 시간에는 번지점프도 즐길 수 있지."

모여 있는 사람들의 얼굴을 둘러보니 모두 씁쓸한 미소를 짓긴 했지만, 그렇다고 거절할 기색도 없어 보였다.

도쿠모토 사장 옆에 앉아 있는 사람은 도쿄에서 온 여행사 대리점 직원이었다. 주민들의 단체 나들이는 물론 수학여행 계약 성사 여부까지 이번 선거에 달려 있으니 그들도 필사적일 수밖에 없는 모양이었다.

도쿠모토 사장 일행이 돌아간 후, 료헤이는 아파트 주민들에게 물어보았다.

"여러분, 야기 파로 굳히신 건가요?"

"굳힌 것까진 아니지만, 뭐 지금 상황이라면 해외시찰 쪽이 끌리긴 하지." 나이가 제일 많은 교직원이 말했다. "기권할 바에는 어느 쪽이든 택하는 게 나을 테고."

"그럼요, 그럼요. 오쿠라 파에서도 다녀가긴 했는데, 시청각실에 사운드 시스템을 해준다고 하더라고요. 그렇지만 전 내년이면 섬을 떠나니까……."

여자 교사가 머리를 한 번 흔들고 나서 말했다. 죄의식이라곤 털끝만큼도 찾아볼 수 없었다. 료헤이의 속마음을 읽었는지, 섬에 온 지 3년째를 맞는다는 농업 지도원이 입을 열었다.

"미야자키 군 마음은 잘 알아. 나도 처음에는 그랬어. 이 섬의 세력 싸움은 정도가 심하긴 해. 그렇지만 모두 저리 물들어 있으니 뭐라고 해본들 소용이 없어요. 오쿠라나 야기나 똑같은 부류 아닌가? 기껏해야 여우를 택하느냐 너구리를 택하느냐 하는 정도지. 게다가 섬사람들은 그걸로 만족하고 있잖아. 우리 같은 제삼자가 나설 무대는 없는 거 아닌가?"

"뭐, 그 말이 맞을지도 모르지만……."

"그나저나 미야자키 군은 어느 쪽으로 들어갈 생각이야?"

"아직 정하지 않았습니다. 아니 그게 아니라, 양쪽 진영에서 몰아붙이고 있어요."

"어이구, 그것 참 안됐군." 농업 지도원이 재미있다는 듯 어깨를 흔들며 웃었다. "면사무소 내부는 벌써부터 불꽃이 튄다면서? 하지만 선거만 이기면 완전히 천하를 누리는 모양이더라고. 거짓 출장은 면장 파에게만 허락해준다면서? 각종 수당도 반대파에게는 한 푼도 없고, 면장 파는 비만 와도 '우중 출근 수당'이 붙는다던데?"

과연 모두가 눈에 쌍심지를 켜고 덤벼들 만했다. 4년 동안이나 급여에 큰 차이가 난다면.

"지난 선거 때는 파견 나온 직원이 오쿠라 면장에게 표를 모아준 공적으로 임기 중에 부면장까지 했다지. 후원회에서 그 사람에게 크라운(도요타의 자동차 – 역주)을 무상으로 내줬는데, 더욱 가관은 그 차 운전기사가 야기 파의 과장이었다는 거야. 하하하."

듣고 있자니 점점 더 우울해졌다. 게다가 아파트 주민들의 태평한 태도를 보고 있자니 고독감이 더욱 깊어졌다. 모두 다 자연스레 흐르는 대로 맡기고 있었다. 저항은 쓸데없는 거라고 명쾌한 결론을 내린 상태였다.

역시 나 혼자만 고지식한 것일까? 이라부 말처럼 흘러가는 대로 맡기는 게 영리한 것일까?

그 방을 나와 자기 방으로 돌아가자, 바로 위층에 있는 마유미 방에서 요란한 기타 소리가 들려왔다. 멜로디조차 없는, 공사 현장에서나 들릴 법한 노이즈였다. 게다가 바닥까지 쾅쾅 굴러댔다. 도저히 참을 수가 없어 2층으로 올라가 노크를 했다.

마유미가 짧은 팬츠에 탱크톱 차림으로 문을 열었다. "뭔 볼일이라도?" 상기된 얼굴에 잔뜩 화가 난 말투였다.

"미안합니다. 소리를 조금만……."

"그렇게 해드리지!"

눈앞에서 부서져라 문이 닫혔다.

도가 지나친 무례함에 발끈 화가 치밀었다. 그러나 핑크빛으로 물든 앞가슴의 강렬한 영상이 눈앞에 어른거렸다. 꿈에 나오면 좋겠다는 생각까지 들었다.

5

다음 날, 무로이가 외출한 틈을 이용해 이소타를 주차장으로 불러냈다.

"미야자키, 무슨 일이야. 드디어 우리 쪽에 적극 가담하기로 마음먹었나?" 이소타가 히죽거리며 말했다.

"이소타 과장님, 지난번 30만 엔, 도쿠모토 사장님에게 돌려주지 않았죠? 솔직하게 대답해주세요." 료헤이가 눈을 치켜뜨며 따졌다.

"아하, 그거. 실은 자네 입장을 생각해서 돌려주는 시기를 좀 미루기로 했어."

"절 생각해서라고요?"

"그렇게 인상 쓸 거 없어." 만면에 미소를 띠우며 허물없이 료헤이의 볼을 다독거렸다. "곧바로 돌려주면 자넨 또다시 야기 파에게 끌려갈 게 뻔하잖아. 이번에는 지옥의 모진 고통이 기다릴 테고. 그래서 우리가 궁리를 짜냈지. 야기 파에게는 한동안 미야자키 료헤이가 아군인 걸로 덮어둔다. 그리고 마지막에 돈 봉투를 집어던지며 본때를 보여주는 거야. 어때? 그럴싸한 계획이지. 아하, 고맙다는 인사는 생략해도 돼."

"아니, 그건……."

"자넨 '아니, 그건'이란 말밖에 못해? 그러고도 사내야? 불

알 두 쪽은 제대로 달려 있느냐고! 그것보다 우선 경로회 모임부터 서둘러 열고 식사라도 대접해. 선거전은 짧아."

하고 싶은 말은 태산 같았지만, 말문이 막혀버렸다. 말 그대로 지금 돈을 되돌려주면 사태는 복잡해진다. 그러나 이대로 입을 다물고 있으면 야기 파를 속이는 일이 된다.

그때 청소과 고바야시가 대형쓰레기 회수를 마치고 돌아왔다. 과장 직책이라도 현장으로 내쫓기는 것이 섬뜩한 보복 인사의 실체다.

"자, 그럼 부탁하네." 이소타가 료헤이의 어깨를 두드리고 멀어져 갔다. 마치 교대라도 하듯 트럭에서 내린 고바야시가 험악한 표정으로 다가왔다.

"어이, 이소타 놈이랑 뭔 상담이야?"

"아 아니, 아무것도 아닙니다." 허겁지겁 고개를 저었다.

"들어보나 마나 이쪽 배신하고 자기 쪽으로 붙으라는 협박일 테지." 건물 안으로 들어가는 이소타의 등을 노려보며 말했다. "흥, 멍청한 놈. 미야자키는 이미 실탄까지 챙겨 넣은 우리 아군인 줄도 모르고."

료헤이의 배가 두꺼비처럼 울어댔다. 뱃속이 본격적으로 망가지기 시작한 것이다.

"그건 그렇고, 지금 대형쓰레기 회수하러 갔다가 온천호텔 매니저한테 굉장한 소식을 얻어냈지. 이번에 온 이라부 선생 말인데, 그 분 아버님이 일본의사협회 이사로 힘깨나 쓰는 명사라더군."

고바야시가 잔뜩 흥분한 표정으로 말했다.

"아아, 그랬군요." 그제야 납득이 갔다. 어쩐지 이상하다 했더니, 세상 물정 모르는 양갓집 도련님이었던 것이다.

"그것뿐만이 아니야. 의사협회 이사님이 따로 사회복지법인을 가지고 있는데, 외딴 시골에 '노인전문 요양시설'을 건립하는 사업을 하는 모양이야."

"오호~ 그런 일도 한답니까?"

최근 그런 예는 많이 있었다. 전문 병원 경영자가 자치단체와 손을 잡고 보조금을 얻어 노인전문 요양시설을 건설, 운영하는 시스템이다. 양쪽 모두에게 이익이 되는 일이었다.

"이번에 오신 의사선생님이 그 이사님의 아드님이지. 내가 보기엔 아무래도 섬 현장을 시찰하러 나온 것 같단 말이지. 그렇지 않다면 큰 병원의 경영자 아들이 굳이 이런 섬까지 올 리가 만무하잖나."

"과연 그럴까요?"

료헤이가 듣기에는 의아할 뿐이었다. 이라부가 그러한 임무를 띠고 왔다고는 도저히 상상할 수 없었기 때문이다.

"어쨌든 일본의사협회와 탄탄한 파이프라인만 맺을 수 있다면 굉장한 성과야. 더더구나 오쿠라가 냄새를 맡으면 그쪽도 정신없이 달려들 거라고. 무로이 씨에게는 아까 휴대전화로 얘기했어. 도쿠모토 사장과 급히 진료소로 달려가고 있을 거야. 자,

우리도 얼른 가자고."

고바야시가 가기 싫어 버티는 료헤이를 트럭으로 잡아끌었다. 모두들 일은 내팽개치고 대체 무슨 짓들인지.

진료소 입구는 사람들로 넘쳐났다. 섬의 초등학생들이 학교를 마치고 돌아가는 길에 포르쉐를 구경하러 몰려온 것이다. "짱이다!" "우와 멋져!" 입을 모아 감탄을 하며 안을 들여다보았다. 차는 이미 온통 지문투성이였다. 몇몇 아이들은 진찰실 창문을 두드리며, "아저씨, 태워주세요~"라며 이라부에게 졸라대고 있었다.

"공짜는 없어. 뭐든 가져오면 태워주지."

"말린 자반고등어는 어때요? 우리 집에서 만드는데"라고 묻는 아이.

"필요 없어, 그딴 거."

"그럼, 피카추 카드는?"

"건담 정도면 오케이해줄까~?"

이라부가 초등학생들과 같은 수준으로 이야기를 나누고 있었다.

"역시 이름 있는 병원의 의사선생님은 다르군. 저것 좀 봐, 어느새 섬 아이들이랑 허물없는 사이가 됐어. 거드름을 피우지 않는 건 가정교육을 잘 받았다는 증거 아닌가?"

고바야시가 감탄한 표정으로 말했다. 과연 그럴까? 대답하기도 귀찮아서 입을 다물고 있었다. 앞서 도착한 무로이와 도쿠모토 사장도 온화한 표정으로 아이들과 이라부의 모습을 지켜보고 있었다.

현관 안으로 들어서자 노인들로 꽉 차 있었다. 방석을 들고 와서 바닥에 앉아 있는 모습까지 보였다. "미야자키 군, 이게 대체 무슨 일인가?" 도쿠모토 사장이 눈을 휘둥그레 뜨며 물었다.

"이라부 선생님이 CT 스캐너를 들여왔습니다. 전화 한 통으로 업자에게 배달시켰어요. 신기해서 경로회 분들이 몰려든 겁니다."

"역시 평범한 파견 의사와는 수준이 다르군." 무로이가 목소리를 낮추며 말했다. "전화 한 통으로 CT 스캐너라니."

"어르신, 이번에 온 의사는 어떤가요?" 고바야시가 얼굴을 아는 노인을 붙잡고 물었다.

"사람 좋지. 전에 있던 선생도 사람이야 좋았지만, 너무 성실해서 융통성이 없는 게 흠이었어. 이라부 선생은 우리 편할 대로 여기 있게 해주네. 노인네들 마음이야 의사가 있는 곳에서 놀고 싶어하는 거 아니겠나."

다른 노인들도 이야기에 끼어들더니 "인심 좋게 주사도 척척 놔준다니께." "간호사까지 미인이니 금상첨화지." "좀 모자란 것 같기는 허지만" 하며 너도나도 감상을 늘어놓았다.

"좀 보라고, 미야자키. 눈 깜짝할 사이에 할아버지 할머니들의 인기를 한 몸에 받고 있잖아"라며 감탄하는 무로이.

"모자란다는 소리도 나왔는데요."

"실력 있는 의사는 익살꾼이 될 수도 있다는 뜻이지."

"아 네에……."

면사무소의 상사가 노고에 감사드리기 위해 방문했다고 전하자 진찰실로 맞아들였다. "어서오세요~!" 이라부가 길게 늘어 빼는 목소리로 사람들을 맞았다.

"센주시마까지 오시느라 고생이 많으셨습니다. 워낙 작은 섬이라 불편하신 점도 있으시리라 생각합니다만, 저희가 온 힘을 다하여 보좌해드릴 생각이오니 모쪼록 잘 부탁드립니다."

무로이가 존칭어를 남용해가며 인사말을 끝내고 나자, 셋이서 고개를 깊이 숙였다.

"선생님께서는 자원을 하셔서 이 외딴섬까지 오시게 되었다고 들었습니다만."

"아냐, 아빠가 뒤에서 사주한 거야. 외딴섬도 봐야 한다면서."

무로이 일행의 눈에서 빛이 번쩍였다.

"아빠가 외딴 지역에 노인전문 요양시설을 만드는 일을 하는데, 한번쯤 집안 식구를 파견하지 않고서야 체면이 안 설 테지. 뭐 그런 거 아니겠어?"

"무슨 그리 겸손하신 말씀을." 도쿠모토 사장이 파리처럼 두 손을 비비며 말했다. "그런데 선생님, 전 면장이었던 야기 씨가 환영의 뜻을 담아서 자리를 한번 만들고 싶어하는데, 당장 오늘 밤은 어떠실지?"

"아, 오늘밤은 안 돼. 아까 이와타 씨라는 토건회사 사장이 다녀갔는데, 일곱 시부터 면장이랑 식사하기로 했거든."

순간 세 사람의 얼굴이 퍼렇게 질렸다. "면장이라면…… 오쿠라 말씀이신가요?" 하나마나한 질문을 중얼거렸다.

"응. 온천호텔까지 오겠다던데."

"그러면 저희는 내일 밤으로 하면 어떨지……."

"좋지. 근데 요리는 고기로 부탁해. 생선회니 전골요리니 사흘 내내 먹었더니 질려버렸어."

"잘 알겠습니다."

잰걸음으로 진찰실을 나왔다. 밖으로 나오자마자 고바야시가 료헤이의 멱살을 움켜잡았다.

"이런 낭패가 있나. 선수를 뺏기다니. 그 놈들이 대체 어떻게 아는 거야?"

"그걸 왜 저한테 물어보시죠? 고바야시 씨 귀에 들어왔다면 오쿠라 파 쪽에도 얼마든지 들어갈 수 있는 거 아닙니까?"

마구잡이로 흔드는 바람에 눈이 팽팽 돌 지경이었다.

"절대 안 돼. 오쿠라가 노인전문 요양시설 계획을 들고 나오면, 할아버지 할머니들 표는 몽땅 뺏겨버린단 말이야!"

"아하! 잠깐. 계획만이라면 누구든 말할 수 있어. 중요한 건 이라부 선생이야. 선생만 우리 편으로 만들면 아무 문제 없어." 도쿠모토 사장이 충고했다.

"외람된 말인지 모르지만, 저 선생님 고작해야 허랑방탕한

아들인 거 같은데요."

료헤이가 이야기에 끼어들었다.

"실례되는 말 함부로 지껄이지 마."

이번에는 목을 조였다.

"야, 미야자키. 좋은 생각이 떠올랐다." 무로이가 얼굴을 가까이 들이대며 말했다. "오쿠라는 네가 적이라는 걸 아직 모르지. 그러니까 오늘밤 회식에 너도 참석해."

"굿 아이디어! 오쿠라는 틀림없이 다른 편의 정책도 제안할게 뻔해. 그것만 알아내면 우리 쪽에서도 적절한 대책을 강구할수 있겠지"라고 말하는 도쿠모토 사장.

"죄송합니다. 제가 요즘 위장 상태가 안 좋아서."

"바보 같은 자식. 결전의 와중에 무슨 한가한 소릴 지껄여?"

고바야시가 작정을 하고 헤드록을 걸었다. 어금니를 바득바득 가는 소리가 들렸다. 왜 하필이면 내가……. 료헤이는 울고 싶어졌다.

이라부의 요청으로 그날 밤 회식에 동석할 수 있게 되었다. 이라부에게 부탁해서 "미야자키 씨도 나오라고 해줘요"라고 부탁했던 것이다. 어떤 구실을 댈까 한참 고민한 결과, '나도 맛있는 음식이 먹고 싶다'는 거짓말을 하기로 했다. 이라부에게는 그쪽이 이해하기 편할 것 같았다.

이라부가 묵는 온천호텔의 식당에는 오쿠라, 부면장, 이소타

등이 모여 있었다. 후원회 이와타 사장과 어협의 쓰카하라도 있었다. 상석을 차지하고 앉은 이라부는 위아래 모두 추리닝 차림이었다.

"아니, 미야자키. 자네는 왜 왔나?" 이소타가 말석에 앉은 료헤이를 흘끗 쳐다보며 말했다. 이라부가 "내 친구니까"라고 말하자, 순식간에 표정이 부드러워지면서 "아 네, 선생님, 미야자키는 행동이 빠른 게 장점이니 마음껏 부려주십시오"라며 밝은 목소리로 말했다.

먼저 오쿠라가 환영의 말을 늘어놓으며 건배를 청했다. "설마 도쿄 명문 병원의 의사선생님께서 와주실 줄이야." "이런 걸 가리켜 의사의 양심이라고 하는 모양입니다." 모두들 이라부를 잔뜩 치켜세웠지만, 정작 당사자는 오로지 단새우 먹는 데 여념이 없었다.

"선생님, 새우를 좋아하십니까?"라고 묻는 이와타 사장.

"응, 이왕이면 새우튀김도 있으면 좋겠다."

"어이, 미야자키 군. 어서 추가 주문 좀 하지."

료헤이는 마지못해 내선 전화로 주문을 했다.

"그런데 선생님의 부친께서 노인전문 요양시설 건설과 운영에도 열심이신 것 같다고 들었습니다만."

면장 오쿠라가 성마르게 본론을 꺼냈다.

"센주시마의 장기 현안 사항이 섬 주민의 고령화 문제인 데다, 최근 몇 년간 젊은 사람들이 섬을 떠나버려서 간병 문제까지 새로운 문제로 부상되고 있습니다. 예전에는 다들 장남이 부모를 모시는 걸 당연하게 생각했습니다만, 역시 세상의 흐름이라고 해야 할까요, 이젠 자치체가 나서서 돌봐야 하는 시대가……."

"면장님, 그거 안 먹을 거예요?" 이라부가 젓가락으로 오쿠라의 접시를 가리켰다.

"네? 아아, 이 단새우 말이군요. 이것도 드십시오. 저희야 바다에서 나는 건 언제든 실컷 먹을 수 있으니, 효효효." 난데없이 얼빠진 사람처럼 괴상한 목소리를 내며 말했다. "이봐 뭣들 해, 자네들도 선생님 드시게 드리지."

이라부의 접시에 단새우가 넘쳐났다.

"그래서 말입니다만, 저희 섬에서는 이번 기회에 정식으로 진정을 내볼 생각입니다……. 이라부 선생님, 어떻게 생각하십니까? 당장 내일이라도 선생님의 부친께 중개를 부탁드려서 구체적인 유치 이야기를 해주실 수는 없는지요?"

"너무 갑작스러운 이야기 같은데." 이라부가 우적우적 단새우를 먹어가며 말했다. 손가락으로 꼬리를 잡고 입안에 몸통을 넣고는 쩝쩝 소리를 내며 먹어댔다.

"쇠뿔도 단김에 빼라는 말이 있잖습니까? 예산 편성 문제라면, 작은 마을이니 어떻게든 될 겁니다. 효효효."

"저어, 제가 말씀을 좀 더 드리자면……." 이와타 사장이 이야기를 이어나갔다. "잘 아시는 바와 같이, 현재 저희 섬은 선거

열기가 한창입니다. 그래서 면장님은 어떻게든 이번에 노인전문 요양시설 건설을 새로운 공약으로 내걸고자……. 물론 그 건에 관해서는 이미 도쿄 사회복지법인과 절충에 들어간 상태고, 긍정적인 반응을 얻고 있는 데다……."

"도쿄 사회복지법인이라면 우리 아빠가 하는 거 말이지?"

"네, 그렇습니다."

이라부가 입을 삐죽 내밀었다. 무슨 말인지 못 알아듣는 모양이었다.

"죄송합니다. 저는 돌려 말하는 게 서투른 인간이라 단도직입적으로 말씀을 올리겠습니다. 다시 말해서 선생님께서 저희 쪽 후견인이 되어주실 수 있으신가 하는 이야기입니다."

"미야자키 군, 후견인이 뭐야?" 이라부가 물었다.

"뭐 쉽게 말하면, 뒤를 봐주는 보호자 같은 겁니다."

"흐음. 잘은 몰라도 꽤 멋지겠는걸." 붙임성 있는 눈빛으로 말했다.

"선생님께서 저희 쪽에 서주신다면 저희는 천군만마를 얻는 거나 다름없습니다." 이소타가 신바람이 난 목소리로 말했다.

"이라부 선생님은 저희에게 희망의 별과 같습니다. 부디 저희의 간절한 소원인 노인전문 요양시설을 실현시켜주십시오" 라고 애원하는 오쿠라.

대체 언제부터 그렇게 간절한 소원이었다는 거야……. 료헤이는 마음속으로 독설을 퍼부었다.

이라부가 막 내온 새우튀김을 베어 먹었다. 입 언저리가 타르타르소스로 범벅이 되었다. 이 사내의 식욕은 돼지와 같은 급이다. "그래서 내가 뭘 어떻게 해주길 바라는 거지?" 먹으면서 물었다.

"우선, 주말 연설회에 면장님과 함께 연단에 올라가주셨으면 합니다. 그 자리에서 유권자들에게 확실한 공약을 발표하고 싶다고나 할까, 아무튼 그런 차원에서……." 이와타 사장이 말했다.

"그것만 하면 돼?"

"우선 당장은……."

면장이 눈짓을 하자, 후원회 회장 이와타가 가방에서 봉투를 꺼냈다. 두께로 짐작하건대 100만 엔은 들어 있을 듯했다. 료헤이는 긴장하지 않을 수 없었다. 뇌물을 주고받는 현장인 것이다.

"고문료로 생각하시고, 부디 받아주시기 바랍니다." 이와타 사장이 잔뜩 긴장한 표정으로 봉투를 내밀었다.

제발, 절대 받으면 안 돼……. 료헤이는 자기도 모르게 기도를 했다. 이라부는 좀 이상한 사람처럼 보이긴 해도 마음은 깨끗한 것 같았다. 상식이 없는 어린애 같아도 속물은 아니었다.

이라부가 이와타가 내민 봉투를 건네받았다. 봉투 안을 엿보았다. "크흐흐." 요괴처럼 으스스한 소리를 내며 웃었다. 그러더니 봉투를 추리닝 웃옷 안으로 쑤셔 넣었다. 오쿠라 일행의 얼굴에 미소가 번졌다.

"선생님, 다시 한 번 건배하시죠!" 이소타가 엉거주춤 일어나

술을 따랐다.

"자 그럼, 노인전문 요양시설 건설과 이라부 선생님의 섬 체류가 멋진 추억이 되길 기원하며!"

"건배!" 모두 함께 소리를 높였다.

이소타가 파안대소하며 기뻐했다. 여기저기서 숨을 몰아쉬는 소리가 새어나왔다. 모두 안도의 숨을 내쉬는 것이다.

료헤이는 땅이 꺼져라 한숨을 내쉬고 단숨에 맥주를 들이켰다. 이놈이나 저놈이나…… 세상은 썩을 대로 썩어 문드러졌다.

6

이라부가 받은 돈은 정확히 100만 엔이었다. 다음 날 아침, 무로이가 새벽부터 전화로 깨워 다그치는 바람에 묻는 대로 어젯밤 일을 전했다. 그러자 비명 섞인 소리를 내지르며 "당장 금액만이라도 확실히 알아내!"라고 닦달했다. 하는 수 없이 진료소를 방문하자, 이라부는 아무 거리낌도 없이 봉투 속 금액을 밝혔다.

"우와, 센주시마 선거 정말 좋다. 100만 엔이야. 크흐흐. 뭘 산담?" 천박한 웃음을 흘리며 기뻐했다.

"제가 선생님을 잘못 본 것 같습니다. 명문 병원의 자제분이

고작 100만 엔에 매수당할 줄이야."

료헤이가 차가운 눈빛으로 비난했다. 어려워하는 마음은 사라진 지 오래다.

"너무 쌌나? 에고, 에고~. 좀 더 부를 걸 그랬다."

"그런 뜻이 아니잖습니까! 선생님이 돈 때문에 영혼을 팔았다는 말을 하는 거라고요!" 강한 어투로 쏘아붙였다.

"준다는 걸 어떡해, 안 받으면 손해잖아."

이라부가 료헤이의 말을 납득할 수 없다는 듯 입을 삐죽 내밀었다. 유치함이 도가 지나치니, 더 이상 가타부타할 마음도 사라졌다.

"그건 그렇고 선생님, 오늘밤은 야기 파 접대예요. 야기 파역시 노인전문 요양시설 건을 진정할 겁니다. 각오해두시는 게 좋아요."

"그딴 거 내가 알 게 뭐야. 그렇게 간단히 될 성 싶은 일도 아닌데."

"오쿠라 파나 야기 파나 실현할 수 있는지 없는지를 문제 삼는 게 아니라고요. 공약에 넣느냐 못 넣느냐를 다투는 거죠. 경로회 표 모아서 당선만 해버리면, 그 뒤에는 어떤 속임수든 쓸 거라고요."

"에이, 점점 더 모르겠다. 어~이, 마유미짱, 커피 두 잔."

태평스럽게 코를 후볐다. 료헤이는 어처구니가 없었다.

"야기 파는 틀림없이 100만 엔에 몇 십만 엔을 더 붙여서 자기들에게 와달라고 부탁할 겁니다."

"그래? 그럼 야기 파에 붙을까?"

료헤이는 말끄러미 이라부를 응시했다. 이제야말로 확실해졌다. 이 사내는 단순한 바보였다.

"선생님. 이 섬의 선거는 죽느냐 사느냐 하는 판이에요. 저처럼 휘말려들어도 괜찮습니까?"

"아무리 그래도 죽이기까지야 하겠어? 게다가 난 2개월이면 떠날 몸인데."

그때 대합실에서 놀고 있던 할머니 한 분이 들어왔다. "아이고 선상님, 오쿠라 후원회에서 들었는디 노인전문 요양시설을 지어주신다고요. 하이고~ 참말 고마운 일이여, 암 고마운 일이고말고." 그렇게 말하면서 두 손을 모아 인사를 했다.

"내가 짓는 게 아니라, 면장 될 사람이 할 일이지."

"그란디 선상님이 오쿠라에게 협조한다든디."

"지금 상황에서 보자면 그렇긴 한데 내일이 되면 야기 파가 될지도 모르죠, 헤헤헤."

"그람, 이라부 선상님이 가는 쪽으루다가 우리도 따라야 쓰겄구만. 경로회 모두 맴을 모아설랑."

할머니가 진지한 표정으로 말하더니 진찰실을 나갔다. 진료소 안 여기저기에 흩어져 있던 경로회 어르신들을 대합실로 모으더니 소곤소곤 이야기를 나누기 시작했다.

"전 이제 모릅니다. 본격적으로 캐스팅보드를 좌지우지하게 돼버렸다고요."

료헤이가 이라부를 응시하며 말했다.

"미야자키 씨는 걱정이 많은 스타일이다. 그러니까 배가 아플 수밖에. 아 참, 그렇지. 진찰을 깜박했네. 어~이 마유미짱."

마유미가 주사대를 들고 나타났다. 가슴 계곡을 자랑스레 드러내고는 훔쳐보는 료헤이의 이마를 손가락으로 찔렀다. 매번 맥이 풀려버리는 료헤이였다.

그날 밤 접대에도 료헤이가 동석했다. 이번에는 도망치고 싶었지만, 무로이에게 연행당한 것이다.

오래된 요릿집 안쪽 방에는 야기를 비롯해 후원회의 도쿠모토 사장, 무로이, 고바야시 등이 테이블을 둘러싸고 앉아 있었다. 이라부는 어젯밤과 마찬가지로 위아래 추리닝 바람으로 나왔다.

제일 먼저 야기가 자기소개를 시작했다.

"에~, 이 사람 야기 이사무로 말씀드릴 것 같으면, 전 면장을 지낸 사람으로서 현재는 각종 단체장을 맡고 있습니다. 잘 아시리라 생각합니다만, 이번 면장 선거에는 정치가의 생명을 걸고 출마하여……."

"우와 신난다~. 쇠고기 차돌박이네." 접시에 담긴 고기가 나오자, 이라부가 눈빛을 반짝였다.

"그런 고로 이번에는 무슨 수를 써서라도 면장 자리를 되찾아 개혁을 단행코자 하며······."

"스키야키, 스키야키, 우히 신난다!"

이라부가 콧노래를 불렀다.

야기는 어색한 미소를 띤 채 표정이 굳어 있었다.

"······자, 그럼 일단 드실까요? 이라부 선생님이 시장하신 모양인데, 헛헛허."

"고기는 도쿄 미쓰코시에서 배달시킨 겁니다. 파는 시모니타 (下仁田) 산입니다"라고 설명하는 도쿠모토 사장.

"파는 싫어."

"아 네, 그러시군요······." 땀을 비질비질 흘렸다.

"다들 같이 먹어도 돼."

"하하. 신경 써주셔서 감사합니다."

어처구니 없는 상황에 료헤이는 말도 제대로 나오지 않았다.

건배가 끝나자, 여주인이 무쇠냄비에 고기를 구워 이라부의 개인접시에 덜어주었다. 이라부가 마파람에 게 눈 감추듯 고기를 먹어치웠다. 여주인이 서둘러 고기를 더 덜어주었다. 또다시 한 입에 꼴깍. 마치 왕코소바(손님이 그만할 때까지 메밀국수를 손님의 그릇이 비지 않도록 계속 담아주는 요리, 모리오카의 명물 ─ 역주) 빨리 먹는 모습을 지켜보는 듯했다.

"선생님, 고기만 먹지 말고 야채도 좀 드셔야죠." 료헤이가 아무렇게나 내뱉듯 말했다. 그 말이 떨어지기가 무섭게 무로이가 머리를 후려치며 "어허, 선생님한테 무슨 말버릇이야!"라고 야단을 쳤다.

"예~헤, 우~히!" 이라부가 그 모습을 보고 마냥 즐거워했다.

이 섬의 주민들은 이 남자가 바보라는 걸 왜 눈치 채지 못하는 걸까.

5킬로그램이나 준비한 고기가 눈 깜짝할 사이에 사라졌다. "와, 엄청 먹었다!" 이라부가 다리를 뻗으며 배를 문질렀다. 도쿠모토 사장이 눈짓을 했다.

"이라부 선생님, 실은 이렇게 어려운 걸음을 하시게 한 데는 이유가……." 일동이 앉음새를 고쳤다. 야기는 넥타이를 바로잡았다. 도쿠모토 사장이 입을 열었다.

"노인전문 요양시설 건에 관해서는 이미 오쿠라 진영에서도 들으셨으리라 생각합니다만, 그 건을 저희에게 맡겨주시면 안 되겠습니까? 이런 말씀을 올리는 이유는, 이 사람 야기는 이미 스포츠센터를 가지고 있으며 토지 확보까지 끝난 상태이기 때문입니다. 그 부지에 노인전문 요양시설을 세울 수만 있다면, 섬 주민들을 위한 최고의 후생시설이 생겨나는 것은 물론이거니와 선생님의 부친이 관여하시는 사회복지법인에도 자랑스러울 만한 케이스가 될 것이라……."

"난 어느 쪽이든 상관없어." 이라부가 디저트로 나온 아이스크림을 떠먹으며 말했다. "요는 공약에 넣고 싶다는 뜻이지?"

"네에, 바로 그 얘기입니다."

도쿠모토 사장이 기침을 하더니 가방에서 봉투를 꺼냈다. 으윽~. 료헤이는 속으로 신음하지 않을 수 없었다. 어제 봉투 두께의 두 배는 되어 보였다. 즉 200만 엔이다.

"이라부 선생님, 실례라는 것은 알고 있습니다만, 부디 받아주셨으면 합니다. 고문료로 생각하시고 넣어주시면 안 되겠습니까? 그리고 주말 연설회에는 야기 쪽에 참가해주시길 간곡히 부탁드립니다."

무로이 일행이 마른침을 삼키며 지켜보고 있었다.

바로 그 순간, 이라부의 오른손이 슬금슬금 앞으로 뻗어나갔다. 테이블 위에 있는 봉투를 집더니 쳐다보지도 않고 추리닝 속으로 집어넣었다.

"크흐흐흐." 잠시 뜸을 들이던 이라부는 늪에 솟아오르는 기포처럼 웃어댔다.

"선생님, 고맙습니다!" 무로이가 붉게 상기된 얼굴로 목소리를 높였다.

다른 사람들도 차례차례 감사의 인사를 하며 고개를 숙였다.

에라, 나도 모르겠다. 료헤이는 울고 싶은 심정에 고개를 푹 숙였다.

"아하~ 역시 선생님은 말이 잘 통하시는 분이시군요. 헛헛허." 야기가 새된 웃음소리를 냈다.

"그런데 말이지, 실은 어젯밤에 오쿠라 씨에게도 100만 엔을 받았거든." 이라고 털어놓는 이라부. 그런 모습은 정직하다기보다는 천진무구했다.

"아, 그 문제라면 염려하지 마십시오. 나중에 미야자키에게 돌려주라고 하면 됩니다. 미야자키가 책임지고 돌려줄 겁니다"라며 달래는 무로이.

"넷? 아니, 저, 저, 저는……." 료헤이가 눈을 부릅떴다. 혀까지 꼬였다.

"잔말 말고 시키는 대로 해. 다 섬을 위한 일이야. 나아가서는 자네 자신을 위한 일이기도 하고." 고바야시가 혜드록을 걸었다.

순간적으로 자신이 어떤 입장에 처한 건지 판단이 서질 않았다. 야기 파에게서 30만 엔을 받았고, 그 돈은 오쿠라 파에게 몰수되고 말았다. 오쿠라 파에게는 50만 엔을 받았고, 그것은 지금도 가방 안에 들어 있다. 그리고 이번에는 이라부 대신 오쿠라 파에서 받은 100만 엔을 돌려줘야 하는 것이다.

대체 어떻게 된 일인지 가늠조차 할 수 없었다. 머리가 빙글빙글 돌며 차츰 의식이 흐릿해졌다. 결국 료헤이는 기진맥진하여 그 자리에 힘없이 쓰러지고 말았다.

"이봐, 괜찮아?" 고바야시의 목소리가 멀리서 희미하게 울려 퍼졌다.

"뭐야, 미야자키 씨 어젯밤에 실신해버리고. 과음은 안 좋아."

다음 날 이라부를 찾아가자, 볼펜으로 머리를 긁으며 느릿느릿 말했다.

"맥주 조금 마셨을 뿐입니다. 선생님도 그 자리에 있었으니 잘 아실 거 아닙니까?"

료헤이가 턱을 내밀며 항의했다. 존경하는 마음 따윈 깨끗이 사라진 지 오래다.

"에이, 농담인데 뭘 그리 화를 내. 문제는 자율신경실조증이지. 자주 있는 거야."

"자율신경실조증?"

"그래. 사회인의 홍역 같은 거라고나 할까? 걱정할 거 없어."

이라부는 눈도 마주치지 않고 중얼거리며 진료 기록 카드에 건담을 그렸다.

"걱정하지 말라뇨, 그게 말이 됩니까! 어떻게 해야 되죠?"

"도쿄로 돌아가서 좀 쉬는 건 어때?"

"그럴 수만 있다면 그러고 싶죠. 전 지금 사파리 파크에서 길을 잃고 헤매는 애완견 심징이라고요."

갑자기 눈물이 흘러내렸다.

"에이~ 울 것까진 없는데."

"저 지금 울고 있는 거 맞죠? 다 큰 어른이 정말 이상한 일이네요."

"정서불안정……이란 말이군." 이라부가 진료 기록 카드에 휘갈겨 썼다.

마유미가 말없이 수건을 던져주었다. 료헤이는 수건을 받아 눈물을 닦았다.

"그건 그렇고, 이거. 오쿠라 씨한테 받은 100만 엔인데 돌려줘." 이라부가 봉투를 내밀었다.

"선생님, 당신은 정녕 악마란 말입니까? 전 지금 정신적으로 몹시 쇠약한 상태라고요. 그런 사람한테 돈을 돌려주라니, 참 대단하십니다. 그랬다간 오쿠라 진영에게 된통 당할 게 뻔하다고요. 그 정도는 선생님도 아시잖아요!"

"아이 나도 몰라. 어제 무로이라는 사람이 미야자키 씨가 이 돈 돌려줄 거라고 해서 봉투 받아 챙긴 거란 말이야."

"그런 어린애 같은 소리가 어디 있어요. 애당초 그렇게 쉽게 배반하는 게 웃기는 일이죠."

"난 제삼자야. 프로야구의 프리에이전트랑 똑같지. 헤헤헤."

"지금 웃음이 나옵니까? 오쿠라 파에게 100만 엔을 돌려주는 즉시, 또다시 돈뭉치 공세가 시작될 거라고요."

"그건 그때 생각할 문제고."

이라부가 아무렇지도 않게 딱 잘라 말했다. 료헤이는 이 남자의 낙천적인 모습을 도무지 이해할 수가 없었다.

무로이는 오쿠라 파의 반격을 예측하고, "자넨 이라부 선생님에게서 절대 눈을 떼면 안 돼"라고 명령했다. 면사무소 업무는 어떡하느냐고 묻자, 무로이가 핏발 선 눈으로 "선거에서 지면 일이고 나발이고 없어!"라고 쏘아붙였다.

예외 없이 주사를 맞았다. 눈물을 머금고 있자, 마유미가 "괜찮아, 괜찮아"라며 머리를 쓰다듬어주었다. 너무 뜻밖이라 고개를 쳐들었다. 그러자, "흥, 뺄도 없군" 하며 마유미가 코웃음을 쳤다.

점점 더 기분이 침울해졌다. 정말 자기 혼자만 약해빠진 건 아닐까 하는 생각이 들었다.

100만 엔을 가방에 넣고 면사무소로 돌아오자, 때마침 이소타가 현관에서 걸어나오고 있었다.

"어이, 미야자키. 마침 잘 만났다. 작전회의야. 지금 바로 '돌판'으로 가자고."

이소타가 대각선 앞쪽에 있는 찻집을 턱짓으로 가리켰다.

"저어, 실은 이라부 선생님 말인데요……"라고 입을 여는 료헤이. 이제 될 대로 되라는 생각이 들었다.

"어허 그래, 이라부 선생님. 그 선생님에 관해서도 할 이야기가 좀 있어. 이번 연설회, 아무래도 선생님께 한 말씀 부닥드려야겠어. 자네, 꽤 사이가 좋아 보이던데 부탁 좀 해주겠나? 간단한 인사말 정도면 돼."

"아니, 그러니까 그게……."

"아무튼 안으로 들어가자고." 등을 힘껏 내리치는 바람에 찻집으로 끌려들어가고 말았다.

찻집에는 이와타 사장과 어협의 쓰카하라가 앉아 있었다. 몹시 화려한 30대 여자도 보였는데, 오쿠라 면장의 딸이라고 소개했다. 도쿄의 토건업자에게 시집갔다고 들었는데, 선거 때문에 아직까지 이전 신고를 하지 않은 모양이었다.

"당신이 미야자키 씨죠? 고마워요. 아버지를 위해서 애써주신다면서요."

난데없이 여자 품에 안긴 료헤이는 당황스럽기 그지없었다. 강렬한 화장품 냄새가 코를 찔렀다.

안쪽 테이블로 들어가자, 더 많은 후원자들이 모여 있었고 차례차례 료헤이에게 악수를 청했다. "미야자키 군, 고맙네." 눈물까지 글썽이는 사내도 있었다.

"오쿠라 선생님이 당선되는 순간, 자네는 공로자가 될 거야. 절대로 자네의 노고는 잊지 않을 걸세. 먼저 숙소는 면에서 운영하는 산자락의 코티지로 옮겨주지. 어차피 방만 경영이라 텅텅 비어 있거든. 차는 후원회의 크라운을 자유롭게 쓸 수 있게 될 거야."

이와타 사장이 료헤이의 어깨를 감싸 안으며 말했다. "저, 그게……." 말문이 막혀버렸다. 이를 어쩌지, 도저히 이런 상황에서는 말을 꺼낼 수가 없다.

"자, 오늘 모이라고 한 이유는 다름이 아니라 부재자 투표 대책 때문이다. 잘 알고 있겠지만, 지난번 선거에서는 섬을 떠나 있는 젊은이들 표를 야기에게 몽땅 빼앗겼다. 그에 대한 반성 차원에서 이번에는 울트라C(체조 경기에서 최고 득점 기준인 난이도 C의 기술보다 더 어려운 몸 틀기나 선회 따위를 도입한 최고 난이도 기술 – 역주)를 선보인다. 집 안에서 누워만 지내는 고령자가 타깃이다." 이와타 사장이 자리에서 일어나 열변을 토했다.

"건어물집 할아버지도 포함시켰나요?" 누군가 질문을 했다.

"당연하지."

"그 양반 노망들었잖아. 아들 얼굴도 못 알아본다니까."

"목표는 바로 그거다. 휠체어에 태워 면사무소까지만 데려오면, 그 뒤는 이소타가 알아서 처리할 거야. 다행스럽게도 센주시마에는 치매 증상 노인만 해도 30명은 되지. 한 집 한 집 돌아다니며 전부 긁어모은다!"

"아주 좋은 계획이야." 모두들 들떠 있었다.

이 무슨 터무니없는 일이란 말인가. 아니, 그보다 이라부에게 건네받은 돈 문제가 우선이다.

"어때, 미야자키. 이 일도 자네에게 부탁해도 되겠지?"라고 묻는 이소타.

"넷? 아, 아, 안 됩니다."

"아니야, 자네라면 충분히 할 수 있어. 이라부 선생에게 진찰받아야 한다고 핑계대고 집에서 끌고 나와. 그러고 나서 적당히 진단서 받고 곧장 면사무소로 직행하는 거야. 물론 자네와 선생님에게는 별도로 인사를 할 테니까."

"무, 무, 무리예요." 갑자기 숨 쉬기가 힘들어졌다.

"미야자키 씨. 부탁해요~." 오쿠라의 딸이 풍만한 가슴을 들이밀었다. "그렇게만 해주면 나도 어떤 답례든 해줄게."

"아니, 그게……." 자기가 서 있는 곳에만 산소가 부족한 것 같은 착각이 들었다. 손으로 가슴을 탁탁 내리쳤다.

"허어, 믿고 맡기라는 뜻이로군." 이소타가 밝은 목소리로 말했다.

"정말 맡아주시는 거죠? 너무 기뻐." 오쿠라의 딸이 목을 끌어안고 볼을 비볐다.

료헤이는 숨이 막혀 바르작거렸다. 분명 얼굴이 벌겋게 상기되어 있을 것이다. 이것도 자율신경실조증 증상인가. 아무튼 제발 공기를…….

"게이짱, 여전히 정열적이야. 미야자키 부끄러워하는 것 좀 보라고. 그러다 남편 질투할라, 조심해야지."

"상관없어요. 선거도 안 도와주는 박정한 사람인걸."

또다시 눈물이 흘러내렸다.

"어이쿠, 저런. 눈물이 날 만큼 기쁜 게로군." 모두가 웃으며 제멋대로 떠들어댔다.

"추가 군자금이야. 자네 가방 안에 넣어두지."

이와타 사장이 새 봉투를 료헤이의 가방 안에 찔러 넣었다. 잠깐만요……. 그러나 목소리조차 나오지 않았다.

료헤이는 일단 밖에 나가 공기를 마시려고 자리에서 벌떡 일어섰다. "그럼 부탁하네"라는 말에 손을 내저으며 뛰쳐나오듯 가게를 빠져나왔다. 비칠비칠 면사무소를 향해 걸어갔다. 간신히 목구멍으로 공기가 통하자, 한참 동안 기침이 멈추지 않았다.

료헤이는 조퇴하기로 결심했다. 지금 가장 하고 싶은 일은 이

불을 푹 뒤집어쓰고 드러눕는 것뿐이었다. 어차피 선거 날까지는 아무도 일을 안 한다.

7

감기라고 말하고 이틀간이나 면사무소를 빠졌다. 실제로 열이 있었다. 스트레스에서 비롯된 몸의 변화가 틀림없었다.

밖에서 들려오는 건 온통 선거 차 소리뿐이었다. 창가에 서서 밖을 내다보니 양 진영은 열 대도 넘는 차들을 끌고 다녔다. 간간이 이라부의 포르쉐 폭음 소리도 울려 퍼졌다. 이라부는 초등학생을 가득 태우고 거리를 질주했다. 떠나갈 듯한 아이들의 환호성이 산에 메아리쳤다. 섬 전체가 들썩이고 있었다.

양 진영에서 매일같이 전화를 걸었다. 이소타는 부재자 투표 공작 재촉 건을, 무로이는 경로회 표 모으기 진척 건을 보고하라고 닦달했다. 당장 피하고 보자는 심산으로 "지금 하고 있습니다"라고 대답하자, 그들의 열기는 점점 더 높아만 갔다.

그들이 입을 모아 한 말은 "연설회에는 자네가 책임지고 이라부 선생님을 모셔오도록!"이었다. 오쿠라 파는 어협 회관에서, 야기 파는 스포츠센터에서 같은 날 같은 시각에 연설회가 개최된다. 그게 바로 내일로 다가온 것이다.

문득 방구석에 놓아둔 가방으로 눈길이 갔다. 지난번 오쿠라 파에게 받은 추가 자금은 30만 엔이었다. 결국 가방 안에는 총 180만 엔이 들어 있는 것이다.

어쩌다가 일이 이 지경에 이른 건지, 료헤이는 머리칼을 쥐어 뜯었다. 자신은 아무 잘못도 없는데…….

지푸라기라도 붙잡는 심정으로 진료소를 찾아갔다. 뻔뻔한 이라부라면 어떻게든 해줄지 모른다는 생각에서였다.

입을 열자마자 이라부가 한 말은 "뭐야, 아직도 100만 엔 안 돌려줬어?"였다.

"도저히 말을 꺼낼 수가 없었어요. 모두 내가 자기편이라고 생각하고 있다니까요."

"무책임하긴." 이라부가 뿌루퉁하게 말했다.

"누가 할 소린데요!" 료헤이는 자기도 모르게 거친 목소리로 따졌다.

"난 몰라. 일이 성가셔질 거 아냐."

"이미 그렇게 돼버렸습니다." 머리로 피가 몰리며 또다시 숨 쉬기가 힘들어졌다.

수차례 심호흡을 해가며 현재 처한 상황을 대강 설명했다. 이 라부는 마유미에게 커피를 부탁해서 태평하게 쿠키를 집어먹고 있었다.

"그건 그렇고, 어지간히 돈다발이 오가는 선거로군." 이라부 가 말했다.

"일본 어디나 비슷한 상황이겠습니다만, 유권자가 적으니 그만큼 개개인에게까지 매달리며 목을 매는 거 아니겠습니까?"

"일리 있는 말이야. 그건 그렇고 지금 미야자키 씨 가방 안에 180만 엔이나 들어 있다는 말이네? 들고 다니기 위험하지 않을까? 내가 맡아줘?"

료헤이는 아무 말도 없이 이라부를 뚫어져라 쳐다보았다. 이라부가 자못 진지한 표정을 지었다. "어때?" 새침한 목소리까지 내며 물었다.

"됐습니다."

"아잉~ 왜~." 순식간에 어리광 부리는 목소리로 변했다.

"선생님을 신용할 수 없어요."

"어라? 지금 한 말은 의사와 환자 간의 신용에 관련된 중요한 발언인데."

"장난 그만 치고 대책 좀 강구해보세요. 연설회가 코앞에 닥쳤다고요."

이라부가 콧등에 주름을 잡았다. "아이 참, 귀찮아 죽겠네." 부스스한 머리를 긁으며 말했다.

"돈을 받은 건 선생님이니까요."

"알았어. 그럼 두 탕 뛰는 수밖에 없군. 간단한 인사말만 하면 되지?"

"지금 진심이세요?" 료헤이가 얼굴을 찡그렸다. "똑같은 시각에 시작한단 말입니다."

"포르쉐로 달리면 돼. 한쪽은 중간에 퇴장하고, 다른 한쪽은 지각으로 대충 얼버무리면 되잖아."

"곧바로 들통 나고 말 겁니다. 그러면⋯⋯."

"그건 그때 생각하면 돼. 역시 걱정이 많으셔. 그러니까 신경중에나 걸리지."

이라부가 소파에 몸을 파묻고 커피를 홀짝였다. "어, 가만, 양쪽 다 나가면 오쿠라 파에게 100만 엔 안 돌려줘도 되는 건가?"라며 혼잣말을 중얼거렸다.

그게 말이 되는 소리냐고! 버럭 소리라도 질러주고 싶었지만, 그보다 먼저 한숨이 흘러나왔다.

그때 문을 두드리는 노크소리가 나더니 할머니 하나가 안을 들여다보았다. "선상님, 낼은 어느 쪽으로 가시나유?" 경로회를 대표해서 물으러 온 듯했다.

"양쪽 다요"라고 대답하는 이라부.

"양쪽 다?" 할머니가 눈썹을 찡그리며 대기실로 돌아갔다.

태풍이라도 오면 좋으련만. 료헤이는 몽상에 빠졌다. 역시 무리겠지, 이런 한겨울에. 적어도 눈보라라도⋯⋯. 아니지, 눈은 좀처럼 구경하기도 힘든 남쪽 섬인걸.

료헤이는 도망이라도 치고 싶은 심정이었다. 해저 화산이라도 폭발해준다면, 하고 진지하게 기원할 징도였다.

다음 날은 하늘이 원망스러우리만치 쾌청한 날씨였다. 마치 축제날이라도 맞은 양, 온 섬에 달뜬 공기가 떠다녔다. 어협 쪽에서 불꽃놀이 소리가 들리는가 싶더니, 조금 후에는 스포츠센터 쪽에서도 불꽃이 하늘로 솟구쳤다. 흡사 운동회 분위기였다.

아파트 주민들도 구경을 가는 모양이었다. "지난번에는 오쿠라 쪽 연설회장에 스파이가 숨어들어서 악다구니를 떨고 썩은 계란까지 집어던졌다던데"라고 말하며 학교 선생 하나가 웃었다. 모두들 무슨 일이 일어나기를 기대하는 눈치였다.

평상시에는 한산한 중심가 도로도 이 날만큼은 교통 체증을 일으켰다. 다코야키 포장마차까지 나와 있었다. 이라부가 서둘러 포르쉐를 세우더니 세 접시나 샀다.

"미야자키 씨도 먹을래?"

"식욕 없습니다."

"입이 짧은가 봐."

료헤이는 그 말을 되받을 기분도 나지 않았다.

뒷좌석에는 앉아 있던 마유미가 손을 뻗어 다코야키를 움켜쥐었다. 늘 그렇듯 기분이 안 좋은 표정이었다.

"선생님, 혹시 꾀꼬리양 아르바이트 같은 거 있는지 물어봐요. 단 일당은 3만 엔."

어럽쇼, 꾀꼬리양 좋아하네, 누가 너처럼 무뚝뚝한 여자를 써주겠냐.

먼저 어협 회관의 오쿠라 연설회장으로 갔다. 야기 파 무로이에게는 휴대전화로 "급한 환자가 생겨서 이라부 선생님이 조금

늦습니다"라고 거짓말을 해두었다.

현관에서 후원회 사람들로 보이는 사내들이 입장객을 체크하고 있었다. 야기 파 사람을 들여보내지 않기 위해서인 듯했다. 자그마한 체육관처럼 생긴 집회장에는 색색의 만선기(滿船旗)가 붙어 있었다. 어협을 표밭으로 가진 오쿠라다운 연출이다. 도바 이치로(鳥羽一郎, 일본 가수 ─ 역주)의 엔카도 흘러나오고 있었다. 테이블에는 맥주와 초밥이 준비되어 있었고, 그 주위로 지지자들이 동그랗게 모여 있었다. 아이들은 소리를 지르며 회장 안을 뛰어다녔다.

이라부가 초밥이 있는 테이블 쪽으로 걸어갔다. 두 개씩 집어들고는 입 안으로 옮겼다. 이 남자에게서는 긴장감이라는 걸 찾아볼 수 없었다.

"선생님, 여기까지 와주셔서 정말 감사합니다." 이소타가 손을 비비며 달려왔다. "자아, 어서 올라가시죠." 소를 끌고 가듯 이라부의 거구를 잡아끌었다.

무대에는 파이프 의자가 나란히 놓여 있었고, 이라부는 한가운데 자리로 안내를 받았다. 그 뒤쪽 벽에는 큼지막한 글씨로 '의학박사・이라부 선생'이라고 쓴 종이가 붙어 있었다.

지역 유지로 보이는 남자들이 차례차례 이라부에게 고개를 숙였다. 그런데도 표정 하나 변하지 않는 이라부에게는 기가 질려버릴 지경이었다.

시간이 되자, 후원회 회장인 이와타 사장이 마이크를 잡았다.

"여러분, 드디어 결전의 순간이 왔습니다. 이제는 되돌릴 수 없습니다. 우리의 정당한 권리를 쟁취하기 위해서라도, 센주시마를 보다 잘살게 만들기 위해서라도, 선택은 단 하나! '이번에도 오쿠라를 면장으로!' 뿐입니다."

우렁찬 박수가 울려 퍼졌다. 이마에 머리끈을 동여맨 어부들이 "옳소! 옳소!" 하며 굵고 둔탁한 소리를 질렀다.

이어 오쿠라가 단상에 섰다. 평소 면사무소에서 볼 때보다 훨씬 윤기가 흐르는 낯빛이었다. 선거용 얼굴로 변해 있는 것이다.

"센주시마 주민 여러분, 저는 화가 납니다. 그 이유는 제가 4년간, 심혈을 기울여 토대를 구축한 항만 정비공사 계획을 백지로 되돌리려는 괘씸한 작자가 나타났기 때문입니다. 그 자의 이름은……."

"야기 이사무는 썩어빠진 놈이다!"

"아무렴. 야기 이사무가 제 놈 주머니 생각밖에 더하겠냐!"

회장 여기저기에서 야유가 쏟아졌다. 잠시 동안 단상과 객석이 일체가 되어 야기를 규탄했다.

이미 익숙해지긴 했지만, 료헤이는 지나치게 노골적인 네거티브 캠페인에 진절머리가 났다. 요컨대 야기에게 투표하면 우리는 이러저런 손해를 본다는 이야기인 것이다.

"여러분! 저는 오늘 새로운 공약을 가지고 이 자리에 나왔습니다. 그것은 바로 지금까지 수많은 섬 주민이 소원하면서도 이루지 못했던 꿈, 노인전문 요양시설 건설 계획입니다. 인구

3,000명도 안 되는 섬에서 무슨 소리냐고 하시는 분도 계시겠지요. 그러나 저는 오랜 세월 돈독한 관계를 유지해온 중앙과의 파이프라인을 바탕으로 이번에야말로 확실한 플랜을 제시할 수 있게 되었습니다. 사회복지법인과의 공동 작업 방식인데……."

오쿠라의 연설에 관객들이 빨려들었다. 역시 노인전문 요양 시설 계획은 섬 주민의 관심을 불러일으킨 듯했다.

오쿠라는 자기가 당선만 되면 당장이라도 실현시킬 수 있을 것처럼 떠들었다. 물론 예산의 구상조차 서지 않은 상태였다. 오쿠라든 야기든 당선만 되면 그만이라는 속셈이다.

"그렇게 된 연유로, 제가 꾸준히 교섭을 해온 결과, 일본의사회의 중진이시며 사회복지법인 이사장님이기도 하신 도쿄 이라부 종합병원 원장님의 아드님을 이번 기회에 시찰을 겸해 섬에 모시게 된 것입니다."

불과 며칠 전에 알았으면서 어쩜 저리 뻔뻔하게 꾸며댈 수 있는지……. 료헤이는 어이가 없었다.

"그럼, 소개하겠습니다. 이라부 이치로 선생님이십니다!"

오쿠라가 큰 목소리로 이름을 부르자 우렁찬 박수소리가 일었다. 경로회의 몇몇 어르신들은 "오매~ 이라부 선상님이 오쿠라에게 붙었나벼?"라며 술렁거렸다. 이라부가 의자에서 일어서더니 상냥하게 손을 흔들었다.

"선생님, 한 말씀 해주시겠습니까?" 이와타 사장이 말했다.

"어? 말을 하라고?" 이라부는 성가시다는 듯 미간을 찌푸리면서도 일단은 마이크 앞으로 나갔다.

모두가 지켜보았다.

"노인전문 요양시설, 포!"

이라부가 난데없이 최근 유행하는 연예인 흉내를 내며 괴성을 질렀다. 허리까지 흔들어댔다.

어른들은 찬물을 끼얹은 듯 조용해졌다. 아무도 움직이지 않았다. 그러나 아이들은 마냥 재미있어 했다. "한 번 더! 한 번 더!"라며 졸라댔다.

"어? 한 번 더?" 이라부는 자기 유머가 먹혔다고 기뻐하는 눈치였다.

료헤이는 두 손으로 눈을 가렸다. 저런 바보는 난생처음이다. 아 참, 그렇지. 그것보다 마유미에게……. 료헤이는 창가로 달려가 밖에서 대기하고 있는 마유미에게 신호를 보냈다.

마유미가 가슴 계곡 사이에서 휴대전화를 꺼내더니 버튼을 눌렀다. 단상에 서 있는 이라부의 주머니에서 휴대전화 착신 벨이 울렸다. 미리 짜놓은 계획이었다.

이라부가 휴대전화를 손에 들었다.

"에이 뭐야, 한참 신나는 판인데. 응, 응. ……급한 환자? 뭐, 에볼라 바이러스? 큰일이군. 곧바로 갈게."

이라부는 멍하니 서 있는 지지자들에게 "급한 환자랍니다. 자 그럼 또"라며 가볍게 손을 들어 보이고 무대에서 급히 내려왔다. 아무도 말문을 열지 못했다. 아이들만 이라부 뒤를 쫓으며 찰싹 달라붙었다.

회장을 나온 후, 세 사람은 포르쉐로 내달렸다. 폭음을 울리며 돌진했다.

"순조롭게 진행되는걸"이라며 흡족해하는 이라부.

"이런 걸 순조롭다고 할 수 있나요?" 료헤이가 울음 섞인 목소리로 말했다.

"어떤 일이든 죽는 사람만 안 생기면 성공한 거야." 이라부가 '바카봉의 아빠'(일본 애니메이션 — 역주)처럼 아무렇게나 내뱉었다.

어리석게도 그 말이 참으로 절묘한 표현이라는 생각이 든 까닭은 료헤이가 그만큼 기가 허해졌기 때문이다.

타이어 긁히는 소리를 내며 코너를 돌았다. 스포츠센터는 항구에서 차로 10분 정도 떨어진 산 중턱에 있었다.

무로이가 회장 앞에서 초조하게 기다리고 있었다.

"어서, 어서요. 벌써 야기 선생님 연설이 시작됐습니다." 이라부에게 연신 고개를 숙였다. "선생님, 잘 부탁드립니다. 노인 전문 요양시설 계획만 있으면 저희는 이긴 거나 다름없습니다."

혼신을 다해 호소하는 무로이의 모습에 료헤이는 가슴이 아팠다. 오쿠라 파 집회에도 나갔다는 사실을 알면, 얼마나 분개할까. 하긴 그건 오늘밤에라도 발각날 것이다. 모든 게 당장 그 자리만 모면하고 보자는 식이었다.

회장 안으로 뛰어들어갔다.

"선생님, '포!' 만은 제발 그만두세요." 료헤이가 작은 목소리로 말했다

"쳇, 잘 먹혔는데." 이라부가 불만스러운 듯 투덜거렸다.

단상에서는 때마침 야기가 노인전문 요양시설 건설 계획에 관해 연설하는 중이었다. 이라부의 모습을 발견하자, 그렇지 않아도 새된 목소리를 더욱 높이며 "여러분! 이라부 선생님이 바쁘신 와중에도 여기까지 달려와 주셨습니다. 헛헛허"라며 엄청난 기세로 떠들어댔다.

이라부가 박수를 받으며 단상으로 올라갔다. "어이쿠, 드디어 오셨군요, 대통령 각하!" 지지자들이 인삿말을 건넸다. 이라부는 연예인이라도 된 양 뽐내며 손을 쳐들더니 중앙으로 걸어갔다. 야기와 악수를 나눴다.

제발 이상한 짓은 하지 않기를⋯⋯. 료헤이는 무대 한쪽 귀퉁이에 서서 간절히 빌었다.

"자 그럼, 이라부 선생님에게 한 말씀 부탁드리겠습니다." 사회자 도쿠모토 사장이 말했다.

모두가 지켜보았다.

"노인전문 요양시설, 파이브! 됐지롱~."

이라부가 양손을 뻗으며 포즈를 취했다. 반응이 없었다. 모두들 대체 무슨 일이 일어난 걸까, 하는 표정으로 멍하니 서 있었다. 찬물을 끼얹은 듯한 회장에는 산에서 들리는 까마귀 울음

소리만 울려 퍼졌다.

"썰렁했나? 포 다음이 파이브잖아. 헤헤헤." 이라부가 조금은 쑥스러운 듯 말했다.

료헤이는 또다시 눈을 가렸다. 그야말로 천연기념물 급 바보다. 개그가 안 먹히는 것보다 비참한 상황은 없다. 애당초 여기모인 사람들이 조금 전에 있었던 일을 알 리가 만무했다.

"잠깐!"

그때 객석 뒤에서 날카로운 목소리가 들려왔다. 거무스름한 얼굴에 체격이 좋은 남자였다.

"저기 서 있는 이라부 선생, 좀 전에 오쿠라 연설회에도 나갔어. 휴대전화로 확인했다고. 이쪽에 와서도 노인전문 요양시설 후견인이라니, 얘기가 좀 묘하게 돌아가는 거 아냐!"

모두의 시선이 이라부를 향했다. 장내가 술렁였다.

"다들 속지 마라. 이 공약은 오쿠라가 먼저다. 얘기는 나중에 편승하려는 것뿐이다. 이라부 선생을 그럴 듯한 말로 구워삶아서 데리고 왔을 게 뻔해."

다른 사내가 큰 목소리로 외쳤다. 찬찬히 살펴보니 그 일대만 어혐 쪽 사람으로 보이는 사내들이 모여 있었다.

"이라부 선생님. 오쿠라 쪽에 갔었다는 게 정말입니까?" 도쿠모토 사장이 퍼렇게 질린 표정으로 물었다.

"으응 글쎄, 나랑 많이 닮은 사람 아니었을까?" 이라부가 태연한 표정으로 말도 안 되는 변명을 둘러댔다. "그보다 저 사람들 스파이 아냐? 그냥 놔둬도 괜찮아?"

"어이, 저 자식들 어협 떼거지들이다. 살려 보내지 마라!" 누군가가 외쳤다.

"뭔 소리야. 지난번에 네놈들이 먼저 농협 스파이 잠입시킨 주제에." 어부가 말을 되받아쳤다. "다들 내 말 잘 들어. 정신 똑바로 차리라고. 야키는 아무것도 할 수 없다. 고작해야 여자나 새로 만드는 인간이지. 정치는 어림도 없어!"

"입 닥쳐. 오쿠라야말로 정치할 인물이 못 돼. 어협과 자기 배 불리는 데만 혈안이고, 농가는 매번 본 체도 안 하지!"

곧이어 검은 물체들이 공중을 날아다녔다. 동시에 악취가 코를 찔렀다. 어협 일행이 몰래 숨겨 들어온 생선 찌꺼기들을 던지기 시작한 것이다.

"이거나 먹어랏! 요즘에는 겨울 방어가 최고지."

문어와 오징어도 날아다녔다. 생선 찌꺼기에 맞은 사람들은 그것을 집어 다시 내던졌다. 여자와 아이들이 도망치려고 우왕좌왕하는가 했더니, 그게 아니라 모두가 맞서 싸우고 있었다. 료헤이로서는 난생처음 보는 생생한 난투극이었다.

"죽어라!" "이 섬에서 당장 나가!" 서로에게 큰 소리로 욕설을 퍼붓고 분을 토하며 소리를 질러댔다.

이라부는 어찌 되었나 싶어 둘러보니 한껏 신이 나서 싸움에 합세해 있었다. "우힛!" 괴성을 지르며 생선 찌꺼기를 집어던졌다.

마유미는 섬 주민들을 바보 취급하는 듯한 표정으로 한쪽 구석에서 담배를 피우고 있었다. 바로 그때 마유미 쪽으로 문어가 날아가더니 정통으로 얼굴을 명중시켰다.

"이얍!" 마유미가 번개처럼 난투극 현장으로 뛰어들더니 어부의 등에 드롭킥을 먹였다.

모두 기운이 펄펄했다. 생기가 흘러넘쳤다. 그 광경을 지켜보면서 료헤이는 맑은 머리로 생각에 잠겼다.

그렇다, 면장 선거는 섬 전체가 참여하는 싸움 축제인 것이다. 4년에 한 번씩 묵은 감정을 폭발시킴으로써 나른한 일상을 견뎌내는 것이다. 섬 주민 누구도 평화롭고 공정한 선거 같은 건 바라지 않는다. 축제는 화려할수록 좋기 때문이다.

그때 뒤에서 누군가 옷깃을 움켜잡았다. 돌아보니 무로이였다. "미야자키, 이 자식! 우릴 배신하다니!" 눈에 핏발이 서 있었다.

"아닙니다. 제 얘, 얘길 좀 들어주세요."

이마에 충격이 느껴지더니 눈앞에 별이 오락가락했다. 혼신을 다한 박치기였다.

"당장 내일이라도 제대로 갚아주마. 각오해!"

무로이는 그 말만을 남기고 다시 난투의 소용돌이 속으로 사라졌다. 료헤이는 또다시 숨쉬기가 힘들어졌다. 가슴을 부여잡으며 웅크려 앉았다. 그때 커다란 방어 대가리가 날아와 이마에 또다시 충격을 가했다.

8

바다가 보이는 언덕 위의 진료소로 양 진영의 간부가 모였다. 반창고를 붙인 몇 사람의 얼굴은 어제 벌어진 난투의 격렬함을 말해주었다. 사람들이 둘러싼 한가운데에 이라부가 있었다. 장난치다 걸려서 야단을 맞는 어린애처럼 입술을 삐죽 내밀고 있었다. 료헤이는 그 옆에 앉혀졌다. 그리고 대합실에서는 경로회 노인들이 귀를 쫑긋 세우고 있었다.

"그러니까 정리하자면, 이라부 선생님은 고문료로 받은 100만 엔을 오쿠라 파에게 돌려주려고 미야자키에게 맡겼다, 그런데 미야자키는 그 말을 하지 않았고, 결국 연설회 날이 닥치고 말았다, 진퇴양난에 빠진 미야자키는 할 수 없이 이라부 선생님을 양쪽 집회에 데리고 가는 변봉을 세우게 되었다……."

야기 파 후원회 회장인 도쿠모토 사장이 말했다.

"그렇지, 그렇지." 이라부가 딱따구리처럼 고개를 끄덕였다.

"아니, 그게 아니라……." 료헤이가 괴로운 듯 얼굴을 찡그렸다. 그런 대책을 꺼낸 장본인은 이라부였다. 그런데 어째서 그게 내 탓이 된단 말인가.

"변명하지 마. 사내답게 잘못은 잘못으로 인정해!"라고 소리치는 무로이.

"그럼, 그럼. 늘 애매한 태도만 보이니까 사태가 이 지경이 된 거지"라고 말하는 이소타.

료헤이는 반론할 기회조차 얻지 못한 채 일방적으로 규탄만 당하는 신세가 되었다. 이라부에게는 털끝만큼의 비난도 없었다. 이런 상황에 이르러서도 그의 체면을 세워주려는 이유는 이라부의 백그라운드에 있는 아버지가 복지의료계의 거물이기 때문이다. 어떻게 해서든 연줄을 대고자 하는 속셈이다.

"그건 그렇고, 야기는 여전히 남이 차려놓은 밥상에 끼어드는 게 특기로군." 이와타 사장이 비꼬듯 말했다.

"함부로 입을 놀리면 쓰나. 오쿠라야말로 여차하면 뇌물 공세지. 달리 능력이 없는 모양이야." 도쿠모토 사장이 말을 받아쳤다.

어쨌든 지금까지의 경위를 다 털어놓자는 신사협정만은 그런대로 성사되어, 돈이 든 봉투 여러 개가 테이블 위에 놓여졌다.

료헤이는 이 점에서만은 안도가 되었다. 겨우 가방이 가벼워졌다. 옆에서 불만이 가득한 떨떠름한 표정으로 이라부가 200만 엔이 든 봉투를 내밀었다.

"아 아니, 이라부 선생님은 괜찮습니다. 저희가 드린 건 어디까지나 고문료니까."

도쿠모토 사장이 미소를 지으며 말했다.

"그렇다면 저희도 100만 엔 더 채워서 총 200만 엔을 고문료로 올리겠습니다."

이와타 사장이 낯빛을 바꾸며 말했다.

"저어…… 일단은 깨끗한 백지 상태로 되돌리죠. 그렇지 않으면 여기서 또다시 현금 쌓기 시합이 벌어질 겁니다."

료헤이가 진언했다. 양쪽 다 선뜻 봉투를 받기가 어려울 것 같아서, 료헤이가 대신 양 진영에 각각의 봉투를 밀어붙였다. 잠시 침묵이 흐른 후, "정 그렇다면……"이라며 가까스로 쌍방이 봉투를 받아들었다.

이라부가 료헤이의 옆구리를 꼬집었다. 료헤이도 지지 않고 꼬집어주었다.

그때 할머니 한 분이 들어왔다. "얘기는 다 끝났어? 아무리 발버둥 쳐본들 투표 날은 이번 일요일이여. 히히히." 금니를 드러내며 웃었다.

"심술궂은 노인네 같으니라고. 불난 집에 부채질이나 해대고. 선거 때마다 늘 저런 식이지." 이소타가 밉살스럽다는 듯 내뱉었다.

"말을 그렇게 막 해도 괜찮을라나? 경로회 표가 500개나 되는디."

"아아, 미안. 취소할게요! 뽑아만 주신다면 어깨 주무르기든 뭐든 시키는 대로 다 해드리죠."

"그건 그렇고 경로회는 어떻습니까? 쌍방이 모인 자리에서 시원스럽게 털어놔 보세요. 원하시는 게 뭡니까?"

무로이가 될 대로 되라는 식으로 입을 열었다. 이젠 교섭하기도 지쳤다는 분위기였다.

"전에도 말했잖여. 경로회는 이라부 선상님에게 붙는다고. 우리가 원하는 건 노인전문 요양시설이니께."

할머니 말에 모두가 입을 다물었다. 그거야말로 섬 주민들의 절실한 목소리였다. 고령자뿐만이 아니라, 섬을 떠난 자식들에게도 고맙기 그지없는 이야기인 것이다. 그런 요구에 응답하는 것이 행정의 의무다. 복지나 의료를 선거 도구로 삼아서는 안 된다. 료헤이는 무력한 자기 자신이 부끄러워졌다.

"다들 들었지? 나한테 붙는대. 크흐흐"라며 웃는 이라부.

"선생님, 대체 무슨 소리 하는 겁니까? 후보자도 유권자도 아닌 주제에." 료헤이가 경멸을 담은 시선을 던졌다. 이라부를 제외한 모든 사람들이 한숨을 내쉬었다.

"정 그렇다면 말입니다. 경로회에서 원하는 노인전문 요양시설 계획을 양 진영 모두 공약으로 내걸면 어떨까요?"

료헤이가 발언했다.

"그렇게는 안 돼"라고 대답하는 도쿠모토 사장.

"왜죠? 어느 쪽이 당선되든 노인전문 요양시설만 만들면 되잖아요. 그러면 경로회는 다른 공약이나 정책을 보고 면장을 선택하면 될 테고."

"이것 봐. 양쪽 다 똑같으면 실현될 리가 없어. 우리만의 공약으로 내걸고 한 발 앞서 착수하는 게 정치 아닌가. 똑같으면 영원히 뒤처질 뿐이지."

"그건 이치에 안 맞는 말인데."

"자넨 세상 물정을 너무 몰라."

이와타 사장이 말을 받았다. 담담한 어조였다.

"우리 센주는 인구가 적은 섬이야. 자원도 없고, 재원도 부족하고, 상식적으로 생각하면 모두 가난해야겠지. 그렇지만 부족하나마 그런 대로 인프라가 정비된 문화생활을 할 수 있게 된 게 다 선거 덕분이지. 무풍 선거였다면 면장은 아무 일도 안 했을 거라고. 면사무소도 태평할 테지. 몇 표 차이로 뒤집히는 숙적이 있기 때문에 죽음도 불사하겠다는 각오로 공공사업을 끌어오는 거야. 그게 바로 독자적인 공약이야. 정의감만으로는 외딴섬을 운영해갈 수 없어. 부정은 정당방위야. 태어났을 때부터 당연하게 병원이나 학교가 있는 도쿄 놈들이 알 리가 없지."

료헤이는 입을 다물었다. 뜨거웠던 머리에서 차차 열이 내리기 시작했다.

"우린 모두 섬을 사랑한다. 그렇기 때문에 싸우는 거야."

마지막으로 한마디 불쑥 내뱉었다.

양 진영의 사내들이 고개를 끄덕였다. 적대 관계에 있었지만, 그 순간만큼은 마음이 하나로 합쳐졌다.

료헤이는 더 이상 할 말이 없었다. 이라부도 얌전한 표정으로 상황을 지켜보고 있었다.

"어때, 오늘은 이만 휴전하고 내일부터 시작하지. 모두 동의하나?"라고 묻는 도쿠모토 사장.

"몰래 비겁한 짓은 하지 말자고. 정정당당한 승부야"라고 대답하는 이와타 사장.

"멍청한 녀석. 누가 할 소릴."

사내들이 자리에서 일어섰다. "이라부 선생님, 그럼 내일." 입을 모아 말하더니 진료소를 나갔다. 문 밖에서는 경로회 어르신들이 심각한 표정으로 모여 있었다. 인생의 무게가 느껴지는 얼굴들이었다. 이 섬에서 60년, 70년을 살아온 비애가 깃든 얼굴들이었다.

노인들이 이라부를 쳐다보았다. 이제 당신에게 달렸어, 그런 눈빛이었다.

"미야자키 씨, 나 말야, 도쿄로 돌아가면 안 될까?" 이라부가 우울한 듯 말했다. "왠지 갑자기 귀찮아졌어. 다른 의사 금방 보내줄게."

"농담하지 마세요." 료헤이가 흘겨보았다. "실컷 맘대로 떠들어놓고 이제 와서 뭔 소립니까?"

"아이, 부담스럽단 말이야. 다른 사람 운명을 좌우하는 것도 싫고."

이라부가 몸을 비비 꼬며 어리광 섞인 목소리로 말했다.

부글부글 화가 치밀었다. 이 자식 한 방 날려버려?

바로 그때, 이라부의 후두부에서 챙 하는 금속성 소리가 울려 퍼졌다. 무슨 일인가 싶어 뒤를 돌아보았다. 마유미가 철제 대야를 손에 들고 두 다리를 떡 벌리고 서 있었다.

"아야야. 마유미짱, 너무해."

이라부가 눈물을 글썽이며 주저앉았다. 주위에 있던 고양이들이 순식간에 뿔뿔이 흩어졌다.

"당신 대신이야." 마유미가 료헤이를 내려다보며 퉁명스럽게 말했다.

"아 네, 고마워요……."

료헤이는 그렇게 대답할 수밖에 없었다.

다음 날부터 이라부에 대한 접대 공세는 격렬하기 이를 데 없었다. 점심과 저녁 식사 모두 양 진영 어느 쪽에서든 일방적인 대접을 하며 노인전문 요양시설 유치를 위해 부산하게 손을 썼다.

물론 초점은 '고문료'라는 명목을 띤 리베이트였다. 돈은 금세 500만 엔을 넘어섰다.

"있지, 미야자키 씨. 나 이제 돈 필요 없다고 좀 전해줘." 이라부는 이미 기운이 빠져 있었다.

"왜요? 용돈 필요한 거 아니었나요?"

"왠지 무서워졌어. 역시 용돈은 한 달에 100만 엔 정도가 적당해."

"전 모릅니다. 본인이 결정하세요." 료헤이가 차갑게 쏘아붙였다.

그러나 이번에는 혹시 도쿄로 도망쳐버릴 위험성이 있다며 양 진영에서 명령을 내리는 바람에 료헤이가 어시스턴트를 하게 되었다. 면사무소 일은 완전히 손을 놓은 상태로 오로지 이라부 시중꾼 노릇만 했다.

"배 아파. 오늘은 휴진이야." 이라부가 떼를 썼다.

"안 돼요. 어엿한 성인이 무슨 꾀병입니까!"

"정말이야. 분명 스트레스성일 거야."

료헤이는 이라부의 얼굴을 말끄러미 쳐다보았다.

"선생님에게도 인간다운 신경이 존재하는군요."

"내가 얼마나 섬세한 사람인데. 앞으로는 '나이브 이라부'라고 불러."

너무 한심스러워 상대하고 싶지도 않았다.

"그건 그렇고, 미야자키 씨 몸 상태는 좀 어때? 자율신경실조증이었지?"

그제야 요 며칠 아무런 증상이 없었다는 걸 알아차렸다. 경황이 없어서 눈치도 못 챘던 것이다.

"다 나은 것 같은데요. 맞다, 돈을 다 돌려줬지."

분명 그렇다. 양쪽에 끼어 이러지도 저러지도 못하는 상황에서 해방된 것이다. 거짓말처럼 몸이 가벼워졌다.

"애당초 저 같은 건 기껏 한 표에 불과해요. 경로회 표를 모으라고 내몬 것뿐인데, 그게 선생님한테 옮겨갔으니 볼일 끝난 거죠. 하하하."

료헤이는 떠나갈 듯 큰 소리로 웃어댔다.

"뻔뻔스럽군."

이라부가 터벅터벅 빈 병실로 들어가더니 안에서 문을 잠가

버렸다.

"선생님, 장난치지 마세요. 외래 환자들이 기다리고 있잖아요." 료헤이는 문 앞까지 쫓아가 문을 쾅쾅 두드렸다. 대답이 없었다.

"선생님. 애들처럼 삐지지 말고 어서 나와요."

여전히 응답이 없었다. 료헤이는 정원을 돌아 창문 밖에서 안을 들여다보았다.

이라부가 이불을 뒤집어쓰고 침대 위에 동글게 몸을 말고 누워 있었다. 워낙 거구라 산처럼 불룩 솟아 있었다. "선생님, 선생님!" 료헤이가 창문을 두드리자, 험악한 표정으로 내려오더니 커튼을 쳐버렸다.

설마? 정신 연령이 정말 초등학생 수준인 거야?

진찰실로 돌아가 마유미에게 도움을 요청했다. "무리, 무리! 한번 삐지면 엄마가 올 때까지 소용없거든." 자기와는 상관없는 일이라는 듯 창가에 서서 담배만 피웠다.

"뭔 일 있는 게여?" 할머니들이 낌새를 알아채기 시작했다.

"이라부 선생님이 문 잠그고 틀어박혀 버렸어요."

"바보니께 어쩔 수 없지." 할머니들이 쓴웃음을 웃었다.

"바보라는 걸 눈치 채셨어요?"

"눈치 채다말다. 무조건 주사만 놔대잖어. 그런 건 처음부터 다 아는거. 허지만 말이여, 모두 이라부 선상님을 좋아혀. 바보는 귀엽잖어. 마음이 편해서 좋고."

"아무렴, 아무렴. 어찌 된 영문인지 내 신경통도 좋아졌다니께. 우리 노인네들이야 누군가 보살펴주고 마음 써주길 바라는 거 아니겄어. 이라부 선상님은 우리 상대가 되어주니께."

료헤이는 눈이 번쩍 뜨이는 기분이 들었다. 그러고 보니 이라부는 이상하리만치 인기가 좋았다. 섬 아이들과도 순식간에 친해졌다. 존경하지 않아도 되기 때문이다.

그때 이소타가 찾아왔다.

"어이, 선생님 계신가? 비장의 조건을 들고 왔는데."

"아, 그게 말입니다……." 료헤이가 사정을 설명했다.

"뭐? 틀어박혀?" 미간에 주름을 잡았다.

무로이도 찾아왔다.

"허 참. 원수는 외나무다리에서 만난다더니. 자네도 좀 어지간히 하지."

소매를 잡아끌어 작은 목소리로 다시 한 번 상황을 설명했다.

"미야자키, 자네가 어떻게 좀 해봐. 이런 때를 위해서 어시스턴트 맡긴 거잖아."

"두말하면 잔소리지. 시간 없어. 어서 서둘러!"

두 사람이 몰아붙였다.

"저어, 이제 이라부 선생님은 더 이상 금품으로는 마음을 돌릴 수 없을 것 같습니다."

"그게 무슨 소리야?"

료헤이는 한숨을 한 번 내쉬고, 고문료가 자꾸 상승되는 바람에 이라부가 완전히 겁을 먹었다는 사실을 밝혔다.

"그 말이 사실이야? 저 선생님에게도 그런 연약한 구석이 있다고?"

"사람은 참 알 수 없는 거로군. 1억 엔이라도 요구할 만한 그릇인 줄 알았는데."

"어린애나 마찬가지죠."

료헤이가 중얼거리자, 한동안 뜸을 들이던 두 사람은 이해가 간다는 듯 고개를 끄덕였다.

"그렇지만 어쨌든 밖으로 나와야 뭔 얘기든 할 거 아닌가."

"금품이 소용없다면 어떤 조건이 있는지 좀 듣고 싶은데."

"글쎄요, 없는 거 아닐까요?"

세 사람은 어찌할 바를 몰랐다. 료헤이가 차를 준비해 진료실에서 함께 마셨다. 이제 완전히 병원 식구가 되어버린 고양이들이 발 언저리에서 어슬렁거렸다.

"커흥!" 창가 벤치에 있던 마유미가 요상한 소리를 내며 기침을 했다. 쳐다보니, 아무래도 뭔가 신호를 보내는 것 같았다.

"무슨 일이라도?"라고 묻는 료헤이.

"……방법이 아주 없는 건 아닌데." 마유미가 눈을 가늘게 뜨며 말했다.

"서, 서, 선생님을 끌어낼 수 있는 방법 말인가요?"

마유미가 자신 있다는 듯 고개를 끄덕였다.

"그렇다면 제발 부탁 좀 드리겠습니다."

료헤이가 애원을 하자, 마유미가 손바닥을 휙 펼쳤다.

"아 참, 내 정신 좀 봐." 이소타와 무로이가 허둥지둥 주머니를 뒤적거렸다. "지금 가진 게 이것뿐인데." 두 사람이 2만 엔을 건넸다.

마유미는 그 돈을 받아들더니 가슴 계곡 사이로 아무렇게나 찔러 넣었다. 곧이어 흰 미니스커트 가운을 휙 걷어 올리더니, 가터벨트에 끼워둔 휴대전화를 꺼냈다. 버튼을 누르고 귀에 대더니 위협적인 목소리로 말했다.

"선생님, 지금 당장 안 나오면 어머니에게 전화할 테니 그리 아세요."

단 한마디만을 남기고 곧바로 전화를 끊었다. 료헤이 일행은 그저 말없이 일이 돌아가는 상황을 지켜볼 수밖에 없었다.

10초 후, 복도 쪽에서 문 여는 소리가 들렸다. 샌들을 끌며 이라부가 밖으로 나왔다. "비겁한 것!" 이라부가 신음하듯 중얼거리며 앙심이 가득한 시선으로 마유미를 노려보았다.

헉, 이건 또 뭐야, 혹시 마마보이? 이소타와 무로이가 소곤소곤 뭔가 이야기를 나누고 있었다.

"선생님, 이제 그만 끝내시죠. 어느 쪽이든 결정하면 해방되잖아요."

료헤이가 달래는 듯한 말투로 말했다.

"그럼, 가위바위보. 오쿠라 씨와 야기 씨가 가위바위보 해서 이긴 쪽으로."

이라부가 소파에 털썩 주저앉았더니 될 대로 되라는 식으로 내뱉었다.

"가위바위보라니, 그런 말도 안 되는 소리가 어디 있어요. 누가 그런 걸 납득합니까?"

"그럼 오쿠라 파와 야기 파 대결 '장대 눕히기'!"

"그것도 마찬가지죠. 운동회도 아닌데 대체 무슨 소리예요?"

"그럼 난 도쿄로 가버릴 거야."

이라부는 완전히 삐져 있었다.

료헤이는 천장을 올려다보며 한숨을 내쉬었다. 뒤를 돌아다보며 이소타와 무로이에게 도움을 요청했다. 그런데 어찌 된 영문인지 두 사람은 불꽃 튀는 시선으로 서로를 노려보고 있었다.

"난 그것도 괜찮다고 봅니다만." 이소타가 나지막이 중얼거렸다.

"나도 나쁠 거야 없지. 후원회에서 오케이만 한나면." 무로이가 시비조로 말을 받았다.

"괜찮다니, 뭐가 괜찮다는 겁니까?"

"장대 눕히기." 두 사람이 동시에 대답을 했다.

료헤이는 자기 귀를 의심했다. "설마 농담이겠죠?" 목소리까지 갈라졌다.

"자네는 모르겠지만, 10년 전까지만 해도 센주에는 매년 섬 운동회가 열렸어. 미리 말해두겠는데 홍팀과 백팀 따위는 너무 시시해. 오쿠라 파 대 야기 파지. 그 메인 이벤트가 바로 장대 눕히기였어."

이소타가 팔짱을 끼고 말했다. 무로이가 말을 이어받았다.

"그랬지. 그런데 사람이 죽는 일까지는 없었지만, 매번 중상자가 속출했네. 그래서 도쿄 국회의원이 중재에 나서서 그만두게 된 거야. 50년 역사로, 대전 성적은 야기 26승, 오쿠라 24승이지."

"멍청한 놈. 25 대 25로 똑같잖아. 그래서 오쿠라 선생이 중재를 받아들인 거라고."

"이것 봐, 이소타. 역사를 제멋대로 뜯어고쳐서야 쓰나. 과거사는 제대로 인정해야지." 무로이가 턱을 내밀며 조롱하듯 말했다.

"네 놈들이나 맘대로 꾸며대지 마!" 이소타가 성난 표정으로 소리쳤다.

"저어, 좀 더 현실적인 해결 방법을 모색하는 게 어떨까요?" 료헤이가 두 사람을 말리며 말했다.

"난 장대 눕히기가 현실적이라고 생각해."

"나도 마찬가지야. 어쭙잖은 잔꾀가 없으니 깔끔하게 끝날 거 아닌가."

두 사람 다 물러날 기미가 보이지 않았다. "선생님, 또 쓸데없는 일을……." 료헤이가 비난하는 시선으로 이라부를 쳐다보았다. 이라부는 돌아가는 상황에 기분이 좋아졌는지 새침하게 앉아 있었다.

"어쩌면 하늘의 계시 같은 건지도 모르지. 이라부 선생님의 말씀이."

"그래, 나도 같은 생각이다."

"어찌 되었든 나 혼자서는 결정할 수 없다. 후원회와 상의해 보지."

"나도 곧바로 집회를 열겠다."

이소타와 무로이가 씩씩한 걸음걸이로 진찰실을 나갔다. 료헤이는 한동안 입을 다물고 있었다. 장대 눕히기? 투표할 쪽을 정하는 건데? 마음속으로 자문해보았다.

"아하, 다행이다. 이걸로 난 해방~!" 이라부가 자기 손으로 자기 어깨를 두드렸다.

"무슨 한가한 소리예요. 혹시라도 장대 눕히기로 결정하기로 하면, 그건 사실상 무력 충돌이라고요. 일본은 민주국가란 말입니다."

"이봐, 미야자키 씨. 데모크라시라는 건 말이야, 실은 최선의 방법은 아니야. 제대로 기능하려면 일정 이상의 규모가 필요하다고. 1만 명 이하 커뮤니티에서는 옛날 영주 비슷한 존재가 다스리는 쪽이 오히려 더 번창하지 않을까? 크흐흐."

완전히 기운을 되찾은 이라부가 혼자 킥킥거리며 웃었다.

료헤이는 머릿속이 혼란스러웠다. 벽에 걸린 달력으로 시선을 돌렸다. 투표 날까지는 불과 나흘밖에 남지 않았다.

9

도저히 믿기지 않는 일이지만, 노인전문 요양시설 건설을 공약으로 내걸 수 있는 권리는 장대 눕히기로 결정하기로 양쪽이 합의를 보았다. '합의'라는 것은 표면상 이유로 내걸었을 뿐, 실제로는 쌍방 모두 의욕이 넘쳤기 때문에 간단한 말 몇 마디로 끝을 낸 듯했다.

"한판 붙어볼까!"

"좋지, 덤벼!"

분명 그 정도에서 결론이 났을 것이다.

"어쩔 수 없지. 여긴 아직도 전국(戰國)시대니까."

불을 붙인 장본인인 주제에 이라부는 태연하기 이를 데 없었다. 다시 진찰을 시작하고, 노인과 아이들에게 주사를 놓아댈 뿐이었다.

경로회에서도 이견이 없었다.

"그게 좋겠구먼. 소싯적엔 나도 죽어라 싸웠어. 쇼와 30년대, 선대 오쿠라 씨가 세 번 연속 승리를 거뒀을 적에는 내가 깃발을 지키는 수비수였지."

"여자들은 밥 짓느라 정신이 없었잖여. 쌀을 한 됫박씩 씻어 밥을 지어도 눈 깜짝할 사이에 없어졌으니께."

옛 추억을 그리워하는 할아버지 할머니들이 속출하고, 대합실은 연일 장대 눕히기 이야기로 시끄러웠다.

료헤이는 다시금 가치관의 차이에서 오는 혼란에 빠졌다. 어쩌면 지구상의 대부분은 이런 모습이 아닐까 생각하며 홀로 센주의 하늘을 올려다보는 나날이었다.

이 세상에 분쟁이 사라지는 일은 없다. 수많은 비극을 일으키면서도, 인류는 왠지 즐거운 듯 싸우는 면이 있다.

이라부는 어떤 일이든 죽는 사람이 없으면 성공하는 거라고 말했다. 그 말에 따른다면, 장대 눕히기가 평화적인 해결책이 아니라고 주장할 만한 근거도 없었다.

스물네 살 료헤이에게는 세상은 알 수 없는 일투성이였다.

가장 중요한 장대는 신사(神社) 창고에 고이 잠들어 있었다. 전봇대라고 불러도 될 정도로 컸다. 전체 길이가 무려 20미터나 되는 검은 윤기가 흐르는 굵직한 장대였다.

면사무소 식원들이 끌어내어 신사의 신관에게 부적을 받았다. 그때만큼은 고분고분한 마음으로 고개를 깊이 숙였다. 료헤이의 눈에도 왠지 모르게 신성하게 느껴졌기 때문이다.

결전은 투표 전날인 토요일 오전으로 정해졌다. 장소는 초등학교 운동장. 쌍방이 15세 이상 남자 200명씩을 내세워 싸우는데, 장대 끝에 붙어 있는 깃발을 먼저 따내는 쪽이 승리하는 것이다. 미성년은 투표권은 없지만 전통에 따르기로 했다. 이 섬에는 '관례(冠禮)는 15세'라는 개념이 아직 살아 있는 것이다.

심판은 경로회의 어르신 몇 분과 이라부로 지명되었다.

"나도 장대 눕히기 게임에 참가하고 싶은데"라고 투덜대는
이라부.

"안 됩니다. 내 말 잘 들으세요. 다들 굉장히 심각해요. 엄정
하게 심판을 봐주셔야 한다고요."

이때만큼은 강한 어조로 밀어붙였다. 료헤이는 섬 주민이 이
런 결전을 벌이기로 결정한 이상, 후회 없이 싸우게 해줘야 한
다고 생각했다. 어느새 섬을 사랑하는 마음이 생겼다.

경기 규칙이 정해지자, 양 진영 모두 연습에 들어갔다. 준비
기간은 단 이틀뿐이다. 오쿠라 파는 중학교 운동장에서, 야기
파는 스포츠센터 운동장에서 연습을 하기로 했다. 장대 눕히기
는 포메이션에 관건이 달린 모양인지, 첫날 연습은 공개하지만
이틀째는 관계자 외에는 출입을 금하고 작전을 짜는 듯했다.

이라부가 공개 연습을 구경하고 싶다고 해서 마유미와 료헤
이 셋이서 구경을 갔다. 먼저 오쿠라 진영으로 갔다.

운동장으로 들어서자, 사람들이 가득 차 있었다. 나무에 올라
가서 구경하는 사람도 많아서 늘어선 나무들은 마치 장식물을
매단 크리스마스트리 같았다.

여자들은 한쪽 구석에서 마실 것을 준비해 구경하는 사람들에
게 대접하고 있었다. 당연히 이라부의 발길이 그쪽으로 향했다.

"어머나, 선생님~ 정말 만나 뵙고 싶었어요." 오쿠라의 딸이
달려와 이라부를 와락 끌어안았다. "부탁드려요. 노인전문 요

양시설을 저희 쪽에서 만들 수 있게 힘 좀 써주세요~."

"아, 아니 뭐. 크흐흐." 이라부는 살짝 당황하면서도 기뻐하는 눈치였다.

"게이짱. 소용없는 일이야. 장대 눕히기로 결정하기로 했잖아"라고 말하는 이와타 사장.

"아 참, 그렇지. 에이, 괜히 쓸데없는 짓만 했네." 후다닥 몸을 빼내더니 달아나버렸다.

"이봐, 미야자키. 우리 진영 정예대원들 어때? 거의 다 어부들이라 파워에서는 절대 지지 않는다고."

이와타 사장이 자랑스러운 듯 말했다. 박력 만점인 표정으로 이마에 머리띠까지 동여매고 있었다.

"강해 보입니다. 저도 이라부 선생님과 마찬가지로 중립 입장이긴 하지만, 이긴 쪽에 투표하기로 약속할게요."

"부탁하네. 이라부 선생님은 떠오른 대로 말했는지 몰라도 난 이 방법이 제일이라고 생각해. 돈을 뿌려댈 필요도 없고 얼마나 다행이야. 우리끼리 하는 얘기지만, 선거비용으로 무려 3,000만 엔이나 날아갔어. 오쿠라 선생님도 내심 기뻐할 거야."

이소타 사장은 마지막 말만 작은 목소리로 속삭이더니 웃었다. 잡귀를 떨쳐내기라도 한 듯 속 시원한 표정이었다.

내친김에 마실 것까지 대접을 받았다. 겨울날 위축된 위장에 따끈한 차가 스며들었다.

이어서 야기 진영으로 갔다. 이쪽 역시 지지 않을 만큼 많은 사람들이 모여 있었고 활기가 넘쳐났다. 오쿠라 진영도 그랬지만, 선수들 중에는 평소에는 못 보던 낯선 젊은이들이 꽤 많았다. 섬사람들에게 물어보니 도쿄에서 생활하는 고등학생이나 대학생들을 모두 불러들인 모양이었다. 활력 넘치는 공기가 떠다니는 건 당연한 일이었다. 어른들도 기뻐하는 모습이었다.

"순스케. 알아들었지. 마지막에 네가 깃발을 뺏는 거야!"

아버지가 기합을 넣자, 고등학생 아들이 긴장한 표정으로 고개를 끄덕였다. 자기도 모르게 살며시 미소가 번졌다..

도쿠모토 사장이 다가와 자기 진영을 자랑했다. "농부들은 농한기 때마다 센터에서 체력 단련에 열심이지. 어부 나부랭이가 우릴 당해낼 수야 있나." 자신만만한 표정으로 말했다.

"이봐 미야자키. 도쿄에 돌아가거든 사람들에게 센주시마 얘기를 해줘. 21세기인 오늘날에도 민주주의가 통용되지 않는 섬이 있다고 말이야."

"아니, 그 그런……."

"하지만 말이야, 우린 이게 좋아. 팽팽한 긴장감이 있잖아."

"잘 알고 있습니다."

료헤이는 진심에서 우러나오는 대답을 했다. 더 이상 도쿄의 잣대로 이들을 잴 생각은 없었다. 이 섬은 이 섬 나름대로 잘해나가고 있었다. 센주시마는 시소와 같다. 양쪽에 올라탄 두 편이 있기 때문에 움직일 수 있는 것이다.

이라부는 한쪽 구석에서 막 만들어낸 경단을 닥치는 대로 먹어치웠다. "아이고 선상님, 그만 좀 드슈." 할머니가 야단을 쳤다.

　결전은 드디어 모레로 다가왔다.

　시합 당일, 아침 일찍부터 항구가 들썩였다. 10년 만에 장대 눕히기가 부활했다는 이야기를 듣고 섬을 떠난 사람들이 가족을 데리고 구경을 온 것이다. 가까운 섬에서도 친척이나 관계자들로 보이는 사람들이 찾아왔다. 각 섬의 면장들은 내빈으로 초대한 모양이었다.

　"센주는 좋겠어. 4년에 한 번씩 올림픽도 부럽지 않을 오락거리가 있으니."

　이웃 섬에서 온 면장이 놀리듯 말했다.

　"대체 누군가? 노인전문 요양시설을 만들어준다는 이라부 선생이."

　각 면사무소 보좌관 급들도 대거 놀러와 이라부를 찾아 헤맸다. 이라부를 붙들더니, "다음에는 우리 섬에도 부디……"라며 연달아 애원하며 매달렸다.

　"뭐, 대우 여하에 따라서 가볼 수야 있겠지. 흐흐흥~."

　이라부는 마냥 들떠 있었다.

　초등학교 운동장은 마치 트럭 짐칸 둘레를 빙 둘러싸듯 빽빽이 들어차 있었다. 다 들어갈 수가 없어 학교 건물까지 개방했고, 2, 3층 창문마다 관객들로 가득 메워졌다. 응원석은 학교 건물을 등지고, 오른쪽이 오쿠라 파 지지자, 왼쪽이 야기 파 지지자 자리였다. 경로회는 양쪽 응원석 중앙에 자리 잡고 있었다.

료헤이와 마유미는 이라부 시중드는 역할을 맡아 본부 텐트에 대기해 있었다. 이라부를 비롯한 심판들이 맨 앞줄에 앉았다. 텐트 한가운데는 오쿠라와 야기 자리가 나란히 놓여 있었다. 격식을 차린 전통의상 차림으로 나온 두 사람은 서로 눈길조차 주지 않은 채 등을 돌리고 앉아 있었다. 일이 이 지경에 이르렀으니 이상한 일도 아니긴 했다.

마유미는 다리를 꼬고 앉아 노곤한 듯 담배를 피웠다. '이런 천하의 바보들이 있나' 하는 표정이 역력했다. 료헤이가 마유미에게 물었다.

"마유미 씨, 센주시마 어때요?"

"어떻긴 뭐가?"

"임기가 끝나도 다시 오고 싶은 마음이 생길까요?"

마유미는 한동안 침묵했다. 눈을 가늘게 뜨면서 천천히 고개를 옆으로 저었다.

아무렴 어떠랴, 절대로 본심을 털어놓을 여자도 아닌데.

아낙네가 액을 쫓는 소금을 흩뿌리고 나자, 선수들이 그라운드에 모습을 드러냈다. 그와 동시에 우레와 같은 박수와 환호성이 울려 퍼졌다. 료헤이는 엄청난 열기에 압도당하고 말았다. 마치 스모대회 결승전이나 롤링 스톤즈의 라이브 공연과도 같은 열기가 끓어올랐다.

"힘내라! 겐지!"

"너, 지면 가만 안 둬!"

여기저기에서 성원이 쏟아졌다. 응원석에서 색색의 만선기가 펄럭이고, 행운을 가져다준다는 섬 특산품인 콩을 허공에 뿌려댔다. 사내들은 모두 여섯 자 훈도시(남자의 음부를 가리는 폭이 좁고 긴 천 – 역주)에 타비(일본식 버선 – 역주) 차림새였다. 위에는 핫피(일본 전통 의상의 하나, 현재는 대표적인 마쓰리 복장 – 역주)를 걸치고 있었다. 오쿠라 파는 쪽빛, 야기 파는 옅은 갈색이었다. 이날을 위해 머리를 바짝 깎은 사내들도 꽤 많이 눈에 띄었다.

료헤이는 고색창연한 그 광경을 보며 오돌토돌 소름까지 돋았다.

고층 빌딩이 늘어서 있고, 한껏 멋을 낸 남녀가 거리를 활보하고, 돈만 있으면 뭐든 손에 넣을 수 있는 세계 굴지의 노회지. 그곳에서 불과 수백 킬로미터 떨어졌을 뿐인 이곳에서 시대를 초월한 의식이 행해지는 것이다. 이런 이야기를 들려준들, 도쿄 사람들이 과연 믿어줄는지⋯⋯.

먼저 초등학교 교장 선생님이 개회사를 발표했다. 정장 차림을 한 교장이 아침 조회 단상에 올랐다.

"센주시마에 부임해온 지 어언 3년, 설마 이런 중요한 역할을 맡는 날이 올 줄은 꿈에도 몰랐습니다. 내년 봄이면 이 섬을 떠날 사람인 제가 이러쿵저러쿵 말할 자격은 없습니다. 단, 여러분이 부디 큰 상처를 입지 않기를 기원할 뿐입니다. 그럼 지금부터 제51회 센주시마 장대 눕히기 대회를 개최하겠습니다!"

또다시 함성이 들끓었다. 꿋꿋하고 간결한 개회사였다. 매수당할 만한 사람이 아니라는 걸 한눈에 알아볼 수 있었다.

이어서 경로회 회장이 손자의 부축을 받으며 단상으로 올라갔다. 여든 살은 훌쩍 넘긴 섬의 어르신이다. 평상시에는 자택에서 누워 지내는 시간이 많은 모양인지, 료헤이도 처음 보는 노인이었다.

기침을 한 번 하자, 장내가 쥐죽은 듯 조용해졌다.

"나는 요즘 귀가 잘 안 들려서 우리 섬이 어떻게 돌아가는지는 잘 모르네. 허기야 그게 더 나을지도 모르지……. 이보게, 다케시."

이름을 불렀다. 오쿠라가 마치 용수철이 튕겨지듯 고개를 쳐들었다.

"난 자네 아버지가 면장이었을 때, 면 의회 의장을 맡았었지. 자네 선대는 훌륭한 분이었네. 지금 있는 항구를 만든 사람도 자네 아버님이시지. 도쿄와 조선회사에 열심히 교섭을 벌여 정기선이 들어오게 한 것도 아버님의 힘이야. 자네는 그런 선대에게 부끄럽지 않게 일할 수 있겠나?"

자세를 바로잡은 오쿠라가 조금 긴장된 표정으로 고개를 끄덕였다.

"그럼 됐네. 앞으로도 섬을 위해 열심히 일해주기 바라네. 다음 사람."

이번에는 야기가 등을 곧게 펴며 바로 앉았다.

"안타깝게도 자네 아버님과 나는 예전에 정적 관계였지. 허나 그거야 어쩔 수 없는 팔자일 뿐, 원한 따위는 눈곱만큼도 없네. 오히려 존경했지. 야기 씨는 참으로 열심히 일했던 분이야. 만약 야기 씨가 없었다면 센주시마의 농가들은 예전에 섬을 떠났을 게야. 축산 목장을 만든 것도 야기 씨였지. 나는 아직도 야기 씨가 한여름 뙤약볕 아래에서 괭이질을 하던 모습을 잊을 수가 없네. 자네도 아버님에게 부끄럽지 않게 일할 수 있겠지?"

야기는 허세를 부리듯 힘차게 고개를 끄덕였다.

"그럼 됐네. 우리 시대는 예전에 끝났어. 앞으로는 젊은 사람들이 하고 싶은 대로 해나가면 되는 거야."

모두 고개를 떨어뜨리고 이야기를 들었다. 분명 각자가 자기 가슴에 손을 얹고 조금씩 부끄러움을 느끼고 있을 것이다.

"후원회의 이와타와 도쿠모토도 여기 있는가? 있으면 앞으로 좀 나오게."

선수 무리 속에서 머뭇머뭇 두 사람이 걸어 나왔다. 난폭하고 우락부락한 토목회사 사장들이 혀를 날름거리는 뱀 앞의 개구리처럼 바짝 긴장해 있었다.

"정정당당하게 싸울 것을 맹세하는 뜻으로 이 자리에서 서로 악수를 나누게. 어차피 다케시와 이사무는 나라에서 부리는 심부름꾼. 자네들이 대리인 아닌가?"

당혹스러워하면서도 두 사람은 시키는 대로 악수를 나눴다. 한편 오쿠라와 야기는 얼굴이 붉게 상기되어 있었다.

"자, 다들 박수 쳐야지."

한순간의 정적이 끝나고, 쌍방의 응원석에서 우렁찬 박수가 터져 나왔다. 박수소리가 학교 건물과 숲에 메아리쳤다. 텐트 아래에 있던 내빈들은 자리에서 일어나 박수를 쳤다. 언제까지라도 그치지 않을 듯 우렁차게 울려 퍼졌다.

료헤이는 가슴이 뜨거워졌다. 어느 쪽이 이기든 이 섬은 아무 문제 없을 거라는 확신이 들었다. 이해는 서로 대립될지 모르지만, 섬을 사랑하는 마음은 똑같았다.

어르신이 단상에서 내려오자, 교대를 하듯 스타트 용 피스톨을 손에 든 이라부가 힘차게 단상으로 뛰어올라갔다.

"자 여러분, 갑니다~! 준비 됐죠?" 난데없이 괴상한 소리를 질러댔다. "이긴 쪽에 노인전문 요양시설 건설을 협력할 테니까 그리 아시길~. 포!"

감동의 여운이 채 가시기도 전에 바보가 등장한 것이다. 료헤이는 두 손으로 눈을 가렸다. 마유미마저 고개를 떨어뜨렸다.

"선상님, 참말로 약속하는 거여!" 할머니가 야유를 퍼부었다.

"맡겨두시라고요. 아빠를 확실하게 밀어붙일 테니까."

"아빠라니, 선상님 지금 나이가 몇이여? 설마허니 참말로 어린 아그는 아닐 터지?"

회장이 왁자그르르한 웃음소리로 뒤덮였다. 팽팽한 긴장감이 감돌던 공기가 순식간에 부드러워지고 여기저기서 하얀 이를 드러내며 웃었다.

이라부는 정말이지 불가사의한 인간이다. 이 섬에 온 지 불과 2주 만에 모두의 마음을 사로잡아 버렸다. 아니, 마음을 사로잡았다는 건 너무 치켜세우는 걸까. 어쨌거나 이 섬에 희귀한 생물이 찾아온 것이다.

"자 그럼, 모두 자기 자리로!"

그 말을 신호로 좌우에서 장대 두 개가 하늘로 치솟았다. 찬찬히 살펴보니 요새만큼이나 컸다. 장대 끝에서 자그마한 깃발이 펄럭였다.

"준비!"

이라부가 왼손 검지로 귀를 틀어막으며 오른손에 쥔 피스톨을 하늘 높이 치켜 올렸다.

양 진영의 총 400명에 달하는 사내들이 준비 태세를 갖췄다. 얼굴은 모두 발그레하게 상기되어 있었다. 사내들의 모습에 눈이 부셨다. 관객들은 모두 자리에서 일어섰다. 료헤이는 힘껏 주먹을 움켜쥐며 마른침을 삼켰다.

시작을 알리는 총성이 울렸다.

옮긴이의 말

익숙한 것과의 동행이냐 결별이냐의 갈림길은 매 순간 선택을 강요한다. 둘 중 하나를 선택할 수 있는 상황은 그나마 다행스럽다. 문제는 끊어낼 수도 마냥 쥐고 있을 수만도 없는 딜레마이다. 그리고 이것은 모든 시리즈물이 안고 갈 수밖에 없는 딜레마이며 동시에 극복해내야 할 과제이기도 하다.

어느새 세 번째 권에 들어선 이라부 시리즈 《면장 선거》도 이러한 상황에서 벗어날 수 없다. 그래서 더더욱 이 작품이 기존 작품과의 연속선상에서 어떻게 벗어났으며 어떤 변화를 만들어냈는지 궁금하지 않을 수 없다. 아무래도 이번 작품의 가장 두드러진 변화는 작중인물, 즉 환자 계층이라고 할 수 있다. 이 책에는 네 편의 단편이 실려 있는데, 표제작인 〈면장 선거〉를 제외하면 일본 사회에서 스포트라이트를 받는, 누구나 다 아는 유명인이 주인공이다. 다시 말해 유명인 패러디 편 내지 매스컴 편인 셈이다.

주위에서 흔히 보는 평범한 사람들이 환자로 나오는 《인 더 풀》, 특정 분야 전문인을 환자로 설정한 《공중그네》에 뒤이어, 범위는 좁히되 특수성은 높이는 과정을 밟는다. 그렇다면 작가는 어떤 유명인을 어느 선까지 패러디했을까? 일방적이긴 하나, 이것 역시 일종의 대결 구도이니 관심이 가지 않을 수 없다. 기존 작품들을 통해 이미 감지했겠지만, 작가는 이번 작품을 통해서도 실로 짓궂고 과감하기 이를 데 없는 두둑한 배짱을 맘껏 발휘한다.

〈구단주〉의 주인공 다나베 미쓰오는 일본 최고의 발행부수를 자랑하는 신문사 대표이자 인기구단 구단주인데, 요미우리 신문사 대표, 와타나베 쓰네오(渡邉恒雄)를 모델로 삼았다. 고령의 권력자인 그는 권력의 종말을 의미하는 죽음에 대한 공포로 패닉 장애를 일으킨다. 그러면서도 현직에 대한 미련의 끈을 놓지 못하는 고집스러운 캐릭터다. 작품에서는 이라부의 치료로 은퇴했지만 현실의 그는 여전히 건재하다. 생전 장례식에서 달변의 연설을 하는 전 수상 고이즈미의 패러디도 위트 넘치며 일말의 감농까지 선사한다.

젊은 나이에 일약 재계의 스타로 떠오른 라이브퍼스트의 사장 〈안퐁맨〉은 라이브도어의 대표였던 호리에 다카후미(堀江貴文)가 모델이다. 불필요한 것들을 제거해가는 지나친 효율성 추구로 말미암아 청년성 알츠하이머에 걸린다. 호리에 다카후미는 실제로 방송사, 야구단 매각 문제로 신문 지상에 오르내리며 세간의 이목을 끌었고, 끝내는 주가거래위반 용의로 재판까지 받았다. 우리나라에도 그의 책들이 번역되었을 정도로 소위 잘나가는 CEO였지만, 아이러니하게도 그는 구류 중에 한국어를 공부했다고 한다. 레이싱카로 공공도로를 달리듯 극단적인 효율성을 추구하는 안풍맨과 극단적으로 효율성을 괘념치 않는 이라부의 대비가 흥미롭다. 또한 작중 과격한 퍼포먼스를 선보이는 사회자까지 다하라 소이치로(田原總一朗)를 패러디했다니 작가의 철저한 패러디 정신에 독자의 얼이 빠질 정도다.

〈카리스마 직업〉은 마흔을 넘기고도 변함없는 미모와 젊음을 자랑하는 여배우가, 실은 보이지 않는 곳에서 피눈물 나는 노력과 강박관념에 휩싸여 사는 이야기다. 남들 앞에서는 자연스러움을 과장하고 특별한 노력을 하지 않는 듯 위장하는데, 정작 미용과 다이어트 문제에 병적으로 매달리며 이성을 잃고 집착하는 모습을 그렸다. 이는 최근 우리 사회의 미모 지상주의와도 무관하지 않아 가볍게 웃어넘길 수만은 없는 이야기다. 주인공 시로키 가오루의 모델은 영화 〈실낙원〉의 여주인공을 맡은 구로키 히토미(黑木瞳)다.

이렇듯 생생하게 이미지화할 수 있는 실재 모델을 주인공으로 내세운 세 작품과는 달리 표제작 〈면장 선거〉는 실재 인물이 아닌 가공의 인물과 공간을 설정한다. 그렇게 함으로써 작가 자신은 물론 독자에게도 낯익음과 낯섦 사이에 일종의 연결고리로써 완충 역할을 하게 한다. 때문에 대부분의 독자는 이 작품을 읽으며 비로소 포근한 이라부의 품에 안긴 듯한 느낌을 받을지도 모르겠다. 이라부가 2개월간 임시 부임해간 외딴 섬에는 4년마다 치러지는 면장 선거 회오리에 휘말려 고뇌하는 성실하지만 융통성 없는 청년이 기다린다. 온갖 비리가 난무하는 좌충우돌 선거 전말을 과장에 과장을 더한 에피소드로 진행해가지만, 상쾌하고 시원스러운 결말, 그리고 가슴 뿌듯한 감동으로 독자의 마음을 맑게 씻어주며 마무리 짓는다.

이렇듯 익숙함과 변화를 동시에 추구하는 평균대 위에서도 이라부가 불쑥불쑥 내뱉는 한마디에는 사실의 본질을 꿰뚫는 예리함이 번득인다. 일상화된 의사와 환자의 관계를 깨뜨리고 방관자로 군림하는 이라부는 환자에게 사태를 다른 차원에서 바라볼 기회를 제공한다. 그리고 환자는 이를 통해 스스로 치유하는 힘을 얻는다. 어쩌면 이것이야말로 궁극적인 치료법일지도 모르겠다. 그런 까닭에 아무 생각도 없고, 환자에 대한 관심조차 없어 보이는 마이페이스 이라부가 명의가 될 수 있다.

이 작품의 또 다른 작은 변화 중 하나는 이라부에게 맞춰졌던 포커스가 수수께끼 산호사 마유미에게 방향을 조금 틀었다는 점이다. 그녀는 록밴드 멤버로 활동하고 수당을 챙기기 위해 열심히 주사를 놓으며 살며시 베일 한 자락을 걷어낸다. 뛰어난 미모와 추측 불가능한 성격이 왠지 모를 위축감을 느끼게도 하는 그녀지만, 이라부에 뒤지지 않는 마력적인 캐릭터임은 분명하다.

오르한 파묵은 그의 작품에서 "어쩌면 몰락이란 다른 사람들의 우월성을 보고, 그들을 닮으려고 하는 것을 의미하는지도 모른다"고 말했다. 그렇다면 이 작품은 우월해 보이는 다른 사람의 실체가 우리와 별반 다를 것 없음을 보여줌으로써 우리를 몰락으로부터 구제해준다고 할 수 있겠다.

이 시리즈가 계속될지 어떨지 여부는 전적으로 이라부 마음에 달린 일이겠으나, 무리하게 짧은 다리를 꼬고 앉은 그의 모습이 벌써부터 그리워진다.

이영미

면장 선거

초판 1쇄 발행 2007년 5월 25일
초판 25쇄 발행 2014년 6월 2일
2판 1쇄 발행 2015년 9월 21일
2판 6쇄 발행 2023년 12월 27일

지은이 · 오쿠다 히데오
옮긴이 · 이영미
펴낸이 · 주연선
책임편집 · 최형연

(주)은행나무
04035 서울특별시 마포구 양화로11길 54
전화·02)3143-0651~3 | 팩스·02)3143-0654
신고번호·제 1997—000168호(1997. 12. 12)
www.ehbook.co.kr
ehbook@ehbook.co.kr

ISBN 978-89-5660-938-6 03830